DU MÊME AUTEUR

Aux Éditions Gallimard

LA PARESSE ET L'OUBLI, *roman*, 2010.

LE POINT DE SCHELLING, *roman*, 2017.

NOUS QUI RESTONS VIVANTS, *roman*, 2019.

DAVID ROCHEFORT

CE PAYS SECRET

roman

GALLIMARD

L'auteur a bénéficié, pour écrire cet ouvrage,
d'une bourse de création du Centre national du livre.

… Dans ce pays secret à mes pas interdit…

LOUIS ARAGON,
Les yeux d'Elsa

Je voulais seulement voir mes enfants. Sentir leur présence. Bien sûr, j'avais dû réviser mes ambitions à la baisse ces derniers temps, mais cela ne semblait tout de même pas insensé comme exigence. Alors ce matin, quand le soleil s'était levé, quand les premières lueurs du jour avaient éclairé mon salon trop grand, aux meubles recouverts de bâches, aux placards vides, j'avais marché sans réfléchir jusqu'à la gare de Lyon et embarqué dans le premier train en direction de Marseille.

Par superstition, je n'avais prévenu Marine qu'une fois le train parti. Les immeubles parisiens avaient laissé la place à de longues étendues monotones, les voyageurs aux petits yeux s'étaient rendormis : je sortis mon téléphone et lui écrivis un message. Tout le monde aurait agi de la même façon, je pense. Après tout, c'est moi qui faisais l'effort de me déplacer, qui me dévouais, qu'aurait-elle pu trouver à me reprocher ?

Mon idée était inattaquable : je ramenais mes filles à Paris pour quelques jours pendant que Marine passait du temps avec Stéphane, son nouveau compagnon ; eux louaient un petit cabanon de pêcheur dans les calanques et dressaient des plans pour leur avenir pendant que je conduisais mes filles à la fête foraine des Tuileries et au parc de Belleville. Ensuite, je les raccompagnais à

Marseille, Marine et Stéphane retrouvaient leur appartement, mes enfants, et la vie de famille pouvait reprendre son cours – sans moi.

Non, vraiment, elle n'avait rien à perdre.

*

Marine et moi, nous étions séparés depuis un an et demi. Mais les chiffres sont trompeurs ; quand elle avait quitté notre domicile, cela faisait déjà deux ans qu'elle me méprisait. Le moment exact, je peux le dater avec précision : je l'avais laissée conduire seule ma fille aînée en urgence à l'hôpital au prétexte que j'attendais un appel important. Une lointaine connaissance aurait pu être intéressée par l'adaptation d'un de mes livres au cinéma – ou au théâtre, je ne sais plus. On lui avait donné mon numéro de téléphone fixe. J'espérais.

J'avais passé six jours sans sortir de chez moi.

Le cinquième jour, ma fille aînée s'ouvrait l'arcade en courant dans le couloir et ma femme la conduisait aux urgences, prenant la cadette sous le bras. Je ne bougeais toujours pas.

Le septième jour, ma femme m'annonçait : « Je te méprise pour ce que tu as fait et je ne te le pardonnerai jamais. » Moi, j'aurais aimé lui dire que je les avais abandonnées pour de nobles raisons, que le téléphone avait sonné pendant leur absence et que nous étions tirés d'affaire, mais la vérité était impossible à énoncer : j'avais passé près de vingt-quatre heures à manger des chips en fixant ce téléphone rétro orange à cadran rotatif que nous trouvions alors de bon goût. J'avais mobilisé tous les artifices de la pensée magique, sans succès. Et la seule sonnerie qui avait retenti, au bout d'une soirée et d'une nuit d'attente, avait été celle de l'interphone quand Marine était revenue avec mes filles.

Depuis ce jour, Marine m'avait méprisé, sans ambiguïté, sans mauvaise conscience, sans douter (elle ne doutait jamais). Deux ans plus tard, elle partait s'installer à Marseille avec Stéphane – un ancien camarade de lycée qu'elle avait retrouvé je ne sais comment – et les enfants, la grande à l'arcade recousue et la petite dernière. Je restais seul à Paris avec un droit de visite approximatif, en attendant de régulariser notre situation.

Jusqu'à ce midi, j'avais réussi à ne jamais rencontrer son nouveau compagnon. Mais Marine estimait désormais que, selon ses mots, « ce n'était plus vivable ». Alors elle avait fini par répondre à mon message en me prévenant que « Steph » serait présent à l'appartement. Comme un défi. En signe de paix, nous devions déjeuner tous ensemble – « entre adultes », avait-elle précisé. La présence des enfants au repas m'avait fait comprendre que l'expression était employée de façon imagée et qu'il s'agissait plutôt de s'assurer que je me *comporte en adulte*, si tant est que cela fût possible.

Quand j'avais sonné à la porte de leur appartement, j'avais découvert le visage bronzé et rajeuni de Marine dans l'encadrement ; j'avais à peine jeté un regard à Stéphane ; entre eux, comme reléguées au second plan, il y avait mes deux filles, droites comme des I, bien habillées, et elles m'attendaient avec joie alors que Marine et Stéphane m'attendaient avec crainte. J'avais foncé vers elles pour les prendre dans les bras.

Comme elles m'avaient manqué !

Tous les enfants aiment leur père, n'est-ce pas ? C'est en les enlaçant toutes les deux, en les respirant, en les couvrant de baisers, que je compris à quel point c'était ignoble de me les avoir enlevées. Finalement, j'avais encore plus souffert que ce que j'avais cru.

(Je ne devrais pas dire ça ici, pardon.)

Debout, Marine et Stéphane nous observaient sans bouger. À quoi pouvaient-ils penser ? Moi, je ne voulais pas m'éterniser. J'avais prévu de repartir juste après le déjeuner, pour que nous puissions dîner tous les trois à Paris – en famille. Mes filles aiment les frites, ça je m'en souvenais. Les frites bien grasses, avec de la mayonnaise qu'elles mélangeaient à du ketchup. Avec les enfants, on ne pense jamais qu'en termes de nourriture : l'éducation, c'est ce qu'on arrive à les convaincre de faire entre deux repas.

Stéphane essayait maladroitement de paraître détendu. Après tout, je n'étais pas un étranger qui s'invitait dans sa maison, mais le père des enfants qu'il couvrait d'attentions et qu'il appelait « mes petites nanas » en agitant ses bras comme un mauvais mime singeant un boxeur.

— Alors ? m'avait-il lancé avec sa voix énergique, son corps droit et musclé tendu vers moi.

— Alors quoi ?

Stéphane s'était tourné vers Marine, avait attrapé une bouteille de vin et, sans se laisser démonter, s'était lancé dans une longue tirade sur le vignoble de je ne sais plus quelle région, sur le petit vigneron découvert par hasard, chez qui il avait dormi et qui était passionné par son métier.

Stéphane était capable de prononcer sans rougir des phrases comme : « On ne peut même pas parler de métier quand on atteint une telle adéquation avec soi-même, avec ses principes. On vit de sa passion, c'est le Graal. » De mon côté, j'étais salarié à temps partiel dans une obscure fondation qui finançait d'obscurs travaux scientifiques, j'avais perdu la garde de mes enfants à cause de lui, il me fallait un semainier pour ne pas confondre tous les cachets nécessaires au maintien de mon équilibre psychique, et j'avais renoncé à écrire des livres depuis plusieurs années. En somme, j'étais fâché avec la notion même de « Graal ».

— Figure-toi qu'ils sont passés en biodynamie il y a dix ans, reprit Stéphane, que rien ne perturbait. Oui, bien avant que ce soit la mode. Le vigneron m'a raconté qu'ils plantent leurs vignes les nuits de pleine lune. C'est dingue, non ?

Non, je ne trouvais pas ça « dingue » du tout. Pire encore, j'avais toujours haï les amateurs de vin. À cause de mes médicaments, je ne buvais presque jamais d'alcool : j'acceptais de temps en temps une mauvaise bière et j'étais incapable de distinguer un bordeaux d'un bourgogne. Quant au vin en biodynamie, c'était du foin vendu au prix du caviar.

Je me tournai vers celle qui était maintenant mon ex-femme.

— Je ne vais pas rester longtemps, Marine. Est-ce que le sac des enfants est prêt ?

J'étais debout dans l'entrée. Stéphane était parti jouer à la console avec mes filles et je les entendais pousser des hurlements de joie. Artificiels. Depuis le canapé sur lequel il était vautré, il me lança, d'un ton détaché :

— Et donc, il paraît que tu écrivais ? Tu as un projet en cours ?

J'avais cessé d'écrire près de cinq ans auparavant et il le savait très bien – Marine le lui aurait d'autant moins caché qu'elle n'ignorait pas pour quelle raison je n'y parvenais plus.

Cela s'était passé dans un train comme celui que j'avais pris ce matin. Marine rentrait d'un colloque, d'une conférence ou d'un workshop – une de ces activités qui servent à meubler la vie des cadres en leur donnant l'impression d'être occupés. Je l'accompagnais, parce que je n'avais pas de meilleure façon de meubler mon temps et que ses parents voulaient constamment garder nos filles – je soupçonne qu'ils craignaient de les laisser seules en ma présence.

Deux rangées devant nous, Marine reconnut, dans les mains de sa supérieure, mon dernier roman. Je venais d'avoir droit à un compte rendu dithyrambique dans un grand hebdomadaire et, sans doute rassurée par une si bonne recommandation, la supérieure s'était rendue en librairie. Marine était donc allée la voir et, pour pimenter la conversation, n'avait prononcé que des demi-vérités : l'auteur était une connaissance, un ami de lycée, un être qui vivait à l'écart du monde – comme c'est curieux, comme c'est bizarre, quelle coïncidence, le monde est petit, etc. –, échange de mondanités charmantes et inoffensives dans le TGV Poitiers-Paris.

Puis il lui fallut bien demander à sa supérieure ce qu'elle pensait du roman – il aurait été étrange de ne pas poser la question. Une rangée nous séparait et j'entendais mal. Un enfant passait et repassait en poussant des glapissements qui me rendaient furieux, et je ne pus malheureusement distinguer les termes exacts qu'elle employait ; en substance, le roman était triste et lourd, il l'enveloppait d'une aura poisseuse de malheur et elle venait justement de décider qu'il valait mieux, pour son propre bien-être, qu'elle en interrompe la lecture.

« Vous direz à votre ami de ne pas prendre la vie tellement au tragique », avait conclu sa supérieure, magnanime.

Marine était revenue vers moi, la mine un peu défaite, en me souriant pour essayer de sauver la face. Et mon dernier roman avait certainement fini sa vie dans la boîte à livres d'un immeuble cossu de l'ouest parisien. Un pilon sophistiqué, entre gens bien élevés.

De ce jour, je n'avais plus réussi à écrire une seule ligne.

*

— Moi aussi, j'ai toujours rêvé d'écrire, avait poursuivi Stéphane. Si tu savais tout ce par quoi je suis passé… Je me suis toujours dit qu'un jour il faudrait que je raconte ma vie. On ne me croirait pas. Ou alors, encore mieux, je te donne la matière première et toi tu écris. Comme ça tu n'as pas à te creuser la tête pour inventer une histoire. Je te la sers sur un plateau.

— Il vaudrait mieux éviter, Stéphane. Il vaudrait mieux éviter.

Les gens étaient toujours persuadés que leur vie méritait d'être connue. Ils se trompaient deux fois : non, leur vie n'était pas intéressante, bien sûr ; et non, la littérature ne sauvait rien, ne sauvait de rien, et le seul fait de se raconter n'aurait aucun effet thérapeutique. C'était un mauvais calcul.

J'étais perdu dans mes méditations et il y eut un long moment de silence. Marine en profita pour nous proposer de passer à table. Elle avait préparé un poisson à la provençale, accompagné d'une ratatouille (« improvisée », précisait-elle avec une pointe d'arrogance). Elle avait sorti du pastis et du rosé. Elle s'accoutumait à la région.

— On emporte nos verres, pas de chichis, lança joyeusement Stéphane. Allez les louloutes, venez.

Mais mes filles étaient accrochées à leur console et refusaient de se déplacer ; il y eut comme un flottement, personne ne savait comment réagir. J'avais déjà bu deux ou trois verres de vin biodynamique. Chacun de nous trois attendait que l'autre se comporte en adulte et personne n'osait bouger. Dans le doute, j'attrapai la bouteille et me resservis le temps que la situation se décante. Griserie de l'irresponsabilité. Marine parvint finalement à les convaincre au prix de quelques concessions pédagogiques et nous entrâmes dans la salle à manger. La pièce était lumineuse, la table joliment décorée, et je ne pouvais m'empêcher de penser à ce qu'avait été notre domicile commun : le ciel gris de Paris, des pièces étroites et sombres, de la vaisselle sale dans l'évier, des livres entassés de façon dangereuse dans chaque recoin. Marine avait peut-être fait le bon choix, après tout.

Stéphane m'entourait d'une sollicitude étonnée, Marine de ses jugements perfides. Avec la tablette que leur avait prêtée leur mère, mes filles regardaient à présent des dessins animés sous la table et se désintéressaient de nos échanges aigres-doux et de nos problèmes d'adultes.

— Et ça paie bien d'écrire des livres ? C'est dommage d'avoir arrêté. Moi ce que je dis, c'est qu'il faudrait que tu reprennes la plume, que tu leur montres ce que tu vaux. Comme un boxeur qui remonte sur le ring, tu vois ? Je n'y connais rien, mais tu pourrais peut-être faire évoluer ton univers, raconter des histoires qui intéressent les gens ?

Ce qui était formidable avec Stéphane, c'était son insensibilité absolue. Depuis que j'avais fait sa connaissance, à peine une heure plus tôt, je ne répondais que par des grognements à ses questions – et il conservait ce ton enjoué, cet enthousiasme indifférent au mépris visible que je lui portais. Imperturbable. Je le soupçonnais de ne pas être tout à fait humain.

C'était Marine qui répondait à ma place. Stéphane, lui, semblait aller de découverte en découverte et je me rendis compte qu'ils ne parlaient jamais de moi en mon absence.

— Il écrivait, mais ça n'était pas suffisant pour vivre. C'est pour cette raison qu'il travaille toujours dans la même fondation. Depuis quinze ans. À temps partiel.

Il y avait donc cette conversation douce-amère, ces jolies assiettes de créateurs, ce petit vin biodynamique qui me montait à la tête, toutes les choses qu'on se retenait de dire, l'air chaud méditerranéen qui soufflait par la porte-fenêtre ouverte, les comprimés qui m'étaient devenus nécessaires et dont j'abusais parfois, ce bonheur dégoulinant qui se passait très bien de moi, la fatigue du voyage, l'émotion de retrouver mes deux filles : en somme, j'avais bien des raisons d'être perturbé.

Bien sûr, il fallait que je recommence à écrire. Stéphane avait raison. Il ne me restait plus que ça, de toute façon. Au fond, je m'étais fait une montagne de cette humiliation ferroviaire alors que tout se résumait à un simple problème d'interprétation. J'étais persuadé que mes romans étaient spirituels, et ils désespéraient mes lecteurs. Je pensais que mes personnages étaient attachants, par leurs fêlures, et ils apparaissaient comme des repoussoirs. Je trouvais mes histoires cocasses, et elles faisaient l'effet d'un anxiolytique mal dosé. Les collègues de ma femme me regardaient de travers. Si j'y retournais, les choses se passeraient différemment. Ce serait mon sixième livre et, d'une certaine façon, les choses sérieuses commenceraient à peine.

*

Au moment d'embarquer dans le train qui remontait à Paris, Marine me prit dans ses bras avec une chaleur inhabituelle. Je grommelai quelques mots, détournai le regard et m'engouffrai dans le wagon sans me retourner. Mes filles me bombardaient de questions auxquelles je ne pouvais répondre. Je ne me souvenais de rien, voilà la vérité : ni du départ de l'appartement, ni du trajet vers la gare. En fait, à partir du moment où Marine était arrivée à table pour servir les plats, j'avais été pris dans un trou noir. Ce genre de choses m'arrivait parfois. De plus en plus souvent, en réalité – les médicaments, la peur, les difficultés de la vie, qu'importe la raison.

Je me rappelais avoir annoncé à Marine, pendant le repas, que ma nouvelle vie débutait dans trois mois. J'étais parfois frappé par de tels accès d'euphorie, au cours desquels tout me semblait possible, et j'avais lancé cette échéance avec beaucoup d'assurance. J'avais inventé des histoires de contrat mirobolant, de résidence, de prix littéraire. Il n'est pas impossible non plus que je me sois vanté d'avoir été nommé directeur adjoint de ma fondation : Stéphane m'avait agacé avec ses questions, je cherchais à les impressionner. De leur côté, mes filles n'écoutaient rien, ne parlaient pas, n'obéissaient pas. Elles semblaient perdues dans leur monde, insensibles à ce qui les entourait. Ensuite, il y avait eu des mots échangés : je me rappelle peut-être une certaine froideur dans l'air. Surtout quand on avait abordé le sujet de la garde des enfants. Est-ce que j'avais encore parlé de l'injustice qui me frappait, de la convention des droits de l'enfant – de quelques lettres que j'avais envoyées aussi, à des gens haut placés qui sauraient me défendre ? Quoi qu'il en soit, avec méthode, j'avais continué à ingurgiter mes cachets, jusqu'à terminer la plaquette, tout en avalant sans ordre du rosé, du pastis et cet ignoble vin biodynamique. Marine s'inquiétait pour moi : elle ne savait faire que ça de toute façon, elle avait toujours peur. Stéphane nous avait d'abord écoutés en silence et puis je crois qu'il avait fini par intervenir. Je refusai de lui adresser la parole. J'entrai dans l'obscurité.

*

Je regardais maintenant par la fenêtre, essayant tant bien que mal de garder calme et concentration. Je n'avais jamais bien compris ce que les gens imaginaient quand ils se représentaient un écrivain au travail. Un train low cost sans wagon-bar, des enfants grouillant sur ses genoux ou à ses pieds, des enfants bêtes et bruyants dans le wagon, une valise entre les jambes, pas de wifi : tout cela faisait-il partie du cahier des charges ? Je l'ignorais.

Ce qu'il me fallait, avant toute chose, c'étaient des personnages. Pas des ombres déprimantes comme celles que j'avais peintes jusqu'à maintenant, non. Pas des fantômes. De vrais personnages, forts, vivants, marqués, auxquels on pourrait s'attacher.

J'avais déjà eu la tentation d'écrire sur le monde universitaire. Un monde que je fréquentais, puisque la fondation pour laquelle je travaillais avait pour vocation de distribuer des allocations de recherche à de jeunes chercheurs. Il y avait généralement soixante ou quatre-vingts candidats pour une seule bourse, dont le montant était dérisoire. Aux premières loges, j'observais tous ces jeunes gens brillants se fracasser contre ce mur injuste de sélection. Plus grave encore : c'était moi qui l'organisais. J'étais la petite main d'un système darwinien où les plus adaptés s'en sortaient avec un salaire médiocre, laissant les autres à une vie de contrats précaires et de reconversions subies. Alors, dans les nombreuses heures d'ennui que me laissait mon travail, j'avais joué un peu, il y a longtemps, avec un personnage de professeur d'université. Ce n'était pas encore de l'écriture – c'était déjà de la rêverie.

Je me trouvais comme un alpiniste au pied d'une voie d'escalade dont toutes les prises auraient été cachées. Mon travail consistait à les révéler au fur et à mesure, sans jamais ni chuter ni m'enfermer dans une voie sans issue. Je m'amusais avec ce personnage comme un chat joue avec une balle – j'essayais de l'attraper et il m'échappait sans cesse.

J'imaginais donc un professeur d'université qui aurait été à quelques jours de la retraite. C'est une expérience que tout le monde a vécue, ou vivra. On est tiraillé entre une certaine joie – c'en est enfin terminé des contraintes, des collègues énervants, des tâches stupides, des ordres incompréhensibles – et une appréhension qui tord le ventre : ça y est, c'est fini, on passe de l'autre côté, et c'est irrémédiable.

J'avais vu mes propres parents traverser ce moment, des parents d'amis aussi ; je savais ce que ça avait de difficile, et surtout de révélateur. Certains étaient partis marcher sur le chemin de Saint-Jacques-de-Compostelle, d'autres s'étaient investis dans du bénévolat pour ne pas sentir de changement, pour continuer à se croire utiles ; les uns avaient renoué avec la foi tandis que d'autres avaient complètement décroché, renoncé à tout projet de vie. Je suppose que, tout comme l'alcool peut être joyeux ou triste selon son humeur du moment, on ne change pas radicalement dans les instants charnières de son existence – on se révèle.

De façon arbitraire, je nommai ce personnage Henri Nizard. L'histoire pouvait s'ouvrir, par exemple, à la veille de cette retraite qu'il avait finalement si peu préparée. On est pris par des obligations, on se fait croire que ça durera toujours, on se ment un peu parce que évidemment, on sait que c'est faux. Quand les gens nous posent la question, on répond toujours « ah oui, la retraite, il faut la préparer», parce que c'est la bonne réponse, c'est exactement ça qu'il faut dire, mais on ne la prépare pas. Et puis un matin, on se réveille, on se rend au bureau ou à l'atelier, et on comprend que la tâche qu'on est en train de réaliser, on ne la réalisera plus jamais.

Nizard passait la porte de sa petite maison secondaire. C'est là qu'il se rendait quand il voulait écrire, se ressourcer (je rêvais moi-même d'un tel endroit, et je n'avais jamais écrit, à l'époque, que dans des cafés, dans des bibliothèques municipales ou dans mon salon). Comme à chaque fois, il éprouvait une joie intense au moment où, traînant sa valise à roulettes le long de la rue principale du village, il tournait la tête et qu'apparaissait enfin, au coin, la petite maison. Elle n'était pas belle et Nizard le savait. Il s'en fichait. L'espace entre le portail en bois délavé et la porte d'entrée était envahi par les mauvaises herbes. La façade en crépi blanc était par endroits recouverte de lierre, qu'Henri ne s'était jamais résolu à arracher. Il aurait fallu payer un jardinier pour mettre un peu d'ordre là-dedans mais il n'en avait pas l'envie.

Il avait acheté cette petite maison de ville à la mort de ses parents, et c'était tout ce que leur maigre héritage lui avait permis d'espérer. C'était largement suffisant. Il venait d'un milieu pauvre et je voulais que cette maison représente comme un pont entre ses origines sociales modestes et ce qu'il était devenu – un universitaire accompli et respecté.

Henri écrivait toujours ses articles ici, dans ce que son épouse Giulia avait coutume d'appeler, lors des dîners partagés avec leur petit cercle d'amis, sa *datcha*. Il n'avait jamais songé à partager cette maison avec quiconque. L'idée ne lui avait même jamais traversé l'esprit. Giulia avait bien compris qu'elle était, tacitement, interdite de séjour, mais elle aurait trouvé absurde de le lui faire remarquer.

Au rez-de-chaussée, on trouvait la pièce à vivre, qu'il avait transformée en bureau, et la cuisine. À l'étage, il n'y avait qu'une seule chambre, où s'entassaient les livres et les revues dont il avait besoin pour ses recherches, et une petite salle de bains. Il n'y avait tout simplement pas de place pour Giulia. En somme, c'était une garçonnière sans la sensualité – la cabane d'un vieux garçon.

Quand Henri avait un article à terminer, un cours à préparer, il partait donc à Nogent-le-Roi et, une fois sur place, appelait Giulia depuis le vieux poste fixe installé dans le salon du rez-de-chaussée.

« Je ne serai pas là ce soir, ni demain. J'ai du travail. »

Et tant pis si elle avait préparé quelque chose à manger, tant pis si elle avait envie de le voir. Dans leur vie d'avant, qu'elle regardait maintenant avec nostalgie, Giulia pouvait au moins rester avec Joffre quand Henri partait à l'improviste : et ces soirs-là, la maison de Chevreuse semblait si grande et si vide d'un coup pour tous les deux.

Quand Henri était là, tout était réglé selon sa volonté, ses principes immuables ; quand il partait, la maison était pleine de son absence. La mère et son fils restaient seuls, un peu désorientés par cette obscurité inquiétante, ce silence menaçant, ce manque de repères. Alors, Giulia lisait encore plus d'histoires que d'habitude à Joffre, avec son accent qui transformait les « u » en « ou » et les « e » en « è ». S'il n'était pas trop tard, elle demandait, ou plutôt elle suppliait Isabella de rester, et celle-ci, qui s'occupait déjà de tout à la maison, qui faisait le ménage, qui éduquait Joffre comme son propre fils, qui aidait Giulia à ne pas être submergée, obéissait parce qu'elle sentait la profonde détresse de sa patronne. Alors tous les trois se tenaient compagnie, jouaient sans se le dire à être une vraie famille, et Giulia finissait par s'endormir tout habillée sur le canapé.

Mais depuis qu'ils n'avaient plus d'enfant sous leur toit, depuis ces longues années que Joffre était parti, le temps s'étirait, morne et indéfini. Il y avait les dîners avec les amis, les mêmes rôles et les mêmes conversations depuis trente ans. Il y avait les collègues d'Henri, sa vie d'universitaire dont elle ne percevait que le vernis mondain. Il y avait tous ces rendez-vous qu'Henri ne manquait jamais, n'aurait manqués pour rien au monde. Ces moments ritualisés où, à heure fixe, à date fixe, on enlève le masque d'universitaire pour boire un whisky, fumer un cigare, donner son avis sur le monde tel qu'il va et savourer la certitude qu'on a une vie sociale, des amis, des opinions tranchées, qu'on n'a pas réussi seulement sa carrière professionnelle mais qu'on mène aussi une existence accomplie.

Mais les soirs avec Giulia, ces face-à-face usés où tous deux savaient très bien qu'ils n'avaient rien à se dire, plus rien à construire ensemble, que pourraient-ils lui apporter ?

*

Ce jour-là, Henri devait donc préparer un colloque. Le plus important peut-être. Sa dernière intervention publique avant la retraite. Après, c'en serait fini. Déjà, il avait arrêté de donner des cours ; l'année universitaire venait de s'achever et il savait que ses étudiants ne lui manqueraient pas, qu'il n'en regretterait pas un seul.

Bien sûr, il avait eu quelques disciples ; ces dernières années, il avait placé beaucoup d'espoirs en Massimo, dont il avait dirigé la thèse, qui avait intégré son laboratoire. Mais il s'était si souvent trompé sur les gens. Comment pouvait-il avoir confiance ? Henri essaya de se souvenir de quelques visages d'étudiants, mais tout cela se perdait en un magma indifférencié, une masse un peu idiote et chuchotante, des cheveux qui dépassaient derrière des écrans d'ordinateur et des sacs à dos vite enfilés à la fin du cours.

Henri avait dû se faire prier pour organiser un pot de départ ; à son habitude, il avait fait des manières, donnant le sentiment de céder à la pression générale alors qu'il mourait d'envie d'être célébré. Ses collègues, tenus de respecter une certaine tradition, auraient préféré s'épargner cet ultime raout. Les dernières semaines, sans rien en montrer, Henri avait guetté fébrilement sa messagerie, du coin de l'œil, surveillant le nombre de confirmations, dressant mentalement le tableau de ceux qui avaient été invités, de ceux qui n'avaient pas encore répondu, de ceux qui avaient décliné ; il pondérait ce critère quantitatif par une évaluation rageuse de ceux qui lui devaient quelque chose, un rapport favorable, un coup de pouce dans leur carrière, un changement d'emploi du temps opportun, un remplacement au pied levé. Finalement, presque tout le monde était venu et Henri avait pu savourer ce succès à sa façon : en faisant semblant de ne pas être heureux.

Henri avait refusé que son pot de départ ait lieu à l'université. Pour cela, il aurait fallu qu'il demande une autorisation, qu'il remplisse divers formulaires et déclarations sur l'honneur – le genre de tâches qu'il avait effectuées avec dégoût pendant toute sa carrière et dont il se sentait à présent libéré. Il avait trop de rancœur et trop de mépris pour ces gens-là. Giulia avait proposé de lui trouver un lieu et avait réservé un grand café à Versailles, non loin du château. Il y avait une arrière-salle qu'on pouvait aménager pour les réceptions. L'endroit possédait un charme un peu suranné. Ce serait parfait.

*

Giulia avait toujours eu peur de manquer d'argent. Elle était issue d'une famille relativement fortunée mais n'avait elle-même jamais réellement travaillé. Quelques semaines par ci, quelques mois par là, sans jamais chercher, par bouche-à-oreille, quand le bénévolat – ses « bonnes œuvres », comme les qualifiait avec mépris Henri – se transformait temporairement en contrat de travail, quand il fallait aider à la comptabilité de l'association où elle officiait, faire des petits travaux de traduction. Cela relevait davantage de l'argent de poche. Henri tenait les finances du ménage. C'est lui qui possédait le compte en banque principal. Il versait tous les mois une somme fixe, déterminée par lui seul et selon des calculs qui échappaient à Giulia, sur son compte. Alors, les quelques fois où elle travaillait, elle demandait toujours à être rémunérée en liquide et elle cachait fébrilement une partie de cet argent dans un vase du salon avant de tendre le reste, une grosse liasse de billets, à Henri pour qu'il l'encaisse. Henri s'agaçait de ces méthodes de dames patronnesses.

— Mais qui aujourd'hui continue à payer en liquide ? C'est insensé. Combien est-ce qu'ils t'ont donné ?

— Il y a 900 euros en tout.

— Tout ça pour ça ? Tu m'emmerdes depuis un mois à prendre un air débordé pour 900 euros ?

— …

Henri haussait les épaules.

— Si ça t'amuse après tout…

Au fil des années, elle avait réussi à mettre de côté un peu plus de 10 000 euros. Un véritable trésor de guerre. Elle n'avait pas de plan précis et aurait été bien incapable d'expliquer pour quelle situation elle conservait cet argent. Ça la rassurait, et c'était déjà beaucoup.

Mais pour le buffet de Versailles, le prix proposé par le cafetier dépassait ce qu'Henri avait prévu et Giulia avait alors pioché dans ses économies pour la première fois. Elle avait imaginé la scène, les réprimandes, elle avait vu Henri qui haussait le ton, qui la poussait violemment, qui lui reprochait de ruiner le ménage, d'être bonne à rien, d'être nulle, elle avait pensé à lui avec cette terreur qu'elle ressentait de plus en plus, qui l'empêchait désormais d'être jamais tranquille, jamais sereine, et elle avait fait le choix de payer de sa poche la différence plutôt que d'affronter sa colère. Pourtant, au moment d'enfoncer sa main dans le vase, elle avait frissonné, comme si elle profanait un lieu sacré.

Grâce aux 1 000 euros apportés par Giulia en complément, la réception avait pu avoir lieu. Le buffet avait impressionné tous les invités. Ce soir-là, Giulia s'était montrée excentrique, charmante, spirituelle. Elle voulait faire plaisir à Henri et naviguait avec aisance d'un groupe à l'autre. Son accent italien faisait toujours son petit effet auprès de ceux qui ne la connaissaient pas. Mais du buffet où il se trouvait en plein conciliabule avec son désormais ancien directeur, Henri l'entendait rire aux éclats et sa mâchoire se serrait, ses poings se crispaient dans ses poches. Comment pouvait-on être aussi vulgaire ? Et pourquoi personne ne semblait le remarquer ? C'était comme si tout le monde se moquait de lui en cachette, lui l'universitaire qui avait une épouse si frivole et qui riait si fort.

*

Ce dernier colloque avait lieu à Rome et il allait rassembler une trentaine de chercheurs et d'universitaires venus de toute l'Europe. Henri enseignait dans un département de gestion et travaillait depuis plusieurs décennies sur trois ou quatre sujets de recherche, sur lesquels son expertise était indéniable. Cela lui permettait à la fois de publier régulièrement dans des revues et de réutiliser ses propres travaux d'un article à l'autre.

Il y avait aussi, au-delà du monde universitaire, des cercles de réflexion et des fondations d'entreprise à flatter, des institutions politiques régionales, nationales et internationales à connaître. Il y avait des sociétés savantes et des associations à intégrer. Il y avait des hiérarchies à satisfaire ou, parfois, à combattre, que ce soit à l'université, dans la communauté d'universités, dans les conseils d'évaluation de sa discipline ou au ministère de la Recherche. Henri était ambitieux et ne s'ennuyait jamais.

Il avait été obligé de faire un scandale au téléphone pour que son intervention soit décalée parce que les organisateurs l'avaient initialement placée en fin de matinée le premier jour, lorsque tout le monde ne pense qu'à partir déjeuner. Il était hors de question qu'il rate sa sortie. Finalement, le président de l'université de Milan ferait la clôture de la première journée et Henri ouvrirait la séance pour le second jour du colloque. Il avait eu gain de cause.

Henri s'installa dans son gros fauteuil en cuir et mit un disque de Haendel, *Giulio Cesare in Egitto*, dans la version dirigée par René Jacobs. D'une certaine façon, Haendel avait été la seule grande passion de sa vie. Il l'avait découvert à l'adolescence et ne passait pas une semaine sans l'écouter, pas une année sans l'entendre en concert. Il trouvait dans la musique de Haendel quelque chose qui ne parlait qu'à lui, quelque chose qui avait à voir avec l'enfance peut-être, et qu'il refusait de chercher à expliquer. C'est comme s'il existait une autre dimension, une autre strate de réalité, et que dans cet impalpable royaume il pouvait se dissoudre dans cette musique, faire corps avec elle.

Henri tenait à ce que ce colloque se déroule parfaitement – non seulement parce que c'était le dernier, bien sûr, mais aussi (surtout ?) parce que Giulia serait présente. Henri n'avait jamais souhaité que sa femme occupe la moindre place dans sa vie académique. Elle avait assisté à sa soutenance de thèse, parce que autrement ça aurait semblé inconvenant : on lui aurait posé des questions, et il n'aimait pas les questions. En outre, au moment de sa soutenance, leur fils Joffre venait de naître et il aurait fallu payer une baby-sitter : ils n'en avaient alors pas les moyens. C'était avant le petit héritage, avant le premier vrai poste, avant Isabella. Une éternité.

Cette fois, Giulia assisterait au colloque parce que ce serait l'ultime, un trait tiré sur plus de trente années de recherche, sur toute une vie professionnelle. Après, ils partiraient tous les deux dans la maison de famille qu'elle possédait, sur l'île de Ponza, et Henri entrerait dans l'inconnu. Depuis des mois, il savait qu'il faudrait préparer la suite, ne pas passer du tout au rien, ne pas avoir cette sensation, qu'il appréhendait, de tomber dans le vide. Henri le savait et il n'y parvenait pas.

Le jour où il avait reçu un message des services sociaux de l'université l'invitant à une formation pour préparer sa retraite, il s'était levé d'un coup, comme s'il avait été piqué par une guêpe, et il lui avait fallu tout son sang-froid, toute l'expérience de plus d'un demi-siècle à dissimuler ses sentiments, pour ne pas briser son ordinateur.

À Ponza, il pourrait faire le point, songeait-il. Il s'accrochait à cette idée, avec la naïveté d'un enfant. À Ponza, le temps s'arrêterait et il pourrait réfléchir posément, faire des calculs et arriver à un résultat. Déterminer une ligne de conduite.

Bien sûr, pour que les conditions soient optimales, il fallait que Paula, la sœur de Giulia, soit absente. Henri la détestait. Elle fourrait toujours son nez dans ses affaires, donnait son avis, que personne n'avait demandé. Giulia était tellement fragile… Il avait au moins réussi à lui faire comprendre que sa sœur exerçait une influence néfaste sur elle, sur eux ; pour cela, il avait dû un peu forcer le trait, naturellement, et lui avait raconté que Paula disait du mal de leur fils, de l'éducation qu'il recevait.

Henri avait donc fait en sorte que les deux sœurs ne se voient presque plus. Mais il savait qu'elles continuaient à se téléphoner de temps en temps, en cachette. Henri le savait parce que c'est lui qui recevait les relevés du téléphone fixe et des téléphones mobiles. Giulia appelait sa sœur environ une fois par mois, en journée, quand il se trouvait retenu à l'université. Les conversations duraient une trentaine de minutes. Il avait peu de doutes sur Giulia : elle ne disait pas de mal de lui. Elle n'aurait pas osé. Il supposait qu'elles ne parlaient pas de lui et que pourtant il était partout dans la conversation, comme une ombre. Il supposait qu'elles évoquaient des sujets futiles pour ne pas perdre le contact et pour ne pas risquer d'être séparées.

La maison de Ponza était revenue aux deux sœurs après le décès de leurs parents. Paula y habitait la moitié de l'année depuis qu'elle avait pris sa retraite, et s'occupait de l'entretien du bâtiment, des travaux d'embellissement, des relations avec les jardiniers.

Paula avait été institutrice dans la banlieue romaine. Elle s'était beaucoup investie dans le syndicalisme, dans les pédagogies alternatives, suivant en cela la trace de ses parents. C'était une femme de principes, droite, et qui voulait toujours faire le bien autour d'elle. Elle n'était pas une intellectuelle et préférait l'action concrète aux réflexions abstraites. Elle était très fière de ce qu'avaient accompli ses élèves au fil des années.

La première fois qu'elle avait parlé à Henri, elle lui avait dit qu'elle était heureuse d'exercer le même métier que son beau-frère.

— De quel métier parlez-vous ?

— Eh bien, nous enseignons tous les deux, non ?

— Pour ma part, je me destine au métier d'enseignant-chercheur. Vous vous occupez d'enfants de quatre ans. Je ne suis pas certain de bien comprendre votre question.

Paula ne parlait pas un mot de français à l'époque et Giulia officiait comme traductrice entre les deux. Paula et Henri étaient assis face à face sur les grands fauteuils en osier de la terrasse à Ponza. Giulia se tenait debout entre eux, comme une dérisoire interprète entre deux chefs d'État au bord de la guerre, comme une arbitre de boxe. Elle avait eu tellement honte qu'elle n'avait pas osé traduire. Le silence avait fini par devenir gênant.

— *Che cosa ha detto, Giulia, cos'ha detto ?*

— *Ma niente, niente di importante. È felice di essere un insegnante, come te.*

Henri était toujours assis dans son fauteuil en cuir, plongé dans ses pensées, dans la musique. Ptolémée faisait tout son possible pour écarter Cléopâtre du trône et le visage de Paula, le souvenir de cette première rencontre, gâtait les mélodies de Haendel. Henri se leva d'un bond et attrapa le combiné.

— Giulia, je t'appelle de Nogent, je ne rentrerai pas ce soir.

— D'accord. Tu écris ?

— Non, pas encore. Je suis en train de réfléchir à la suite. (Il ne prononçait jamais le mot « retraite ». S'il devait aborder le sujet, il préférait parler de « la suite ».) C'est important pour moi. J'ai besoin que Paula nous laisse seuls à Ponza, tous les deux. Je serai fatigué, je veux me reposer et faire le point. Appelle-la et dis-lui de nous laisser la maison.

— Mais tu sais qu'elle y sera. Elle y est toujours en juin. C'est là qu'elle vit.

Henri serra les poings de rage. Il n'avait aucune envie de parlementer avec Giulia, et encore moins envie d'essayer de la convaincre. Les états d'âme de sa belle-sœur le laissaient de marbre. Il avait d'autres choses à faire, des choses plus importantes.

— Écoute, je reste à Nogent deux jours. J'ai du travail avant le colloque. Alors tu appelles ta sœur et tu te débrouilles. Nous partirons ensemble à Rome et je ne veux pas d'elle à Ponza quand on y sera. Je veux la maison, toi et moi. C'est aussi simple que ça, et je pense que n'importe qui serait capable de le comprendre.

Il raccrocha, à la fois furieux et satisfait. Derrière lui, dans le vieux lecteur de disques qu'il n'avait jamais pensé à changer, Ptolémée était mort, assassiné par Sextus. César et Cléopâtre triomphaient. Tout était en ordre.

Depuis combien de temps le train était-il à l'arrêt ? Il me semblait l'avoir senti quitter la gare Saint-Charles. Il me semblait avoir rangé les bagages, salué mon voisin. Mes filles ne devaient pas être loin. Dehors, il faisait encore jour et, perdu dans mes pensées, je n'avais pas remarqué le moment où le train s'était immobilisé au milieu de la voie. La voix du conducteur, introduite par une petite musique joyeuse, nous informait à présent que nous devrions rester en place quelques minutes et qu'il était plus prudent de ne pas descendre sur les voies.

Bien sûr, il n'y avait pas de wagon-bar. C'était un train bon marché et il faut croire que la possibilité d'étancher sa soif était réservée aux passagers plus aisés. À mes heures plus glorieuses, je m'offrais des billets de première classe et passais tous mes trajets debout, au wagon-bar, à lire le journal, un peu tassé sur mon siège pour regarder le paysage.

Tout autour de moi, les voyageurs étaient plongés dans leurs livres, leurs films, leur musique, leurs jeux sur téléphone : l'offre était pléthorique et le temps de loisirs limité. Seule la presse écrite avait raté quelque chose, et on ne voyait presque plus personne accomplir ce geste autrefois familier de déplier un journal avant de le lire.

Mes filles avaient échappé à mon attention et semblaient s'être lancées dans une vaste entreprise consistant à fabriquer une cabane sous la petite table sans heurter le voisin. Je trouvais ça idiot, mais après tout, que connaissent les parents de leurs enfants ?

Le voisin paraissait aussi désolé que moi devant ce spectacle. Nous avions le même âge, portions le même genre de vêtements. Il avait rangé derrière moi un gros sac bleu de randonnée, et lisait la presse sportive. Il avait sorti plusieurs livres et magazines, comme s'il se documentait ou préparait une expédition. Moi, je lisais l'*Odyssée* dans une version de poche. Si nous avions été réunis lors d'un dîner, pour une occasion quelconque, nous aurions pu bavarder sans qu'il y ait entre nous un sentiment d'étrangeté sociologique. Il regardait dans ma direction, avec l'œil bête et confiant de celui dont la bonté est naturelle. Il voulait parler avec moi. Je me tournai vers la fenêtre.

Il y a des gens qu'on ne peut s'empêcher de haïr tant ils nous ressemblent – non pas tels que nous nous rêvons ou tels que nous aimerions paraître dans le monde, mais tels que nous sommes réellement. Voilà ce que pensait Joffre au moment où un client d'une quarantaine d'années entra dans la boutique de vins et spiritueux qu'il possédait. Tout comme lui, il portait des vêtements aux couleurs pâles, un peu passées. Tout comme lui, son corps commençait à être légèrement voûté. Pour quelqu'un qui les aurait vus de loin, rien ne les aurait distingués. L'idée qu'on puisse les associer révoltait Joffre.

Bien sûr, personne ne pouvait nier qu'ils se trouvaient l'un en face de l'autre, qu'ils parlaient de vins en amateurs, qu'ils paraissaient se connaître – le premier étant ce qu'on appelle un client régulier de la boutique du second. Joffre ne pouvait nier non plus que, du point de vue de l'allure, il avait connu de meilleures heures. Mais ce type de rapprochement était tellement superficiel. « Moi, ce n'est pas pareil », se répétait-il comme un mantra. « Moi, ce n'est pas pareil. » Depuis quelques mois, à mesure que son insatisfaction croissait, il s'était mis à contempler ses clients d'un autre œil : avec une douloureuse envie à l'égard de ceux qui semblaient avoir réussi, de ceux qui affichaient des signes extérieurs de richesse ; avec un souverain mépris pour les autres.

Joffre Nizard, fils d'Henri Nizard et de Giulia Delvecchio, rêvait de devenir riche. Il lui semblait qu'il n'y avait pas d'aspiration plus noble dans une vie humaine. S'il avait pu avoir des enfants, il aurait peut-être placé la paternité au sommet de cette hiérarchie subjective, mais il s'était contenté d'éduquer Lola, dès ses douze mois, sans que ce soit sa fille – comme si c'était sa fille. S'il avait aimé les femmes, il aurait pu se consacrer à l'amour, trouver le bonheur dans le donjuanisme – mais il était veuf depuis peu et était terrorisé par les sentiments. Riche, donc.

*

Le jour de l'ouverture de sa boutique avait été l'un des plus heureux de sa vie. Joffre avait inondé la ville de prospectus qui annonçaient l'installation en centre-ville d'un caviste « spécialisé dans les vins biologiques et en biodynamie », au large choix. Il proposait également des services de traiteur pour les particuliers et les entreprises. L'idée était bonne et, de fait, son commerce venait combler un manque. De nombreux cadres, sensibles à la question environnementale tout en étant de « bons vivants », habitaient dans la ville et dans les communes avoisinantes. Par ailleurs, la présence d'entreprises et d'établissements d'enseignement supérieur promettait des commandes régulières pour des buffets. En somme, le projet partait sous de bons auspices.

Pour Joffre, cette inauguration représentait à la fois un

accomplissement et un nouveau départ. Il n'avait pas vraiment fait d'études, au grand dam de ses parents, avait connu mille métiers dans l'hôtellerie, dans la restauration, chez des cavistes. Et enfin, après tous ces tâtonnements, il se lançait. Il aimait se répéter qu'il était entrepreneur. Le mot était à la fois intimidant et excitant. « Je n'ai pas de patron » : il marmonnait cela en toutes circonstances – quand il était de bonne humeur, mais aussi aux heures creuses quand, seul dans la boutique, il craignait de couler, ou quand il disputait avec des inconnus des joutes imaginaires dont toujours il sortait vainqueur. Il le répétait aussi à Lola, souvent avec orgueil, parfois avec colère :

— Moi, je n'ai pas de patron.

Le jour de l'inauguration, Joffre portait un chino marron et une doudoune sans manches qui cachait une chemise blanche. Depuis quelque temps, il entretenait une barbe de trois jours. Ses petites lunettes rectangulaires lui donnaient un air d'acteur de téléfilm français. Le sénateur-maire, gros homme aux joues rouges et amateur de cigares, était passé quelques instants ; il lui avait parlé avec cette familiarité qu'on réserve à ce type de commerçants, parce que en plus de créer de la vie, de renforcer le tissu économique et l'attractivité du centre-ville, ils vendent des biens sur lesquels tout le monde possède une opinion. Le photographe municipal faisait poser les notables. Certains commerçants du quartier étaient venus, ainsi que des restaurateurs ou des hôteliers que Joffre connaissait déjà et avec lesquels il espérait traiter à l'avenir. En revanche, les flyers qu'il avait déposés à l'accueil des universités n'avaient pas eu d'effet.

Sur une table, Joffre avait disposé des fromages italiens et de la charcuterie. Sa femme Élise avait posé une journée de congé, s'était habillée d'un tailleur noir qu'elle trouvait élégant, et assurait le service. Lola était encore un peu jeune pour participer aux festivités et avait cours tôt le lendemain : elle était partie dormir chez ses grands-parents.

Ce soir-là, lors de leur petit échange informel, le maire et lui avaient devisé sur les vins les plus extraordinaires qu'ils avaient goûtés. L'édile lui avait confié son souhait d'aider à la revitalisation de la vigne en Île-de-France, sujet qui le passionnait et dont il s'occupait au sein d'une commission dédiée au Sénat. Il comptait bien évidemment sur Joffre pour en faire la promotion. Joffre avait acquiescé, tellement fier que le maire lui demande de l'aide, en quelque sorte.

En partant, le maire lui avait confié son goût pour les vins de Bourgogne. Joffre lui avait alors fait une promesse :

— Monsieur le maire, je vais vous faire envoyer la semaine prochaine une bouteille extraordinaire, un grands-échezeaux grand cru 1999. Je connais le vigneron, c'est une merveille. Comme vous êtes amateur, je serais heureux de savoir ce que vous en pensez.

— Ah, mais surtout pas, mon cher ami ! L'administration française n'aime pas les cadeaux, malheureusement. Mais venez me voir un soir, vous me ferez profiter d'une dégustation personnelle.

Puis le sénateur-maire était reparti serrer d'autres mains, échanger avec d'autres commerçants qu'il connaissait déjà, et Joffre était resté sur place, rouge de plaisir. C'était un caractère faible, sensible aux flatteries et aux signes extérieurs de réussite. Les honneurs le grisaient et quand, quelques semaines plus tard, il reçut le journal municipal, dans lequel figurait un petit article sur l'ouverture de sa cave – article accompagné d'une photo où le maire et lui se parlaient avec un air complice –, il ne put s'empêcher de l'afficher sur la devanture de sa boutique – du côté intérieur, pour que personne ne puisse l'arracher.

*

Joffre avait toujours eu cette impression de ne pas être à sa juste place – ni ici ni ailleurs –, de mériter davantage que ce qu'il avait, et il souffrait d'être ainsi déchiré. Plus jeune, il avait déçu Henri, qui avait eu d'autres ambitions pour lui ; longtemps, il se considéra comme le rêve raté de ses parents.

Sa mère Giulia, cependant, était une femme protectrice, dévorante, prête à tout pour lui. Elle gardait un souvenir traumatisé de sa naissance et il avait grandi avec l'assurance que, quoi qu'il ferait, elle le couvrirait – même si elle était triste, même si elle était déçue, même si elle avait peur. Il était son fils unique et rien de ce qu'il accomplirait ne pourrait briser ce lien. Son père Henri, lui, était à la fois strict et absent – aussi strict qu'il était absent. Il avait insisté pour qu'il fasse des études, afin de poursuivre l'ascension sociale qu'il avait lui-même entamée à la force du poignet, lui le fils d'ouvrier devenu professeur d'université.

Quand Joffre étudiait au collège, élève apathique et peu doué, Henri réfléchissait pour deux : fallait-il consolider la position acquise ? Auquel cas il faudrait que Joffre devienne professeur des universités ; ce serait le début d'une dynastie, et cette perspective ne manquait pas de charme. Autrement, Joffre pourrait conquérir le monde de l'argent, intégrer une école de commerce et devenir cadre dirigeant. Cela aurait l'avantage de les sortir par le haut des problèmes financiers que l'université française ne parvenait pas entièrement à résorber. Ou alors, il aurait fallu que Joffre vise directement le pouvoir, devienne haut fonctionnaire – la jouissance de la décision sans les aléas de l'élection.

Hélas ces rêves se heurtèrent à une bien triviale réalité : durant toute sa scolarité, Joffre se révéla désespérément médiocre. Il avait des passions curieuses – d'excellentes notes en physique, ce que rien n'aurait pu laisser présager – et des lacunes incompréhensibles – s'il lisait avec passion Dostoïevski ou Gontcharov, il avait des notes humiliantes en français. Il se mettait dans des colères noires à chaque fois qu'il avait un devoir à rendre, jetait au sol ses affaires scolaires, ce qui laissait Giulia désarçonnée et sans moyens. Isabella l'avait élevé et aidé pour ses devoirs quand il était petit, mais les subtilités de l'agriculture russe ou de l'algèbre la dépassaient, malheureusement pour tout le monde. Quant à Henri, il regardait ce fils gâcher sa scolarité avec un dépit croissant qu'il parvenait mal à dissimuler.

Finalement, rien n'y fit – ni les professeurs particuliers, ni les leçons de morale, ni les lamentations sur la jeune génération. Il était mauvais en histoire, médiocre en mathématiques, paresseux en français, incompétent en musique – les rêves de pouvoir, de richesse ou de mandarinat du père s'évanouirent, fracassés contre le mur de l'incapacité du fils.

Sa scolarité se termina tant bien que mal. Joffre redoubla une ou deux fois, devint l'un des piliers du club de théâtre, se fit renvoyer de cours de temps à autre, collectionna les punitions, se fit des amis.

Henri lui avait fait promettre d'obtenir au moins son bac, pour s'épargner cette suprême humiliation – ses propres parents n'avaient pas de diplômes et il aurait été mortifié si son fils avait dû quitter l'école sans le bac : ç'aurait été comme s'il avait compté pour rien entre ces deux générations. Alors Joffre travailla avec une molle ardeur durant le mois de mai précédant l'examen, fuma des cigarettes devant la télévision, des tas de fiches de révisions étalées face à lui. Il travailla peu et cela suffit : il fut bachelier. Enfin libéré, il put arrêter ses études.

*

À la naissance de Joffre, c'était Henri qui était allé remplir la déclaration à la mairie. Lui et sa jeune épouse avaient assez peu parlé du prénom : ils n'en avaient pas vraiment eu l'occasion. La grossesse de Giulia avait été une telle surprise qu'elle avait précipité certaines décisions : ils s'étaient installés dans une maison à Chevreuse, ils s'étaient mariés en toute discrétion, avec deux témoins seulement, deux collègues d'Henri, doctorants dans le même laboratoire de recherche que lui. Ils étaient tous les deux au début de leur vie d'adulte et tout semblait possible. Les parents de Giulia leur avaient donné de l'argent pour acheter la maison et leur première voiture, une Renault R4, afin qu'ils puissent se rendre facilement à Paris. Henri ne conduisait pas et prétendait ne pas en avoir besoin, mais il demandait constamment à Giulia de l'amener ici ou de le déposer là.

Giulia voulait appeler l'enfant Emilia si c'était une fille et César si c'était un garçon. Henri n'avait pas le temps d'en parler, jamais : il y avait tant à faire pour s'installer dans la nouvelle maison, tant à faire pour mener à bien son doctorat. Le jour de la naissance, sonné par une émotion qu'il refusait de reconnaître, il se présenta devant l'employée au bureau des affaires familiales. Sa sacoche débordait de documents, de livres, et il n'avait pas de temps à perdre. En début d'après-midi avait lieu une réunion dont son sort dépendait en partie. Il fallait qu'il s'y présente et qu'il fasse bonne impression.

Pour le moment, il avait l'air hagard, furieux, et quand la

préposée lui demanda comment se prénommait l'enfant, il eut un moment d'absence, un grand blanc. Impossible de répondre, ni de se souvenir de ce qui avait été convenu avec Giulia. L'employée continuait à le dévisager :

— Alors ?

— Alors... Je ne sais pas.

— Comment ça, vous ne savez pas ?

Henri se ressaisit ; il détestait être en tort.

— Excusez-moi. La fatigue... L'enfant se prénomme Georg-Friedrich.

C'était tout ce qu'il avait en tête à cet instant, les seuls mots qu'il était capable de prononcer, le seul prénom qui lui venait à l'esprit. Georg Friedrich Haendel, le maître de la musique, seigneur du monde de l'art, divinité de cet athée chevronné.

À l'école, les premiers jours, les professeurs bredouillaient toujours au moment de l'appel, prononçant avec difficulté ce curieux prénom, butant sur sa sonorité rugueuse. Et le jeune Joffre dut apprendre très tôt à répondre à toutes sortes de questions qu'immanquablement son prénom faisait surgir.

— Tu es allemand ?

— Pourquoi tu t'appelles comme ça ?

— Dis-moi quelque chose en allemand.

La guerre était terminée depuis quelques décennies, mais l'antigermanisme restait assez répandu au sein de la population française – et même considéré comme relativement acceptable. Il y eut donc des moqueries, on l'appela le Schleu, le Boche. Puis, assez vite, ces questions et ces railleries lassèrent les enfants et lui-même opta pour un diminutif plus pratique et plus neutre : Joffre. De temps en temps, au fil des années, certains demandaient :

— Joffre, comme le maréchal ?

Mais alors il lui suffisait de répondre « oui, comme le maréchal » et le sujet était clos.

Quand Giulia apprit le prénom qui avait été choisi pour son fils chéri, la chair de sa chair, elle fut inconsolable. Elle pleura sans pouvoir s'arrêter, serra fort l'enfant contre sa poitrine, tellement fort qu'elle aurait pu lui faire mal, et cessa de parler à Henri. Jamais elle ne lui pardonna cette trahison. Jamais elle ne lui pardonna le vol de son enfant. Les quarante années qui suivirent, elle appela son fils Giorgio ou Gigi. En public, elle l'appelait Georges. Parfois, les soirs où Henri s'absentait, quand Joffre dormait, elle lui caressait les cheveux et l'appelait en chuchotant « mon petit César ».

Je songeais à mes deux filles avec l'envie de leur caresser les cheveux. L'aînée quitterait bientôt les bancs de l'école primaire, entrerait la première dans cet âge intermédiaire où on n'est plus tout à fait un enfant, pas encore une jeune fille. On aime encore les histoires, mais on n'y croit plus. La cadette, en revanche, possédait encore pleinement cet art de se blottir contre moi et, sans dire un mot, avec son seul regard, de me demander une histoire. J'étais censé être écrivain, il allait donc de soi, selon elle, que j'étais capable d'inventer des récits à volonté. Souvent, quand nous vivions ensemble, elle passait commande :

— Papa, je voudrais une histoire avec un dragon, un roi plutôt sévère, une sorcière qui lance des sorts – elle est méchante au début et puis elle change. Je voudrais aussi qu'ils aillent un moment sur la lune.

Je n'avais plus qu'à m'exécuter et à tisser un récit cohérent pour répondre à un cahier des charges aussi précis.

J'avais pour ma part peu de souvenirs de cet âge. Je crois que j'étais un enfant sot et content de moi. Je crois aussi que je n'étais ni cynique ni méchant avec les autres. Dans l'ensemble, je ne comprenais pas grand-chose à ce qui m'entourait, et cette cécité me convenait. Mon univers était sans aspérités, sans drames et sans émotions. J'avais par exemple des amis à l'école qui avaient perdu leurs parents. Des orphelins. C'étaient des commerçants du centre-ville et ils avaient été tués dans un accident de voiture. On se répétait le mot en chuchotant dans la cour de récréation :

« Des orphelins. Des orphelins. »

Le mot était gonflé d'une force qui nous sidérait. C'était comme une amputation, qu'il m'était impossible d'imaginer. Comme un membre manquant après un accident et qu'on continue à vouloir toucher. Mais quand on est enfant, on n'arrive même pas à imaginer que ses parents puissent avoir tort, alors cette absence radicale... Cela vient plus tard, justement, à l'adolescence : on se rend compte d'un seul mouvement que ses parents peuvent se tromper, qu'on peut vivre autrement qu'eux – et qu'ils peuvent mourir.

J'aurais aimé que mes enfants fassent moins de bruit, pour ne pas déranger les voisins et parce que je devais travailler. Je chuchotais. Oui, papa avait recommencé à écrire un livre. Il avait besoin de se concentrer.

Je fermais les yeux. Mes deux filles se livraient maintenant à un drôle de jeu : l'aînée racontait une histoire à la cadette, en remuant les lèvres, en articulant tous les sons, mais sans parler, et la petite, fascinée par les mimiques exagérées et muettes de sa grande sœur, l'écoutait et voyageait dans un univers à jamais fermé pour nous autres adultes.

Lola fixait sans comprendre le cercueil dans lequel reposait sa mère. À ses côtés, des hommes qui lui paraissaient trop âgés et trop fragiles pour travailler aux pompes funèbres s'apprêtaient à la mettre en terre, dans une fosse creusée à cet effet. Autour d'elle, des gens qui avaient l'air d'avoir été proches de sa mère poussaient Lola, avec autant de tact que possible, parce qu'elle devait prononcer quelques mots. Le cercueil lui semblait immense à présent. Bien plus que quand elle l'avait choisi.

Lola se perdait dans ses pensées et autour d'elle des gens la poussaient avec tact – voilà où elle en était de sa vie.

Pourtant, Lola n'était pas le genre d'adolescente contemplative. Son caractère était fort et résolu. Ces dernières semaines, c'était elle qui avait dû décider de tout. Depuis la disparition d'Élise, Joffre était devenu à moitié idiot : il ne parlait plus, il bougeait à peine, il ne pensait rien. La gamme de produits funéraires s'était avérée d'une diversité inouïe et il y avait là tout un univers dont Lola aurait préféré ne pas avoir à découvrir la richesse. Heureusement, l'employé des pompes funèbres qui avait pris en charge leur dossier s'était montré courtois, très professionnel. Il n'en avait pas trop fait – Lola n'aurait pas supporté un excès de compassion – et s'en était tenu à des questions fermées, moins angoissantes pour les familles : préféraient-ils un cercueil parisien comme celui-ci ou un cercueil lyonnais, aux lignes plus droites ? Quel bois souhaitaient-ils dans cette liste ? Lola n'en savait rien. Elle tapotait le bras de Joffre en pointant le catalogue. Il secouait la tête.

Elle avait finalement opté pour un modèle en sapin, deux fois moins cher que le chêne.

Élise était morte en quelques semaines. Les premières alertes qu'elle avait ressenties – fortes céphalées, saignements – avaient été non pas le signe qu'il y avait en elle une maladie qu'il importait de guérir, mais la manifestation que le processus de destruction irréversible de son corps avait déjà commencé à la foudroyer – et qu'il irait à son terme.

Certains se métamorphosent devant la certitude de leur prochaine disparition et révèlent des traits de caractère que leur entourage méconnaissait : on met cette nouvelle colère ou cette sérénité inconnue sur le compte de cette révélation. D'autres se révoltent, découvrent en eux une réserve d'énergie presque infinie. Mais Élise – et beaucoup réagissaient comme elle – se mit en quelque sorte, si l'on peut employer une image ici, en boule, refusa de lutter et laissa le temps décider pour elle. C'était une femme discrète, qui avait peu d'amis, qui ne parlait presque pas, qui ne comptait guère de secrets. Elle aimait lire et peindre. Elle aimait sa fille.

Les journées passèrent ; la douleur, insupportable, était rendue tolérable par l'injection de doses croissantes de produits médicamenteux ; sa conscience s'altérait de jour en jour, non pas de façon progressive, mais par à-coups brutaux. Les journées passèrent et Élise se résolut enfin à mourir.

Durant ces quelques semaines, Lola mit sa scolarité en suspens et resta aux côtés de sa mère, puis à son chevet. Elle avait besoin d'agir pour ne pas se laisser submerger par la tristesse. À ses amis, elle répondait :

— Non, je ne peux pas venir demain, j'ai une réunion avec le chirurgien.

Et cette gravité, incompréhensible à leur jeune âge, intimidait ses camarades. On parlait d'elle, dans la cour de son lycée, comme d'une héroïne des mythes anciens, partie affronter seule une épreuve inhumaine.

Il n'y avait pas que ses amis, d'ailleurs. Toutes les infirmières du service de soins palliatifs étaient impressionnées par sa détermination, son sérieux, et quand Élise mourut et qu'il fallut le lui annoncer, plusieurs infirmières ne purent retenir leurs larmes. L'une d'entre elles lui offrit des fleurs et un livre de poésie. Lola les remercia et leur dit que ça irait.

Joffre se rendait tous les jours à l'hôpital, lui aussi, mais avec une certaine appréhension. Autant Lola s'était rapidement sentie chez elle, autant Joffre avait l'impression d'effectuer une tâche désagréable, inconfortable. Quand Élise avait ressenti ses premiers symptômes, il avait exprimé son mécontentement, sans faire preuve de beaucoup de tact. Ce n'étaient pas vraiment des reproches (qu'aurait-il bien pu lui reprocher ?) mais, lui avait-il dit, tout cela tombait mal, vraiment mal. En fait, cela ne pouvait pas tomber plus mal. Est-ce qu'elle se rendait compte qu'il venait de procéder à un nouvel emprunt pour sa boutique ? Il entrait dans une phase où il fallait se montrer agressif, dépenser beaucoup pour espérer gagner beaucoup. C'étaient des manœuvres dangereuses, Joffre se trouvait dans une période charnière, durant laquelle il allait devoir travailler trois fois plus que d'habitude. Oui, c'était vraiment le pire moment.

Avec le recul, il serait facile de blâmer Joffre. Comment aurait-il pu imaginer la gravité de la maladie qui frappait sa femme, si fort et si vite ? Il aurait mille fois préféré faire faillite que de la perdre – la question ne se posait même pas. Mais le fait est que le chemin commun qu'ils empruntèrent ces semaines-là fut marqué par cette ingratitude originelle. Joffre se sentait coupable, et il associait confusément la maladie d'Élise à un mauvais comportement de sa part et à la mauvaise marche que ses affaires risquaient de prendre. Quant à Élise, elle ne lui en voulait pas, mais elle s'était résignée à partir seule, sans demander d'aide à Joffre.

*

L'heure des discours, tant redoutée par Lola, était donc venue. Joffre avait exprimé le souhait de ne pas parler – il ne s'en sentait pas capable. Lola allait devoir lire quelques lignes. Ce serait bref ; elle n'aimait pas les adieux, et puis le cortège était tellement dégarni que c'en était presque insultant. Dans ce recoin de cimetière banlieusard, à la fois trop près de Paris et trop éloigné, on comptait bien peu de proches. À l'arrière de la petite foule, il y avait Isabella, la nounou qui avait élevé Joffre et qui n'arrêtait pas de pleurer. Deux collègues de la bibliothèque avaient réussi à se libérer – les autres étaient en service et, pour qu'elles viennent, il aurait fallu fermer l'établissement. Elles avaient eu beau protester, le directeur était désolé mais il n'y pouvait rien. Il aurait fallu qu'Élise soit enterrée un autre jour, ou à une autre heure. Personne n'avait osé demander à la famille s'il était possible que l'inhumation ait lieu pendant la pause déjeuner. Alors, ils avaient envoyé le chef du service des affaires culturelles de la ville, pour manifester leur bonne volonté.

C'est lui qui allait parler le premier. Il ne connaissait pas Élise.

C'était le mieux habillé de tous, ce jour-là. En outre, Lola l'avait vu passer des appels sur le parking, régler quelques affaires courantes, et il l'avait impressionnée par sa capacité, sitôt qu'il avait rejoint le cortège, à se composer un visage de circonstance, à la fois peiné, compatissant et sûr de lui. Arrivé quelques minutes plus tôt, il avait serré quelques mains et s'était installé au centre du demi-cercle que formait la douzaine de personnes présentes.

Il s'élança, en homme habitué à s'exprimer en public.

« Élise. *Notre* Élise, si je puis me permettre. Quelques notes de Beethoven, et sa fameuse lettre, pour dire sa douceur. Élise, qui émerveillait par sa culture. Qui parlait avec tant de verve de Fernand Léger, son peintre préféré. Peintre qui fait la fierté de notre commune et auprès de qui elle reposera désormais. Élise, qui – comme tant d'autres agents municipaux appartenant à cette grande confrérie invisible des passeurs – a suscité des vocations chez des générations d'enfants, enfants devenus adultes et pour qui elle sera pour toujours "la dame de la bibliothèque". »

Lola partait dans ses pensées. Les mots du fonctionnaire n'avaient aucun sens, elle ne savait même pas de qui il parlait. Lola imaginait un bureau dans les sous-sols de la mairie où un petit employé était chargé d'écrire à la chaîne des oraisons funèbres que liraient ensuite différents chefs de service. Elle supposait qu'il évoquait Fernand Léger à chaque fois – c'était peut-être une obligation contractuelle après tout, il n'y avait pas tant de célébrités locales à Gif-sur-Yvette.

Lola aurait aimé partir sur la pointe des pieds, aller se promener dans la forêt voisine, marcher au bord de la mer, n'importe où, se faire oublier ; elle avait en horreur ce cérémonial, où ce sont les vivants qui jugent les morts. Pour la jeune fille, c'était tout l'inverse : elle vivait dans un monde où c'étaient les morts qui jugeaient les vivants, les absents qui jugeaient les présents, qui donnaient de la force.

Face à elle et à Joffre, debout, les mains croisées devant eux, droits comme des écoliers écoutant la leçon, l'édile poursuivait, imperturbable :

« Rappelons qu'Élise est aussi à l'origine du concours de haïkus de Gif-sur-Yvette. »

Il y eut à cet instant un léger frémissement du côté des bibliothécaires, quelques hochements de tête. L'une d'elles s'essuya le coin de l'œil avec un mouchoir.

Le discours s'éternisait, les gens commençaient à s'agiter. On se balançait d'une jambe sur l'autre. On regardait au loin. On soufflait pour ponctuer des phrases, pour ne pas rire.

Arriva enfin la conclusion :

« Je rends un hommage appuyé ici à son mari et à sa fille. Qu'ils sachent que la ville se tient à leurs côtés. Pouvait-on être plus discret qu'Élise ? Je ne le pense pas. Mais le souvenir que, tous, nous en conserverons atteste de la durabilité de l'œuvre qu'elle a accomplie et de la justesse de son engagement. »

Phrase de fin. Des applaudissements en forme de soulagement.

*

Durant tout le discours, Joffre n'avait pas bougé, pas cligné de l'œil. Il se tenait aux côtés de Lola et paraissait s'accrocher à elle et ne rien comprendre non plus aux mots du chef de service. Bien qu'elle ne fût pas sa fille biologique, Lola avait fini par ressembler à Joffre sous certains aspects : une certaine indétermination des traits, des yeux fatigués. Joffre avait choisi un costume sobre et élégant. Ses cheveux noirs étaient plaqués en arrière. Au doigt, l'alliance que lui avait offerte Élise. Il avait la bouche entrouverte ; personne ne pouvait voir son regard sans vie derrière ses lunettes de soleil. Comme il n'avait pas eu le temps de prendre les siennes, il avait dû emprunter des lunettes fantaisie qu'Élise avait rapportées un soir de la bibliothèque, des lunettes offertes par une troupe qui faisait des lectures pour les enfants. Dans cette attitude de sidération figée, lunettes fantaisie sur le nez, il assistait en silence à l'enterrement de son épouse.

Lola, elle, avait refusé de camoufler ses yeux. Pourquoi aurait-elle dû cacher ses larmes ?

Et puis elle ne pleurait même pas.

*

Lola avait tenu à prononcer quelques mots pour sa mère. Les derniers. Elle avait choisi de lui lire un poème qu'elle avait étudié en anglais. Sa voix tremblait et tout le monde percevait sans mal ses efforts pour ne pas tanguer, comme quelqu'un luttant contre le roulis sur le ponton d'un navire, et tenir jusqu'au bout.

« Maman. Je ne veux pas devoir dire ici quelle personne formidable tu étais. Je le sais. Tout le monde le sait. Je ne veux pas devoir dire ici combien je t'aimais. Je le sais. Tout le monde le sait. Tout s'est passé tellement vite, de façon tellement injuste. Tu as toujours été là pour moi, tu m'as toujours encouragée dans mes passions. Tu as passé des heures dans les embouteillages pour m'accompagner à mes activités préférées. »

Une sonnerie retentit au moment où la voix de Lola se brisait. Lola poursuivit, pour le plus grand plaisir des bibliothécaires alignées ; Joffre fit quelques pas en arrière et décrocha le téléphone. On le vit chuchoter en plaçant sa main contre le combiné. Il hochait la tête, avec sérieux, presque avec colère. Lola, les yeux fixés sur son texte, continuait.

« Je n'ai pas raté une seule leçon d'équitation. Tu m'as transmis le goût de la nature, des randonnées. Tu m'as suivie comme une louve et aidée à l'école. Alors, je voulais te lire, comme un dernier devoir, le début d'un poème que j'ai étudié en classe d'anglais et que j'ai traduit exprès pour toi. Ce sera ma façon de te dire au revoir. »

Lola acheva la lecture du poème et replia la feuille. Et au milieu des quelques applaudissements consolateurs, Joffre rangea précipitamment son téléphone dans la poche de sa veste noire et se fraya un passage pour se replacer au centre du groupe. Il souriait et semblait revivre. Quelques personnes s'approchèrent et la prirent dans leurs bras. Qui étaient-elles ? se demandait Lola.

Revenu transfiguré, Joffre la serra lui aussi dans ses bras, comme s'il avait attendu son tour, et lui murmura des mots à l'oreille pour la rassurer. Lola n'y crut pas un seul instant.

*

À présent, le cercueil était mis en terre ; sous la couronne, on distinguait encore une plaque métallique mentionnant les dates de naissance et de décès, ainsi que son nom : Élise Jankulovski.

Lola portait le même patronyme que sa mère. À l'école primaire, puis au collège, il y avait bien sûr eu quelques moqueries de la part de ses camarades ; elle les entendait glousser au moment de l'appel, mais elle s'en fichait.

Un soir où Élise avait dû rester tard à la bibliothèque en raison d'une rencontre publique, Joffre avait proposé à Lola d'opter pour Nizard si elle le souhaitait et elle avait refusé, horrifiée. Elle s'appelait ainsi, c'était le nom de sa mère, comment osait-il lui proposer d'en adopter un autre ? Elle aurait eu l'impression d'insulter Élise. Joffre avait battu en retraite, et Élise n'avait jamais rien su de cette conversation.

Joffre avait élevé Lola comme sa propre fille, et Lola n'avait connu que Joffre comme figure paternelle – pourtant, Joffre n'était pas son père. Le véritable père de Lola s'était volatilisé avant sa naissance, peu de temps après qu'Élise lui eut appris sa grossesse ; il ne l'avait donc jamais reconnue, n'avait jamais cherché, apparemment, à renouer le contact, et Élise avait accouché seule. Quand Joffre l'avait rencontrée, Lola avait un an. Il l'avait élevée comme un père, sans se poser de questions, et n'avait jamais fait les démarches pour l'adopter.

D'un point de vue légal, Lola était donc désormais orpheline. Dans quelques semaines, elle aurait dix-huit ans. Dans quelques mois, elle passerait son bac. Une nouvelle vie s'ouvrirait.

Devant le cercueil, Joffre et Lola se tenaient côte à côte. Le moment était venu de faire quelque chose, mais quoi ? Élise était en terre, les discours étaient prononcés. Le silence s'étira. Lola essaya de se souvenir de ce qui avait été convenu pour la suite, mais son esprit était obscurci par la fatigue. Avait-on prévu une réception ? La question s'était posée, et un instant Lola ne sut plus ce qu'elle avait décidé.

Joffre avait l'air estomaqué par l'appel qu'il avait reçu. Finalement, l'employé des pompes funèbres leur tendit un panier en osier plein de roses. Puis les quelques personnes présentes passèrent, chacune leur tour, déposer une fleur. Lola voyait ces gens qu'elle connaissait à peine, qui lui semblaient tellement âgés, qui se déplaçaient tout autour d'elle, lentement, si lentement, glissant comme des ombres. Tout était comme engourdi, lourd. Elle n'arrivait pas encore tout à fait à penser à sa mère au passé. Elle avait traversé ces dernières semaines sans réfléchir, tendue vers un objectif dérisoire : que ce moment précis se passe bien, que ces adieux aient lieu sans encombre. Joffre essayait de comprendre le monde administratif et paraissait dépassé par l'ampleur de la tragédie en cours ; il y avait eu des notaires, des banquiers : c'était l'enfer pour lui. Tout tourbillonnait autour de Lola, et maintenant ces étrangers la serraient dans leurs bras et Lola les regardait s'éloigner, un peu voûtés, dans les travées du cimetière de Gif-sur-Yvette. Il n'y avait pas de réception, elle se le rappelait à présent. Joffre lui annonça qu'il avait une urgence et qu'il devait partir tout de suite. Oui, il l'appellerait dès qu'il aurait terminé, promis. Voilà, c'en était fini.

Je n'avais jamais cru qu'être écrivain serait un métier, une activité à temps plein. À l'époque, quand on me demandait ce que je faisais dans la vie, je parlais de la fondation qui m'employait, j'entrais dans des détails trop précis sur le financement de la recherche publique ; mes explications ennuyaient tout le monde, mais je pensais que c'était la bonne réponse à la question qu'on me posait. « Dans ma vie », je n'écrivais pas.

Le frère de Marine me demandait souvent comment je faisais pour concilier mon travail et mon « activité d'écriture », comment je parvenais à trouver le temps d'écrire.

— Moi aussi j'aimerais écrire, mais avec mes horaires… et puis les enfants sont jeunes, ils ne sont pas encore autonomes…

À l'évidence, il voulait provoquer chez moi de l'empathie, ignorant que j'en étais dépourvu. Les deux domaines étaient tellement incomparables. Je cherchais une métaphore, que je ne trouvais pas.

Personne n'avait compris pourquoi j'avais renoncé à écrire, mais moi je le savais : on ne devrait jamais rencontrer ses lecteurs. On ne devrait jamais penser à ce que les gens imaginent de nous, sinon on deviendrait fou. C'était impossible à décrire comme sensation, impossible à communiquer. Par exemple, l'idée qu'on puisse, la nuit venue, devenir un personnage évoluant dans les rêves de quelqu'un d'autre était pour moi la plus scandaleuse, la plus indécente qui soit. Et comme ce funeste retour en TGV s'était produit lorsque mes enfants étaient en bas âge, mon entourage avait cru que c'était la paternité qui m'avait forcé à arrêter. En quelque sorte, cela les rassurait et entrait dans leur grille de lecture : eux aussi avaient dû renoncer à certaines activités – le cours de Zumba, les sorties d'escalade à Fontainebleau – après la naissance de leurs enfants. Finalement, ce n'était qu'une question d'emploi du temps.

L'eussé-je voulu, je n'aurais pas réussi à les convaincre que, pour moi, c'était précisément l'inverse qui était vrai. Moins je disposais de temps, moins ma vie était plaisante, plus l'écriture m'était nécessaire et agréable. Et le fait que ma vie civile complique ma vie d'écrivain me rendait cette seconde encore plus rare, encore plus précieuse. C'était comme une dissociation choisie de ma personnalité, une deuxième strate de réalité, invisible, qui se superposait à l'autre. Je pouvais partager avec les autres mon état civil, je pouvais raconter ce que je faisais « dans la vie » ; mais de cette deuxième réalité qui s'appelait écriture, je ne voulais rien dire. C'était un royaume dont j'étais à la fois le souverain et le seul sujet.

Je n'avais pas su davantage quoi répondre ce midi quand Stéphane m'avait demandé combien mes livres me rapportaient. Je rêvais. Je m'inventais des histoires, comme les enfants. Je créais des mondes qui me rendaient plus ou moins heureux, j'y faisais évoluer des personnages qui étaient à l'origine le fruit de mon imagination, puis qui devenaient avec le temps de plus en plus autonomes. Je les regardais, je les découvrais, c'était un plaisir infini, puissant, gratuit. Ces rêveries étaient sans ordre, s'affranchissaient de la chronologie : elles ne suivaient pas le rythme linéaire de la vie, mais obéissaient à d'autres logiques que je ne cherchais pas à saisir. Pourquoi voulait-on m'obliger à parler d'horaires de travail, d'emploi du temps, de revenus, de carrière ?

Je n'ai jamais su ce que Marine avait pensé de cette scène du train. Cet instant avait fini par constituer un non-dit béant entre nous. Elle m'avait méprisé pour l'affaire du téléphone orange, quand j'avais conçu des espoirs de succès. Je crois que, quand j'ai cessé d'espérer, elle n'a plus eu pour moi que de la pitié.

Giulia était seule dans la maison. Henri l'avait appelée pour lui annoncer qu'il était parti écrire à Nogent. Ce colloque l'obsédait au-delà du raisonnable et il s'était montré encore plus colérique que d'habitude. Elle avait préféré acquiescer et attendre qu'il raccroche.

Au début, elle ne comprenait pas pourquoi il éprouvait ce besoin de s'isoler. Elle lui demandait :

— Mais pourquoi tu ne restes pas ici ? Tu seras mieux pour écrire. Tu y as tous tes livres, ta bibliothèque. Et Isabella et moi, on peut te préparer à manger, on ira chercher Joffre à l'école, tu n'auras à t'occuper de rien.

Mais il partait, toujours. Il accusait le petit, qui était trop bruyant, qui pleurait, qui venait le voir dans son bureau sans frapper, sans rien comprendre à ses consignes pourtant claires :

Ne. Pas. Déranger.

Il accusait Isabella, qui ne pouvait pas s'empêcher de lui parler, de passer l'aspirateur avec fracas. Les banalités qu'elle ânonnait et qu'il devait supporter. Il accusait Giulia, bien sûr. Qu'est-ce qu'elle y comprenait ? En quoi était-elle qualifiée pour lui apprendre son métier ?

Ce jour-là, donc, la maison était à nouveau vide. Pour la dernière fois peut-être. Henri était parti ce matin, Joffre était parti il y a bien longtemps. Henri reviendrait. Joffre ne reviendrait pas. Isabella continuait à venir trois fois par semaine, mais il n'y avait plus d'enfant à éduquer depuis plus de vingt ans, il n'y avait plus que de dérisoires piles de linge à plier, des tables à débarrasser après les dîners du mardi, de l'argenterie à nettoyer.

Parfois, quand elle était encore une enfant, Lola, sa petite-fille adorée, venait passer deux jours à la maison, et cela faisait tellement plaisir à Giulia. Elle la gâtait. La petite s'allongeait sur le lit conjugal, s'agrippait à l'énorme ours en peluche que Giulia lui avait offert et qui restait dans un placard de la maison en attendant chacune de ses visites, et elle regardait des dessins animés pendant des heures en mangeant des sucreries. Élise détestait ça, mais Élise n'avait pas son mot à dire. Elle n'était pas conviée à Chevreuse. Elle ne faisait pas partie de la famille. C'était à cause d'elle que Joffre n'avait pas connu la carrière qu'il aurait méritée, à cause d'elle qu'il avait abandonné de belles perspectives, jugeait Giulia. C'était à cause d'elle que son fils avait commencé à vivre d'idées étranges, de chimères, à se mettre à la marge de tout ce qui était moral et juste.

Élise était bibliothécaire, médiocre, sans grâce ; elle vivait à travers lui, elle lui avait rempli la tête de livres, de rêves qui n'étaient pas les siens. Elle pensait qu'il était supérieur et qu'il ne pouvait pas vivre comme tout le monde. C'était à cause d'elle que Joffre n'avait jamais eu d'enfants. Il avait recueilli sa fille et l'avait éduquée, il avait aimé Lola comme la chair de sa chair. Il avait passé tellement de temps avec Lola, avec ses lubies, qu'il aurait été impossible d'agrandir leur famille. Ils n'avaient tout simplement pas eu le temps d'y penser.

Alors Élise ne mettait jamais les pieds à Chevreuse, tout comme Giulia ne mettait jamais les pieds à Nogent. On ne se mélangeait pas. Joffre sonnait à la porte, accompagné de la petite Lola, leur unique petite-fille, qui n'avait pas une goutte de leur sang, il restait dîner puis il repartait en voiture le soir même, laissant Lola endormie sur le canapé du salon.

Henri considérait la petite avec perplexité. Il ne détestait pas les enfants. En outre, elle n'était pas réellement de sa famille et il se sentait libéré de certaines obligations morales qu'il se serait imposées avec un enfant de Joffre. Il ne devait pas l'éduquer, seulement jouer avec elle – c'était une sorte de peluche sympathique et peu remuante, un animal de compagnie inoffensif.

Lola était une petite fille calme, trop sérieuse pour son âge. Elle avait les lèvres fines et la peau blanche de sa mère, et quand Giulia la regardait dormir, elle songeait avec nostalgie au soleil de l'Italie, à la peau mate et épaisse de sa propre mère, à cette Méditerranée qui lui manquait tant.

Lola avait un tempérament de collectionneuse. Avec Henri, elle passait des heures à regarder les cartes postales qu'il achetait sur les marchés de Paris, dans les brocantes des Yvelines – son seul loisir, sa seule passion. Henri rapportait de tous ses voyages, de tous ses colloques, de vieilles cartes postales, des paysages figés, des rues désertes, des portraits d'inconnus. Généralement, les timbres en avaient été arrachés par des collectionneurs d'une autre espèce, les philatélistes. Henri se délectait des tranches de vie, anecdotiques, infra-ordinaires, qui se révélaient au dos. Lola l'aidait à les classer dans de grandes boîtes en carton. Parfois, Henri recevait par la poste, grâce à d'obscurs réseaux dont elle ignorait tout, des liasses de cartes postales, venues non seulement d'un autre lieu mais aussi d'une autre époque, et il expliquait à Lola, avec une infinie patience, comment les reconnaître et comment les ranger. Lola se blottissait dans un coin du salon, Henri l'installait sur de gros coussins épais et Giulia lui apportait du sirop de grenadine et du pain d'épices, et elle faisait glisser entre ses doigts ces morceaux de papier jauni, elle observait avec minutie les moindres détails. Elle cherchait une vérité dans l'expression des regards, dans le temps figé dans lequel ces personnages depuis longtemps disparus évoluaient, dans la courbure d'une écriture désuète.

Avec le temps, Lola avait appris à lire, d'abord en déchiffrant péniblement, puis avec de plus en plus d'aisance. Elle restait toujours le week-end chez ses grands-parents, sur son gros coussin, gavée de sucreries, et, même quand son grand-père était absent, elle se plongeait dans ces tiroirs pleins de trésors, en retirait avec précaution des cartes, glissant à leur place un marque-page pour être certaine de les reposer au bon endroit ensuite, et déchiffrait pendant des heures, avec boulimie, ces correspondances de quelques lignes adressées à des inconnus à une époque que Lola parvenait avec peine à imaginer.

Avec Lola, Giulia aussi se montrait plus confiante. C'était comme si cette petite fille austère, pâle, cherchait à rassurer ses grands-parents. Giulia la gâtait, sans mesure. Quand elle savait qu'elle viendrait pour le week-end, elle prévenait même Isabella, qui se faisait une joie de passer du temps avec la charmante fille de M. Joffre.

— Tu sais que j'ai connu ton papa quand il était tout petit ? Plus petit que toi encore.

La fillette la fixait avec de grands yeux écarquillés. En faisant des efforts démesurés, elle parvenait avec peine à visualiser une version miniature de son père, comme une tête réduite de Jivaro, avec sa barbe qui virait au blanc, ses yeux à la fois tristes et exaltés, sa musculature sèche, mais à la taille d'un nourrisson. C'était une vision assez effrayante, mais logique, bien plus logique pour son esprit d'enfant que d'accepter que le nourrisson un peu obèse dont la photographie était encadrée sur le buffet de la chambre d'amis pût être son père.

Isabella était âgée à présent ; on la voyait trotter dans les rues de Chevreuse, un peu voûtée, sur le chemin du marché. Elle se rendait toujours à l'église, où elle croisait Henri et Giulia, peu croyants mais assidus ; sur le parvis de Saint-Martin, les paroissiens, bien habillés pour l'occasion, se faisaient la bise, s'échangeaient des nouvelles des enfants, des petits-enfants. Isabella n'avait pas de famille : elle ne pouvait que poser des questions. Elle ne travaillait plus que chez Mme Giulia. Elle était à la retraite, mais venir à Chevreuse faisait partie de sa vie, et Giulia de sa famille. Henri avait toujours été plus intimidant. Quand elle essayait de lui parler, il avait toujours l'air en colère.

Joffre était né comme par effraction. Par surprise. Giulia était alors jeune fille au pair à Paris pour une année. Elle s'occupait de deux enfants dans une famille du quartier de la Nouvelle Athènes. Elle avait grandi à Rome, dans un milieu bourgeois. On lui avait recommandé cette famille de la bourgeoisie parisienne. Symétrie des milieux. Elle avait étudié les lettres classiques. Au terme de son contrat, elle retournerait à Rome, où elle épouserait un rejeton de la bourgeoisie romaine, une version masculine d'elle-même. Mais elle avait rencontré Henri à la terrasse d'un café, rue de Calais, et ils avaient sympathisé, et Henri l'avait séduite. Il était galant, d'une façon un peu surannée qui lui conférait beaucoup de charme. Elle avait prolongé son séjour de quelques mois, à la grande fureur de ses parents qui ne comprenaient pas pourquoi elle restait, pourquoi elle rompait le pacte qui avait été conclu, pourquoi elle s'était entichée de cet apprenti chercheur à l'avenir incertain.

Elle était tombée enceinte. Elle était restée.

Jamais elle ne pourrait raconter à personne toutes les larmes qu'elle avait pleurées le lendemain de la naissance de Joffre. Son corps était un hoquet géant, une fontaine inépuisable. À la maternité, les infirmières s'arrêtaient devant la porte et n'osaient entrer, comme si la chambre était devenue un lieu sacré, un temple de la douleur qu'elles auraient eu peur de profaner. Elles ne parlaient pas à Giulia, ne lui demandaient pas comment elle allait, ne lui demandaient pas ce qu'elles pouvaient faire pour l'aider. Sa douleur paraissait venir de tellement loin qu'elles se retiraient pour la laisser seule face à elle, concentrant leurs efforts sur le nouveau-né.

— Georg-Friedrich, regarde-moi. Tu es un beau garçon, un grand garçon. Je vais te nettoyer rapidement et ensuite je te mettrai un beau pyjama. D'accord Georg-Friedrich ?

— Ta maman est fatiguée et il faut être bien sage, c'est d'accord, mon petit ?

Et l'enfant docile se laissait manipuler par les infirmières, ne pleurait pas. La nuit, les infirmières le faisaient dormir dans la pouponnière pour que Giulia puisse se reposer – en réalité, pour qu'elle puisse continuer à pleurer tout son saoul.

— Mais au fait, pourquoi le petit s'appelle Georg-Friedrich ? C'est la maman italienne qui a choisi ce prénom ?

Depuis l'âge de trois ans, Joffre ne cessait de fuguer. Depuis le premier jour où Isabella était allée le chercher à l'école. Tous les enfants étaient sortis, les uns après les autres ; certains, joyeux, couraient vers leurs parents, leur nounou ; d'autres avaient le regard vide et sérieux, tournés vers eux-mêmes, et s'avançaient mécaniquement vers la sortie, leur lourd cartable sur le dos. La directrice agitait les bras, faisait un peu la circulation, demandait aux familles de ne pas s'agglutiner sur les trottoirs. C'est vrai qu'il y avait foule au début, et puis chacun partait, seul ou en groupe, à pied ou en voiture, les écoliers retrouvaient leurs foyers et Isabella restait devant l'école. Quelques bambins s'étaient assis sur un banc, derrière la grille, et attendaient, tristes, leurs parents retardataires. Isabella attendait un enfant qui n'était pas le sien et n'osait, par peur de déranger, demander à la directrice où était Joffre.

Les minutes défilaient. Nerveusement, Isabella s'était approchée de la grille, avait cherché à passer la tête pour voir si Joffre ne se trouvait pas, minuscule comme il était, dans le petit groupe qui restait. Mais non, bien sûr. Et puis les derniers s'en étaient allés et Isabella avait dû consentir à un effort surhumain pour se jeter à l'eau et, plutôt que de parler à la directrice, elle avait demandé à l'agent d'accueil, qu'elle estimait plus de son rang, si le petit Joffre était toujours dans l'école.

— Joffre ? Joffre qui ? Ça ne me dit rien du tout.

Puis, se tournant sans qu'Isabella puisse l'en empêcher :

— M'âme la directrice ! Y a une dame pour un certain Joffre. Un enfant. Ça vous parle ?

La directrice s'approcha.

— Qui cherchez-vous au juste, madame ? avait-elle demandé, la bouche pincée.

— Joffre. Joffre Nizard, c'est un nouveau, il est en petite section.

— Vous voulez sans doute parler de Georg-Friedrich ? Il est sorti à 16 h 30 aujourd'hui. Il a suivi le petit Thomas et sa nounou, il m'a affirmé qu'il était invité là-bas.

Et c'est ainsi qu'Isabella avait dû rebrousser chemin, comme un corps d'armée humilié par un adversaire invisible et plus fort que lui. Elle s'était éloignée de l'école et arrêtée quelques centaines de mètres plus loin, où l'air devenait à nouveau respirable et où elle pouvait espérer réfléchir. Que fallait-il faire maintenant ? Si elle rentrait à la maison, Mme Giulia aurait tellement peur de la voir revenir seule qu'elle deviendrait folle. Parfois, elle perdait le contrôle d'elle-même. Il fallait peut-être faire des rondes dans les rues de Chevreuse en attendant que réapparaisse Joffre, mais c'était risqué. Peut-être que la nounou de ce Thomas attendrait, sans bouger, que les parents de Joffre viennent frapper à la porte ? Mais comment savoir où habitait cet enfant ? Isabella coulait à vue d'œil ; elle était incapable de penser, tous les arguments se voyaient heurtés par d'autres arguments, plus rationnels, plus forts, et c'était comme une partie de quilles destructrice qui se jouait dans sa tête. Littéralement haletante, elle se résolut enfin à demander l'adresse du petit Thomas.

La porte de l'école était fermée à présent. La rue bruissait des voix des enfants absents. Isabella dut sonner à de nombreuses reprises. Mme Giulia devait déjà être morte d'inquiétude. Au bout de quelques minutes, à la fin desquelles la seule solution que pouvait imaginer Isabella aurait consisté à tambouriner à grands coups de poing rageurs sur la porte en verre, la gardienne ouvrit enfin et proposa à Isabella d'entrer chez elle.

Le logement de fonction était petit, surchargé de meubles, de tapis, de bibelots. Aux murs, des dessins d'enfants et des images religieuses.

— Que voulez-vous que je fasse, madame ? Je peux appeler la police peut-être. Qu'en dites-vous ?

— Est-ce que vous pouvez me donner l'adresse ou le numéro de cet enfant ?

Isabella chuchotait, humiliée de devoir demander une faveur.

La gardienne retourna dans le hall de l'école, s'empara d'un gros cahier débordant de documents mal collés et tourna les pages à la recherche du nom.

— Belhacene, Belmadi, Berlin, Bernard… Ah ! Le voilà. Thomas Bernier. Prénoms des parents : Audrey et Florent. Je vous donne le numéro, installez-vous ici pour les appeler.

Isabella lui lança un regard horrifié. Elle se jeta sur la chaise, seul meuble de la loge, sans rien faire.

— Tout va bien, madame ? Vous préférez que je téléphone à votre place ?

Sans un mot, Isabella hocha la tête et se recula pour écouter la conversation. Elle avait l'impression d'être une enfant qui s'endort en écoutant parler ses parents dans le salon, en se laissant bercer par les sons, sans comprendre pourquoi ces sujets si sérieux peuvent constituer la vie des adultes.

Isabella crut comprendre que Joffre n'était plus chez Thomas. Comme un mort-vivant, elle se leva et quitta l'école. Elle ne se souvenait plus si elle avait salué la gardienne, elle ne savait plus comment elle était partie. Sur la route, son corps défait avançait mécaniquement vers la maison de ses employeurs. Tant pis. Elle annoncerait à Giulia que Joffre était parti. Elle quitterait Chevreuse. De toute façon, elle n'y avait pas de famille, pas d'amis. Quelques clients, bien sûr. Mme Giulia. Mais après ce qui venait de se passer, qui voudrait encore d'elle ?

Oui, tant pis.

Giulia, hors d'elle, vit apparaître au bout de la rue Isabella, les traits exténués, écrasée par la culpabilité, traînant sa peine. Tellement lente qu'elle en fut exaspérée.

Isabella approcha, chercha ses mots, déglutit. Elle se préparait littéralement à être battue.

Giulia l'attrapa par le col.

— Qu'est-ce que vous foutez au juste ? Est-ce que tu peux me le dire, *che cazzo fai* ?

Elle secouait Isabella, habitée par une rage terrible. Et Isabella se laissait secouer, comme un pantin, une poupée de chiffon. Comment Giulia avait-elle pu apprendre la disparition de Joffre ? Pourquoi tout était-il si compliqué ?

Giulia se retenait, on le sentait bien ; elle avait envie de la frapper, fort, avec le plat de sa main, elle risquait de perdre le contrôle. Elle l'agrippa par les cheveux et la poussa à l'intérieur de la maison, son intérieur propre, son entrée au parquet si bien ciré, aux objets d'art si bien époussetés, au porte-parapluie si chic, elle claqua la porte derrière elle d'un coup de pied rageur et la poussa toujours plus loin, de façon désordonnée, en lui donnant des tapes, en serrant sa blouse, elle la poussa dans la chambre de Joffre où l'enfant, allongé sur son tapis de jeu, construisait un monument en Lego.

— Et ça, qu'est-ce que je suis censée faire de ça ? Tu es payée pour aller te promener ou pour t'occuper de mon fils ? Tu crois que je suis une femme de ménage, quelqu'un comme toi ?

Confrontée à Joffre, Isabella écarquillait les yeux comme si elle avait face à elle une apparition, revenue d'un autre monde. Elle se jeta à ses pieds et lui demanda :

— Mais alors, tu es allé chez Thomas ?

La question était naïve. C'était comme si elle lui avait demandé si le goûter s'était bien passé ou s'il avait bien dessiné à l'école. Joffre la regardait sans comprendre ; il hocha la tête, pour être poli. Dans l'encadrement de la porte, Giulia fulminait en les regardant tous deux allongés sur le tapis de jeu.

— Tu veux construire le château avec moi ? demanda Joffre.

Et Isabella fondit en larmes.

Le soir même, Isabella remettait sa démission. Elle avait failli à sa mission. Elle avait trahi la confiance de M. Henri et de Mme Giulia. Reçue dans le bureau d'Henri, elle s'était confondue en excuses. Henri ne comprenait pas ces histoires, toute cette hystérie autour du petit. Ça n'avait aucun sens. Il avait quitté l'école plus tôt pour jouer chez un ami sans prévenir. L'ami habitait à trois maisons d'ici et Joffre était rentré avec le grand frère de son copain. Certes, il n'en avait pas le droit ; certes, Isabella aurait dû réagir avec moins de pathos. Mais Henri désapprouvait aussi le comportement de Giulia, ses emportements, cette façon si irrationnelle d'agir. C'était puéril. Il n'y avait pas de quoi monter un tribunal révolutionnaire. Chevreuse était une petite ville tranquille, où tout le monde se connaissait, où les voisins s'entraidaient. C'est d'ailleurs pour cela qu'Henri avait décidé que la famille s'installerait ici. Quel besoin de monter de tels drames ?

Giulia n'était pas calmée pour autant et Henri ne voulait pas avoir d'histoires. Surtout pas. Il avait donc écouté – et, au fil du récit décousu que livrait Isabella, il faisait de moins en moins semblant, ne se cachant plus pour bâiller –, il avait essayé d'expliquer à Giulia que ce serait compliqué de trouver quelqu'un d'autre, qu'elle travaillait déjà avec eux, sans histoires, depuis quelque temps. Et puis c'était l'école qui était à blâmer, c'étaient eux qui avaient laissé partir leur fils sans procéder à aucune vérification.

Ce point était sensible : Giulia avait vis-à-vis de l'école une attitude tout sauf sereine. Henri savait qu'il y avait eu un évènement dans son enfance, quelque chose dont elle ne voudrait jamais parler, qu'elle avait seulement, en de rares moments de faiblesse, évoqué à mots couverts. En conséquence, Giulia n'approchait jamais de l'école ; elle n'allait pas aux réunions, pas aux sorties scolaires, elle ne pouvait même pas aller chercher son fils le soir. Giulia se reposait sur Isabella.

Giulia s'était donc laissée convaincre de mauvaise grâce, la démission d'Isabella avait été refusée, et, depuis ce jour, Henri ne disait plus que « ton Isabella » quand il parlait d'elle à Giulia – comme s'il voulait lui faire payer le fait qu'il avait dû sauver son emploi.

Des questions importantes se posaient désormais, et certaines décisions, qui ne pouvaient plus être repoussées, devaient être prises sans attendre. Mes filles voudraient aller au cinéma, forcément. Est-ce qu'elles aimaient les mêmes films ? Je ne les avais plus vues depuis quelques mois et on m'avait dit que les goûts des enfants changeaient vite. Surtout à cet âge. Pour la nourriture, je n'étais pas inquiet, mais on ne pouvait pas passer ses journées à manger.

Je pourrais aussi retourner avec elles sur les lieux où elles avaient grandi, mais ce serait un peu funèbre et elles étaient sans doute un peu jeunes pour des pèlerinages. La vérité était cruelle : je ne savais plus comment occuper des enfants, comment leur parler.

Bien sûr, Marine et moi n'avions pas pensé à ce genre de situation au moment où nous avions estimé que nous étions prêts à devenir parents.

S'ajoutaient à cela d'autres problèmes, au-delà de ces quelques jours de vacances que j'avais prévu d'organiser. Il y avait mes soucis professionnels, auxquels je préférais ne pas songer – et pourtant, comment avais-je pu oublier de prévenir mes collègues que je serais en congé toute la semaine ? M'attendraient-elles lundi matin ? Il y avait aussi ce train sans wagon-bar et ma faute originelle : j'avais été tellement perturbé par ce déjeuner, ce vin écœurant, mes mensonges, ma petite débâcle précipitée à laquelle je m'interdisais de penser, que j'avais oublié d'acheter un café, un journal, un croissant, n'importe quoi. J'en étais réduit à espérer que mes filles ne demandent pas de gâteaux, à prier pour qu'elles ne ruinent pas l'atmosphère paisible et monotone du trajet.

Il y avait aussi cette histoire que je me racontais. Les souvenirs du déjeuner revenaient, peu à peu, péniblement. Je crois que j'avais dit à Marine que j'avais été contacté pour écrire un roman. Il faudrait que je lui montre quelque chose. Mon imagination avait tendance à me porter vers le drame petit-bourgeois. À partir d'un personnage d'universitaire, des milliers de portes différentes s'ouvraient devant moi et je me trouvais à décrire une fois de plus une famille dysfonctionnelle dans la grande banlieue parisienne. Finalement, je m'étais laissé emporter. J'allumai mon ordinateur pour prendre quelques notes.

À cet instant, mon voisin se tourna vers moi en souriant :

— Je peux vous poser une question ?

Il me parla longtemps, en agitant les mains ; je n'écoutai pas un mot. J'avais développé une capacité à tenir des conversations entières en étant totalement absent, sans avoir la moindre idée de ce qui s'y disait. De temps en temps, il suffisait de relancer en répétant les derniers mots de la phrase. C'était presque trop facile. À un moment, il fit tomber l'une de ses revues de chasse, et je la lui rendis. Il avait l'air de beaucoup s'intéresser à moi.

En attendant, il me restait quelques semaines, quelques mois peut-être pour trouver une idée, une histoire, des personnages. Bien sûr, j'avais déjà écrit des livres, je savais inventer. Mais en si peu de temps ?

Il restait deux jours à Henri pour rédiger son intervention. Il s'exprimerait une demi-heure, sans trac, sans se poser de questions inutiles, avec la sérénité du professionnel qui maîtrise parfaitement son sujet.

Henri aimait parler en public ; bien sûr, c'était quelque chose qu'il avait appris. Il se souvenait, à ses débuts, de sa peur, de sa voix qui tremblotait, de sa fureur quand il se rendait compte qu'il ne parvenait pas à contrôler son intonation. Il se souvenait de l'ennui qu'il percevait dans son auditoire, parce qu'il ne savait ni le saisir ni capter son attention.

Cependant, cette relative domination qu'exerçait Henri sur les amphithéâtres ne tenait peut-être pas qu'à son talent. Au début de sa carrière, les étudiants formaient un corps vivant, une masse qui dormait, posait des questions, griffonnait des listes de courses, parlait, prenait des notes, riait ; au fil des années, les ordinateurs portables étaient apparus, et désormais Henri s'exprimait la plupart du temps devant une centaine de jeunes gens sages, silencieux, tapotant frénétiquement sur leurs claviers – heureux de pouvoir consulter leur messagerie, faire défiler les informations sur les réseaux sociaux, préparer leurs soirées, chercher des pièces informatiques sur des sites de revente d'occasion, tout en gardant la face. Les étudiants les plus intéressants, les plus curieux, profitaient du réseau wifi de l'université pour réserver des places de théâtre à des tarifs préférentiels.

Henri avait donc « du métier », comme aurait pu le dire son père. Il avait du métier et il l'appliquait à des auditoires différents, avec une égale tranquillité, un même savoir-faire, comme un ouvrier sait réagir face aux aspérités et aux résistances des différents matériaux qu'on lui soumet.

Devant les étudiants, il se faisait maintenant l'effet d'un fou pérorant tout seul dans la rame d'un métro bondé, devant un parterre de voyageurs mal à l'aise, préférant plonger le nez dans leur téléphone mobile. Cela ne l'émouvait guère. D'une part cela ne changeait rien à son statut – de fait, quoi qu'il arrive, quoi que cela implique, quoi que fassent ces jeunes gens de leur vie, c'était lui qui enseignait à l'université et eux qui étaient tenus de l'écouter. D'autre part, il savait que l'immense majorité des élèves qu'il avait face à lui ne terminerait pas le cycle universitaire complet, et aurait la lucidité, au moment où il s'agirait de payer les premières factures, de délaisser les études pour une activité plus lucrative ; cependant, il en resterait toujours qui pourraient poursuivre dans la voie de la recherche et qui deviendraient des collègues, si ce n'est des disciples. C'est à eux qu'il s'adressait, c'est eux qu'il cherchait du regard dans les amphithéâtres. C'était très instinctif.

Le grand cycle de la recherche avait besoin de se renouveler grâce à l'apport – matériel tout autant qu'intellectuel – de jeunes chercheurs, prêts à tout pour être titularisés. Au terme d'une lutte qui durait une dizaine d'années, qui passait par l'organisation de colloques, le choix d'un traiteur, l'installation des nappes et le débarras des gobelets en plastique, qui passait par un doctorat et un postdoctorat mal payés en France, par un second postdoctorat un peu mieux payé à l'étranger, qui passait par des cours donnés à la place de leur directeur, qui passait par des remplacements opportuns de ce dernier en tout type d'occasions, certains des jeunes chercheurs – ceux qui s'étaient montrés les plus efficaces, les plus aptes à entrer dans cette grande famille sans en bouleverser l'ordre établi – pourraient prendre la place et s'exprimer devant des amphithéâtres pleins de jeunes gens indolents et chercher à leur tour la proie qui pourrait, au terme d'une course d'obstacles d'une dizaine d'années, les seconder.

Les cours magistraux ne représentaient cependant qu'une portion du travail d'Henri. La partie la plus gratifiante de son activité consistait, comme il s'apprêtait à le faire à Rome, à proposer des articles à des revues et à parler dans son séminaire ou dans des colloques. Dans ces cas-là, il pouvait s'exprimer de façon plus technique, s'adresser à ses pairs et à ses futurs pairs sur un pied d'égalité. Les quelques jeunes gens présents étaient des doctorants, au début de leur course.

Le reste de son travail le désespérait et il n'en parlait jamais publiquement. Il détestait entendre ses collègues se plaindre, il estimait que cela les rabaissait. Il y avait toutes ces mauvaises copies à lire et à corriger. Un tiers des élèves avaient recours au plagiat, non pas par paresse ou par machiavélisme, mais par manque d'intelligence, sans même se rendre compte de ce qu'ils faisaient : ils recopiaient des blocs entiers de texte sans changer la mise en page, sans penser à enlever les renvois à d'autres parties du livre originel.

Il y avait aussi les tâches administratives, de plus en plus nombreuses au fil des années et des responsabilités acquises. L'enseignement supérieur était devenu un organisme vivant, dont la seule finalité était sa propre survie. On n'attendait pas vraiment de ceux qui atteignaient des postes à responsabilité qu'ils s'occupent de science, de recherche, mais plutôt d'administration, d'emploi du temps des enseignants, de renouvellement de crédits, de fiches d'évaluation à renvoyer à d'obscurs bureaux du ministère. Il fallait ainsi chercher des budgets, obtenir des crédits, répondre à des appels d'offres. De plus en plus, le métier ressemblait à celui de n'importe quel cadre de n'importe quelle entreprise. Henri passait l'essentiel de son temps à remplir ou à modifier des tableurs.

Henri siégeait au conseil scientifique de son université, au conseil d'UFR, au comité d'évaluation des sciences de gestion, au comité interdisciplinaire, au comité pour l'égalité et la parité de la communauté d'universités, à la commission internationale, à la cellule d'accompagnement pour la pédagogie numérique et à la commission des affaires sociales. Il recevait les étudiants, les aidait à obtenir des stages. Il trouvait à peine le temps de faire de la recherche.

Les choses étaient peut-être un peu différentes au début de la carrière d'Henri. Il y avait des mandarins, et il s'était placé sous la tutelle du professeur De Cardo. Pendant son doctorat, il avait commencé à donner des cours. L'année suivant son doctorat, il avait passé l'agrégation de sciences de gestion, avait présenté les concours, avait tout obtenu à quelques mois d'intervalle – ces quelques mois qui avaient suffi à déterminer le cours de sa vie pour les quarante années qui suivraient.

Joffre était né à la fin de ce doctorat et, le jour où Henri fit sa première rentrée universitaire en tant que maître de conférences, il songea qu'à peine deux années auparavant il ne connaissait pas Giulia, n'avait pas d'enfant, n'avait pas de poste. Le temps avait joué en sa faveur.

Lors des dîners du mardi, à Chevreuse, où rituellement, depuis quinze ans, il se réunissait avec le cercle d'amis qu'il s'était choisi, il tenait son rôle à merveille. Les péripéties administratives, la médiocrité qu'il imputait à ses étudiants, le poids qu'il consacrait à des tâches sans aucun intérêt, sans aucune valeur ni pédagogique ni scientifique mais uniquement institutionnelle, tout cela disparaissait derrière des anecdotes légères sur la vie de professeur et des considérations générales sur l'état de la société. Jamais il ne se plaignait.

*

Henri avait déjà rédigé les trois quarts de sa présentation. Elle serait suivie d'un débat avec les deux autres intervenants – un chercheur allemand et un chercheur italien –, puis de questions des participants. Il lui restait encore du temps : il était confiant, il aimait sentir cette maîtrise, il aimait savoir qu'il faisait bien son travail.

Il sortit se promener à Nogent-le-Roi ; il irait acheter un plat préparé chez le boucher avant d'appeler Giulia.

Ce matin, il lui avait téléphoné parce qu'elle lui manquait, qu'il l'aimait, oui, ils allaient enfin pouvoir être heureux tous les deux quand il serait à la retraite. C'était presque la première fois qu'il en parlait de façon aussi ouverte. Il lui avait demandé pourquoi elle ne l'avait pas appelé : « Est-ce que je ne te manque pas ? » minaudait-il, mais elle lui avait répondu qu'elle ne voulait pas le déranger pendant qu'il travaillait.

En rentrant pour déjeuner, Henri se surprit à penser à l'après. Il faudrait venir débroussailler, enlever ces plantes qui recouvraient le crépi de la façade, nettoyer les abords de la maison. Il faudrait aussi classer tous ces ouvrages. Et après ? Une pointe d'irritation le gagna. Il attrapa le combiné et appela Giulia.

— Je passe à Chevreuse après-demain. Tu m'attendras avec les valises et on ira ensemble à l'aéroport. C'est bien compris ?

— Oui, Henri.

— Arrête de dire bêtement « oui, Henri ». On dirait une enfant. Dans ma valise, je veux deux costumes différents. Il y aura un dîner officiel, je veux pouvoir me changer. Prends des notes, sinon tu vas tout oublier. Je veux aussi les cinq livres qui sont posés sur la droite de mon bureau. Et la pochette jaune qui est rangée dans le tiroir. Tu écris ce que je te dis ?

— Oui, Hen...

— Bon, j'espère que tu vas y arriver. Parfois, tu ne fais tellement attention à rien que tu m'effraies. Est-ce que tu comprends que c'est important pour moi ?

— Oui.

— Tu me prépareras aussi des tenues de vacances, pour Ponza. Tu as réussi à avoir ta sœur au téléphone ?

— Non.

Henri fulmina. Une bouffée de rage aussi soudaine que brutale. C'était quand même incroyable ! Pendant qu'il travaillait d'arrache-pied, il lui demandait une chose, une seule chose, une chose pas très compliquée, et elle se montrait incapable d'y arriver. Henri criait, et personne ne pouvait l'entendre, il n'y avait pas vraiment de voisins. Giulia écarta le combiné dans un geste dérisoire pour se protéger. Elle tremblait. Elle avait beau chercher à se rassurer en se répétant qu'il ne pouvait pas la toucher, qu'il ne pouvait pas l'agripper par le col, l'attraper par les cheveux, lui mettre de gifle comme ç'avait déjà pu être le cas, elle avait beau chercher à se rassurer – elle tremblait. Elle s'assit, comme une enfant qui attend sa punition.

Henri la menaçait à présent. « On va en reparler, toi et moi. Attends que je rentre, lui disait-il, attends seulement que je rentre et tu verras. » Il était furieux. Hors de lui. Il s'en voulait d'être si loin et de ne pas pouvoir lui faire comprendre ce qu'il attendait d'elle. Il lui en voulait de tout compliquer, de lui rendre la vie impossible. Il lui criait des choses comme : « Est-ce que tu as décidé de gâcher ma vie, de tout compliquer exprès ? » Il donna un violent coup de poing sur la table ; Giulia sursauta de l'autre côté du combiné et se recroquevilla sur le beau fauteuil du salon.

— Stop. Ne parle plus. Je récapitule. Moi, je passe te chercher après-demain. Toi, tu as préparé mes valises. Toi, tu as appelé ta sœur pour lui dire de quitter la maison. Toi, tu t'es maquillée parce qu'on sera accueillis à l'aéroport par la direction de l'université et qu'il faut faire bonne impression. Toi, tu m'attends devant le portail et tu nous conduis à l'aéroport. Je pense que tu devrais y arriver. J'espère.

Il raccrocha le vieux combiné orange à numéros tournants qu'il avait conservé, ou plutôt il l'écrasa contre son socle, et monta travailler dans sa chambre à l'étage.

Je fus interrompu par une vibration, comme si mes filles me secouaient le bras avec frénésie, une vibration qui voulait dire :

« Papa, papa, ton téléphone ! »

J'avais la sensation d'être tiré d'un rêve. J'en avais assez que les enfants soient accrochées au téléphone, qu'elles donnent à ce petit objet un statut de totem. On avait l'impression qu'il n'y avait que ça qui les intéressait dans la vie. Le téléphone. Pour faire des petits jeux. Pour regarder des dessins animés. Pour imiter papa, maman ou Stéphane et tenir des conversations imaginaires (quelles autres conversations auraient-elles pu tenir ? Pour un enfant de six ans, toutes les personnes de son entourage se livrent aux mêmes conversations imaginaires).

Je grognai et me tournai vers la fenêtre. J'entendais ma fille cadette insister et prétendre que le téléphone avait sonné plusieurs fois. Je lui demandai d'arrêter de m'embêter. Le voisin me regarda avec étonnement. Je finis par décrocher.

C'était Marine qui m'appelait pour m'annoncer que, parti dans la précipitation, j'avais oublié de récupérer un sac avec des médicaments. J'étais irresponsable, et je ne changerais jamais. Comment pouvait-on me faire confiance ?

Assez rapidement, elle en arriva au motif de l'appel :

— Je t'ai trouvé abject avec Stéphane, me lança Marine.

Fort heureusement, la qualité du réseau était désastreuse et notre échange était entrecoupé de « pardon ? », « répète ? », « je n'entends pas ce que tu dis, je te rappelle que je suis dans un train ».

Derrière Marine, j'entendais Stéphane qui l'encourageait. Il avait suffi d'une seule entrevue pour que je m'en fasse un ennemi. Il était hors de lui et l'incitait à me haïr. Je ne le reverrais sans doute jamais. J'avais déjà commencé à oublier les traits de son visage.

Au début, Marine trouvait cela romantique que j'écrive des livres. Au début, c'est-à-dire avant que nous habitions ensemble, avant que nous fassions des projets, avant que nous partagions notre quotidien.

Je lui racontais des histoires et ça la faisait rire. Je ne pouvais pas revenir des courses sans qu'il me soit arrivé quelque rencontre improbable, quelque aventure homérique. Je ne pouvais pas accepter un nouveau travail sans aussitôt faire naître une galerie de personnages monstrueux et baroques.

Elle trouvait que j'avais beaucoup d'imagination.

Ensuite, avec le temps, elle me reprocha d'avoir beaucoup d'imagination, de fabuler en permanence. Je n'étais pas fiable.

Pourtant, c'était bien la même personne qui partageait son domicile et qui écrivait des livres. Je ne fabulais pas à heures fixes – j'étais un affabulateur. Comment pouvait-elle me reprocher d'un côté ce qu'elle appréciait de l'autre ?

Je raccrochai et laissai le téléphone sur la tablette pliante pour que mes filles puissent jouer avec si elles le souhaitaient. À côté de moi, le voisin s'était tassé dans son siège, l'air intimidé.

Au commencement, il y avait eu l'enthousiasme. Il pouvait imaginer ce qu'il voulait, tout était ouvert – il suffisait de travail, de volonté, de bagout. Il s'était endetté pour lancer sa boutique parce qu'il y croyait. Joffre n'était pas très doué pour faire semblant – ou du moins, il avait cette capacité à s'emporter et à céder à ses emportements, à foncer tête baissée parce qu'il s'était laissé convaincre par ses propres lubies. Il avait peu d'amis, et personne pour lui porter la contradiction. Alors il débordait de rêveries, de fantasmes chimiquement purs, que rien ne pouvait gâter.

Et puis le rêve était devenu réel et la fatigue l'avait gagné, une certaine routine aussi. Les journées étaient longues, guère stimulantes, et il comprenait qu'il n'avait pas du tout anticipé cette dimension du projet : le stock à gérer, la manutention, les longues heures passées sans le moindre client. Joffre découvrait aussi, revers de sa nouvelle liberté, que le volet administratif et comptable prenait une importance considérable, qu'il n'aurait jamais imaginée. Il y avait des déclarations, des formulaires, des récépissés, des accusés de réception – tout un monde sans lequel il avait très bien vécu jusqu'alors. Pire encore, les glorieuses perspectives financières qu'il avait tracées s'étaient révélées moins flamboyantes que prévu. En somme, la liberté se payait au prix de l'ennui.

Il aurait fallu embaucher quelqu'un, voilà ce que ruminait Joffre au cours de ces matinées solitaires. Un employé aurait pu garder la boutique pendant que lui serait parti sillonner la vallée pour prospecter des clients. Et puis ç'aurait été encore une étape de franchie : il s'imaginait raconter le soir à Élise et Lola ses déboires avec son employé, la difficulté que représentait le fait d'être dorénavant, en plus de tout le reste, un manager.

Il n'avait recruté personne, bien entendu. C'était toujours la même chose : il fallait dépenser de l'argent pour espérer en gagner à l'avenir. Alors il vivait avec des dettes à rembourser, un maigre salaire qu'il se versait et des perspectives. Les perspectives ne le nourrissaient pas.

*

Il avait fait tant de petits métiers. Joffre avait l'impression d'avoir toujours été asphyxié financièrement. Comme cela devait être agréable de ne pas sentir le poids du manque d'argent. Lui avait raté ses études, s'était gorgé de mots, avait opté pour la « liberté » contre le mode de vie que ses parents voulaient lui imposer. Après l'humiliation de ce bac obtenu sur le fil, il avait pris le train et passé l'été non loin de Cassis, d'abord comme vendeur de plage, puis comme cafetier. Une envie de soleil, d'indépendance, loin, très loin de la grisaille de la banlieue parisienne. Il avait rencontré des gens, connu une certaine forme de bonheur, celui d'une vie sans attente. Lorsque la saison s'était achevée, on lui avait proposé de remonter un peu vers le nord, et il y avait appris les spécificités du travail dans une station de ski. C'étaient des métiers sociaux où l'on ne s'ennuyait jamais ; Joffre travaillait avec des garçons et filles du même âge, souvent cabossés par la vie. En général, surtout au ski, tout le monde habitait ensemble, dans de grands dortoirs loués par l'employeur au sein de vastes chalets à l'entretien douteux, situés à l'écart de la station. Après les épuisantes journées de travail, les fêtes duraient toute la nuit. Ces jeunes gens se montraient cependant fort sages dans leurs excès. Quelques couples se formèrent, qui ouvriraient plus tard une crêperie, une pizzéria ou un gîte dans les stations. Joffre lui-même prit sa part de relations, mais il était trop instable pour s'en satisfaire. Ces années-là, il dormit peu et ne le regretta pas. Tout le monde l'aidait et il n'y avait pas besoin de diplôme : formé sur le tas, il devint un professionnel reconnu.

Joffre se lassa cependant de cette existence, comme il se lasserait des autres ; il fit son retour à Paris et travailla où on voulait bien de lui, dans des hôtels, dans des restaurants. Il y avait moins de fêtes, moins ce sentiment du collectif, moins de légèreté. Les collègues parisiens étaient plus froids, moins prompts à s'entraider, à partager leur vie. Ici, il ne connaissait personne et devait tout reprendre du début. Il travailla comme un forcené et se constitua, ici comme là-bas, une réputation de collègue sérieux, toujours disponible et sur qui on pouvait compter.

Au Jean Bart, bar-tabac-brasserie sans originalité où il avait été recruté en extra pour remplacer une serveuse en congé maladie, Joffre rencontra Élise. C'est ici qu'elle et ses collègues de la bibliothèque municipale déjeunaient, selon un rituel auquel elles tenaient beaucoup, tous les jeudis. D'anciennes collègues parties travailler ailleurs se joignaient à elles et les tablées dépassaient souvent les dix convives.

Joffre avait remarqué Élise dès le premier jour. Elle restait sur la réserve là où les autres parlaient fort, confortées par la protection illusoire que confère l'appartenance à un groupe. Elle avait l'air de se sentir bien avec ses amies tout en n'étant pas exactement à sa place. Son regard était doux.

Joffre avait du bagout et savait mettre les clients à leur aise ; il raconta quelques bonnes histoires, posa quelques questions. Élise lui apprit qu'elle avait grandi en Savoie et qu'elle venait ici toutes les semaines avec ses collègues. Joffre usa de tout son répertoire, allant jusqu'à montrer les tours de magie qu'il avait appris en station. Succès assuré. Tout alla très vite entre eux. Il y avait quelque chose de naturel, d'inéluctable, à leur histoire, et on peut simplement dire d'eux qu'ils s'étaient rencontrés, qu'ils avaient emménagé ensemble et que Joffre avait élevé Lola, la fille d'Élise, comme sa propre fille. Sans effusion de sentiments, sans grande passion, sans mots, ils s'étaient trouvés, comme si chacun avait sagement attendu le moment de rencontrer l'autre.

*

Avec un enfant, cela devenait difficile de travailler dans la restauration. Joffre avait poursuivi pendant quelques années, mais il s'épuisait et sentait qu'il n'avait plus vingt ans. Par ailleurs, c'étaient des métiers trop instables financièrement. Grâce à un ami, il avait réussi à être embauché comme vendeur dans une franchise appartenant à une chaîne spécialisée dans la vente de vins et de spiritueux. Le salaire était maigre, mais au moins était-il régulier. Les horaires étaient connus à l'avance. Il pouvait s'occuper de Lola, la conduire à ses cours de poney ou de tennis le week-end, lui lire des histoires le soir – toutes choses rendues compliquées par les horaires de la restauration. Il n'avait jamais eu le temps de s'interroger sur son propre désir de paternité. Il élevait Lola, il avait à présent des horaires normaux et un salaire suffisant pour joindre les deux bouts, il n'y avait pas d'autres questions à se poser.

Les années passant, il avait suivi des formations, avait été nommé responsable d'une boutique à Chevreuse. Son employeur l'incitait à suivre des cours pour « apprendre à penser comme un leader », « faire une bonne première impression », « lâcher prise ». C'était donc cela, l'ascension sociale. Ses parents avaient cessé d'avoir honte de lui ; quelle fierté c'était quand leurs amis leur parlaient de Joffre, lors d'un des dîners du mardi. Parfois, l'un d'entre eux apportait une bouteille de vin et disait :

— J'espère qu'il est bon, c'est le petit Joffre qui me l'a conseillé.

Tout le monde s'esclaffait, les invités comme les hôtes. Joffre avait retrouvé le droit chemin.

*

Certains couples se forment dans le refus des sentiments – tel était le cas de Joffre et Élise. Ils étaient tous les deux taiseux pour les choses de l'intime, portaient des fêlures qu'ils ne voulaient pas affronter. Ils menaient une vie de devoir, sans chercher à y trouver autre chose – sans doute par peur de souffrir. Ils gagnaient leur vie, ils élevaient Lola dans le respect de certaines valeurs. Ils n'avaient pas de loisirs sophistiqués, aimaient dîner à la pizzéria le week-end avec leur fille, aimaient la regarder grandir, puis devenir une jeune femme. Élise n'avait qu'un seul péché mignon : la randonnée. Chaque année, elle partait marcher quelques jours, parfois seule, parfois avec une ou deux collègues de la bibliothèque. Ces dernières années, elle avait pris Lola, désormais suffisamment âgée, avec elle et, le long des chemins de halage bordant la Creuse, la mère et la fille voyageaient en silence, heureuses de partager de tels moments.

C'était Joffre qui, en quelque sorte, avait rompu cet équilibre. De plus en plus souvent, il rentrait le soir en pestant, critiquant ses supérieurs, les consignes absurdes venues du groupe, les impératifs de vente, les opérations commerciales qu'on lui imposait, les objectifs qu'il fallait tenir.

— Ça n'a aucun sens, ce qu'on nous demande. Tu comprends ça, Élise ? Ça n'a strictement aucun sens.

Il aurait fallu procéder autrement. Lui connaissait le métier, pas eux. Il connaissait le produit, les clients, la ville. Pas eux. Il prit des notes ; voici comment il faudrait procéder, voici une liste de dix actions intelligentes qu'il faudrait mener au cours de l'année, voici quelques exemples constructifs de management, voici comment accroître le chiffre d'affaires. Il rédigeait ces listes le soir, rêvant de les envoyer à sa direction, pour leur montrer qu'il était compétent, qu'il fourmillait d'idées et qu'on ne l'écoutait jamais. Il imaginait leur expression quand ils recevraient ses mémos et qu'ils comprendraient qu'ils employaient, sans le savoir, un tel visionnaire. Ils s'excuseraient, lui proposeraient un poste de responsable régional dans lequel il aurait carte blanche. Mais Joffre garda ses fiches pour lui et il se rendit compte un jour qu'elles lui fournissaient un cahier des charges intéressant pour monter sa propre boutique. Il n'avait jamais osé s'avouer que tel était son désir.

Il n'en parla pas à Élise – elle n'aurait pas compris. Il n'en parla à personne. Il trouva un emplacement disponible en centre-ville, se renseigna sur le prix (« juste par curiosité ; je commence seulement mes recherches », avait-il dit à l'agent, avec l'air de s'excuser) et réussit à convaincre une banque de lui faire confiance. Il était désormais chef d'entreprise.

*

Quelques mois avant d'ouvrir sa cave à vin, Joffre avait contacté Hedwig, une Allemande qu'il avait connue au ski, quand il était saisonnier, et ils avaient repris leur histoire là où elle s'était arrêtée. Comme avant – « à la grande époque », pensait Joffre –, ils passaient le plus clair de leur temps dans des restaurants et dans des hôtels – mais en tant que clients cette fois. Comme avant, il était fasciné par son autorité naturelle, sa voix, sa grâce.

Hedwig avait réussi dans la vie. Elle s'était installée à Paris, où elle possédait un bel appartement. Elle avait ouvert une agence immobilière et avait profité du boom du marché du logement dans la région. En quelques années, les prix avaient doublé. Tout le monde voulait acheter ; les acquéreurs étrangers étaient nombreux, payaient comptant de grandes surfaces. Tout se vendait. Le concept de souplex avait été inventé pour désigner des appartements sans lumière, situés en sous-sol : des caves vendues comme des penthouses. Cela partait aussi, à des tarifs irréels et en quelques jours.

Ils couraient les restaurants branchés, les vernissages, les concept stores. Joffre était grisé. Hedwig le présentait comme chef d'entreprise dans le domaine des vins. Comme tout le monde a un avis sur la question, la conversation était facile avec les gens qu'il rencontrait, qui lui promettaient tous des commandes. Joffre, par coquetterie, annonçait toujours qu'il était en train d'ouvrir de nouvelles boutiques.

« Oui, l'idée est de créer un maillage assez serré sur la région parisienne. Dans un premier temps. »

Il disait à Élise qu'il sortait travailler, rencontrer des prospects. Elle ne répondait pas.

La boutique survivait, mais la situation financière devenait compliquée. Comment aurait-il pu en être autrement ? Les ventes étaient correctes, mais pas suffisantes pour espérer faire fortune. La clientèle haut de gamme que Joffre avait espérée était moins nombreuse que prévu, et les cadres qui vivaient dans la vallée n'aimaient pas dépenser beaucoup d'argent en vin. La banque refusa de le suivre pour l'embauche d'un salarié. Il devait rencontrer ses fournisseurs les jours de fermeture de la boutique.

Parfois, au prix de rocambolesques fables, il partait avec Hedwig et ils passaient trente-six heures ensemble en Bourgogne ou en Champagne. Mais que c'était compliqué de mentir, que c'était usant. Il avait voulu l'argent et la liberté, et il se trouvait sans argent, à travailler sept jours sur sept, à ne pas voir sa famille. Lola grandissait et ne tenait de toute façon pas à passer du temps avec lui. Elle ne faisait que regarder des vidéos d'aventure et de nature sur Internet, c'était totalement stupide. Et avec Élise, les conversations silencieuses du soir suffisaient largement à ce qu'ils pouvaient attendre de ce couple et de leur relation. Il s'oubliait dans le travail.

*

Son regard changea sur les clients. À présent, il voyait défiler ses bilans comptables, se demandait comment il pouvait leur soutirer davantage d'argent. Il avait refait ses vitrines, lancé quelques opérations commerciales. Il avait mis en place une carte de fidélité, et même une carte de membre, avec des ventes privées. Cela lui prenait une énergie folle pour un résultat au mieux incertain.

Arriva le jour du grand basculement. Ce jour-là – facile à identifier après coup, impossible à imaginer avant –, Joffre était particulièrement désespéré : il s'était disputé avec Hedwig, Lola avait cessé de lui parler depuis quelques jours, Élise était absente, les finances sombraient ; il ne pensait certes pas au suicide, mais avait conscience d'être en train de toucher le fond.

Un vieux professeur de physique de l'université voisine, client régulier, pénétra dans la boutique, accompagné par le bruit de la sonnette. Il venait une fois par semaine, le jour du marché : deux bouteilles de vin ordinaire et une bouteille plus chère, qu'il laissait à Joffre le soin de lui conseiller. Il avait des cheveux ébouriffés, la lèvre tombante, l'air perdu. Quand il s'adressa à Joffre, c'était la tristesse qui parlait à la colère. Joffre en avait assez de cette petite ville, de ces petits consommateurs, de cette petite mentalité. Il avait parcouru tout ce chemin pour finir par travailler à quelques centaines de mètres de là où il avait grandi, à quelques centaines de mètres de la maison de ses parents, à servir leurs amis qui mégotaient pour quelques euros quand Hedwig lui présentait des collectionneurs, des artistes capables de payer 500 euros ou 800 euros pour une bouteille. Il regarda le vieux professeur, ferma son classeur et les mots sortirent de sa bouche sans qu'il les ait prémédités, sans qu'il ait su ce qu'il allait dire (quand toute cette histoire serait terminée et qu'il se demanderait comment il avait pu plonger la tête la première dans un tel engrenage, quand il chercherait à reconstituer la série des évènements, il ne pourrait que constater que tout avait commencé, en quelque sorte, sans lui – du moins, sans sa participation consciente) :

— Monsieur Dumézil, est-ce que je peux vous parler de

quelque chose ? De vous à moi, parce que vous êtes un client fidèle. Pourquoi est-ce que vous n'investiriez pas dans le vin ?

Joffre s'écoutait parler, c'était comme s'il se voyait de l'extérieur. Il racontait n'importe quoi au vieux monsieur ; il parsemait sa tirade de termes compliqués, évoquait l'évolution de la réglementation européenne, parlait de capital garanti. Il le saoulait de mots.

— En somme, avait fini par reprendre Dumézil, vous achetez des bouteilles qui valent quelques milliers d'euros et qui en vaudront beaucoup plus à l'avenir. Le client investit en achetant une portion de bouteille, une bouteille ou même une caisse. C'est mieux que de placer son argent à la banque et ça rapporte davantage. Et quand on le souhaite, on retire son argent au prix du marché.

Joffre avait cru que le professeur avait résumé sa pensée pour en montrer l'incurie. Il se tassa, prêt à lui demander d'oublier tout ce qu'il venait d'entendre.

— Eh bien, c'est un système formidable, vous avez raison. Cela mérite réflexion. En tout cas, quel plaisir ce serait d'investir dans du vin. Surtout si c'est un connaisseur comme vous, jeune homme, qui supervise la transaction.

*

À la stupéfaction de Joffre, quelques jours plus tard, le professeur avait accepté de lui confier de l'argent. Alors de temps en temps, quand Joffre sentait que le moment opportun se présentait, il tâtait le terrain avec d'autres clients. Et concluait.

En somme, il prenait le pli.

— Écoutez, il faut considérer cela comme un placement plaisir ; un investissement éthique, qui a du sens. Le mécanisme est parfaitement transparent. Nous nous appuyons sur le prix des cours tels qu'ils sont établis à l'indice du Fine Wine Exchange de Londres. C'est comme les cours de la Bourse, mais les actifs qui sont échangés et valorisés ici, ce sont des grands crus, des crus rares comme ceux que je peux acquérir pour vous. Ils sont stockés dans un entrepôt spécialisé, en Suisse, dans des conditions optimales. Le vin est comme une plante fragile : si vous ne portez pas une attention absolue à son environnement, il fane et c'en est terminé. Une bouteille gâtée ne renaîtra jamais.

Il avait prononcé ce dernier mot avec un accent lugubre, et le notaire Sanderson, sa victime du jour, avait alors été parcouru par un sentiment de peur et d'urgence qu'il ne s'expliquait pas. Joffre ne lâchait pas sa proie :

— Nous mettons l'accent sur l'exigence. Une exigence absolue – religieuse presque. Mais tel est le prix à payer, si je puis m'exprimer ainsi. Cette bouteille, nous l'avons choisie selon des critères de beauté et de plaisir, mais aussi des critères de valorisation. Cette bouteille, nous la choyons. C'est mieux qu'une assurance-vie, mieux qu'un livret bancaire. Cette bouteille… (Joffre marqua une pause) c'est la vôtre.

Le client regardait l'image d'un grand cru estimé à plusieurs milliers d'euros.

— Sinon, vous pouvez opter pour l'acquisition de caisses de vin. Bien sûr, ce n'est pas le même prix, à moins que vous ne préfériez des caisses de vins moins cotés, mais est-ce cela que vous voulez vraiment ?

Joffre tournait à toute vitesse les pages d'une présentation qu'il avait préparée sur son ordinateur une semaine plus tôt, avec des graphiques fantaisistes, des bouteilles de vin qu'il avait eu plaisir à compiler, un logo qu'il avait conçu en ligne. Il n'avait pas eu le temps de finir et un bon tiers de sa brochure était composé de faux texte. *Lorem ipsum dolor sit amet...* « Personne n'aime ni ne recherche la douleur comme douleur, mais parce qu'il arrive quelquefois que, par le travail et par la peine, on parvienne à jouir d'une grande volupté. » Joffre montrait les images des bouteilles, les prix qu'il avait affichés en gros caractères, les promesses de rentabilité qu'il avait inventées de toutes pièces, des flèches qui montaient, des graphiques, des chiffres, des couleurs criardes, et se hâtait de tourner les pages pour masquer le faux texte.

— Je peux vous proposer également une dernière option, si vos goûts dépassent vos moyens : vous pouvez entrer dans une démarche qui se rapproche davantage de la spéculation et acquérir une part d'un cru d'exception. Ce sont des crus qui cotent à plusieurs dizaines de milliers d'euros. Pour 2 000 euros, par exemple, vous pouvez acquérir les parts d'une romanée-conti 2003.

Le notaire avait lui aussi demandé quelques jours pour réfléchir. Et lui aussi, comme le professeur, avait fini par lui confier quelques milliers d'euros.

Dans la vallée, on se passa rapidement le mot. Joffre visait des bons vivants ; c'était le meilleur public possible – après tout, il s'agissait de connaisseurs, heureux de dépenser leur argent. Personne ne voyait jamais les bouteilles. Quand Joffre fermait la boutique, il disait qu'il devait se rendre en urgence en Suisse pour vérifier ses stocks, régler une question administrative ou traiter avec des fournisseurs.

Joffre avait recopié un contrat trouvé sur Internet, collé des logos pompeux, des adresses de sièges sociaux au Luxembourg. Il n'avait jamais rien compris à la finance et écrivait n'importe quoi. Il était persuadé que cela ne prendrait jamais, que les clients allaient recevoir le document et le lui faire manger, le mettre en boule et le lui jeter au visage. Pourtant, il était debout dans sa boutique, les gens étaient assis, et ils signaient tout.

C'était incompréhensible.

Joffre ne manquait pas d'initiative. Il avait également mis en place un « club des artistes ». C'était très important, ces lieux de sociabilité, dans la vallée. Et les gens sans imagination aiment se laisser croire qu'ils sont des artistes. Alors, une fois de temps en temps, Joffre faisait l'acquisition de quelques vins très chers et sélectionnait quelques personnes, à qui il faisait sentir qu'elles étaient privilégiées. Certains étaient déjà ses clients (il préférait les appeler ses « partenaires ») et d'autres étaient des cibles qu'il voulait attirer. Séduire. Il réservait la salle d'un restaurant de Saint-Rémy-lès-Chevreuse, non loin de chez ses parents, dont il connaissait le patron et, pendant toute une soirée, il éblouissait ses invités. Ceux-ci pouvaient parler affaires entre eux, abandonner quelque temps leur foyer et goûter des vins qu'ils n'auraient jamais eu l'occasion de déguster autrement.

Soudain, son compte en banque se remplissait. Joffre respirait. Élise ne comprenait pas ce qu'il se passait – ni le changement d'humeur de son concubin, ni l'évolution de leurs finances. Elle supposait que la boutique décollait enfin et ne se posait pas davantage de questions : après tout, elle ne pouvait nier que Joffre travaillait tout le temps – il était récompensé, voilà tout. Joffre invita Hedwig à La Tour d'Argent, partit deux jours en Savoie avec elle, dans un chalet luxueux. C'était somme toute modeste, mais il avait enfin un aperçu de la vie dont, sans le savoir, il avait toujours rêvé. Il y prenait goût.

J'avais beau faire tous les efforts possibles pour paraître grossier, mes enfants continuaient à occuper mon esprit et mon voisin de siège, guère refroidi par mon mutisme, tentait toujours de me parler. Je pris le parti d'affronter les deux problèmes en même temps, espérant m'en débarrasser une bonne fois pour toutes.

Je me reculai, soufflai ostensiblement, et tournai la tête vers le voisin avec ce sourire qu'on réserve aux inconnus, quand les traits de la bouche se relèvent tandis que les yeux restent inexpressifs.

— Est-ce que tout va bien, monsieur ?

Il valait mieux ne pas répondre ; cela sentait trop le piège, la fausse bonhommie, l'amitié de circonstance. Il me faisait penser à Stéphane, avec ses airs doucereux.

Je ne savais pas trop quoi lui répondre ; j'aurais voulu trouver une phrase magique, comme dans les contes de fées, une phrase qui le foudroierait ou, mieux, le réduirait au silence pour toujours. Je voulais qu'il cesse de chercher à communiquer avec moi. Le bruit du train, des enfants, du voisin : tout m'angoissait.

— Elles doivent être fières d'avoir un papa qui écrit des livres.

Voilà ce que supposait le voisin. Lui avais-je parlé de mes filles ?

La réalité n'était pas si simple en tout cas. Par exemple, au moment de remplir la fiche de début d'année à l'école, il y avait toujours une incertitude : leur père était-il chargé de distribuer de l'argent à des scientifiques ou était-il écrivain ? Quelle case fallait-il cocher ?

Il n'en reste pas moins que, en effet, mes filles étaient fières. L'année avant la trahison, quand Marine vivait encore avec moi, quand nous étions encore une famille et qu'elle n'avait pas tout fait imploser par lâcheté, il y avait eu quelques mois durant lesquels mes filles n'avaient cessé de parler à leur maîtresse de leur père, d'exhiber cet état d'écrivain comme un trophée. D'autres prétendaient que leur père était policier, alors pourquoi pas romancier, après tout ? Bien sûr, je n'avais plus rien écrit depuis déjà quelques années, mais elles étaient trop jeunes pour saisir toutes les violences de cette retraite imposée. Et puis il y avait dans la bibliothèque du salon ce coin que Marine avait aménagé, avec un orgueil qui m'avait étonné, où mes cinq romans étaient rassemblés. Elle avait même fabriqué un petit dossier de presse et mis une photo de moi découpée dans un magazine.

Je n'osais lui dire que cela m'évoquait un autel funéraire.

Un jour, la maîtresse de grande section de mon aînée avait consenti à m'inviter dans la classe pour que je parle du métier d'écrivain. Comment invente-t-on une histoire ? Comment fabrique-t-on un livre ? Notre couple commençait à battre de l'aile, et Marine ne cessait de me reprocher mes absences. Ce qui l'avait charmée à nos débuts l'irritait à présent. La veille, j'avais préparé des éléments, afin de faire bonne figure. Je détestais être pris au dépourvu.

Est-ce qu'il était seulement possible de capter l'attention d'enfants de cinq ans ? Le matin, en accompagnant mes filles, une migraine terrible m'était tombée dessus ; j'avais demandé à la maîtresse à quelle heure je devais revenir et, disposant d'une heure de liberté, j'étais parti acheter le journal, manger des croissants, boire trop de café ; c'était l'été, il y avait un petit vent agréable et mon mal de tête s'estompait doucement.

Celui qui n'a pas connu la migraine ne comprendra jamais la profondeur de cette joie négative qu'est la sensation de *ne plus* éprouver de douleur.

Je quittai le café et sortis marcher, me laissant guider par mon inspiration. Des rues de Ménilmontant, je descendis vers Oberkampf, puis le Marais. Je bifurquai vers l'île Saint-Louis et le Quartier latin. Paris est une ville minuscule, qu'on peut traverser en deux ou trois heures.

Je rentrai déjeuner chez moi, euphorique, fis une sieste et allai chercher mes enfants à 16 h 30.

La maîtresse me fusilla du regard. Ma fille aînée courut me faire un câlin, incapable de concevoir qu'un adulte puisse mal se comporter. Je bafouillai une explication invraisemblable et, sur le chemin du retour, demandai à ma fille ce qu'ils avaient fait à la place de ma présentation :

— On a eu une récréation de plus, c'était trop bien.

Il restait deux heures de trajet jusqu'à Paris. Je n'arrivais décidément pas à parler à ce voisin qui m'était imposé ; j'avais envie d'être seul, j'avais envie de silence, j'avais envie de m'extraire du monde. Je ne répondis rien à ses questions idiotes et il poussa un drôle de soupir en écarquillant les yeux.

*

Pour différentes raisons, je connaissais mal les jeunes filles. J'avais été un adolescent sans identité propre, caché dans des meutes d'amis et d'amies, et pendant des années la simple possibilité d'être seul avec une fille de mon âge m'aurait paru saugrenue. Bien sûr, j'avais eu des histoires, mais surtout avec des femmes plus âgées, comme si les jeunes filles échappaient à la possibilité de la séduction. C'était avec Marine que j'étais pour la première fois tombé amoureux d'une femme dont je n'étais pas le cadet.

En conséquence, j'avais peu d'expérience personnelle de ce qui constituait les sentiments d'une jeune fille – ce qui n'empêche pas d'écrire des livres ou d'en faire des personnages ; fort heureusement, la littérature n'est pas que de témoignage. J'avais pour idée que Lola serait une sorte de créature paradoxale, à la fois un personnage évanescent et la personne la plus terre à terre de cette famille. Quand je fermais les yeux pour me l'imaginer, je la voyais qui attendait à l'arrêt de bus. C'était l'endroit qu'elle fréquentait le plus souvent – du moins, c'était l'impression qu'elle avait, à son âge. C'était là qu'on pouvait la trouver le matin, quand elle partait au lycée, et c'était là qu'elle donnait rendez-vous à ses quelques amis le week-end.

Parmi toutes les villes de France, parmi tous les quartiers de France, ses parents avaient choisi de vivre dans un endroit où il n'y avait pas le moindre lieu pour sortir et où passait à peine un bus toutes les demi-heures. C'était un choix qu'elle ne comprenait pas.

Lola était grande, brune, avec des cheveux longs et frisés. Elle avait la peau blanche comme sa mère et un corps ferme, sportif, que, par timidité, elle cachait derrière des vêtements de sport trop larges.

Ce jour-là, Joffre devait venir la récupérer à l'arrêt de bus. Elle s'installa confortablement dans un coin. Les yeux fermés, elle écoutait le ronronnement des véhicules – une grosse moto, un bus qui ralentit et, voyant qu'elle ne bouge pas, redémarre, quelques jeunes du quartier qui klaxonnent à son intention. Joffre était en retard, pour changer. Lola sortit son téléphone et lança une chanson à la mode. Il n'y avait personne autour d'elle pour le moment – et puis si quelqu'un arrivait, qu'est-ce que ça pouvait faire ? Quand le morceau débuta, Lola remua doucement les lèvres en accompagnant la mélodie ; rien n'existait autour d'elle, elle oublia son arrêt de bus, les mornes immeubles blancs qui l'entouraient, les voitures qui défilaient, elle chantait comme si rien n'existait d'autre qu'elle et la musique, *bye bye bye, elle a du rouge sous ses talons.*

Lola attendait son père depuis quarante-cinq minutes maintenant. Deux bus étaient déjà passés. Joffre avait insisté pour la conduire à un salon de l'orientation qui se tenait sur un campus universitaire non loin de là. Lola n'avait pas osé refuser, trop fatiguée pour parlementer : elle n'avait mangé que des amandes ce matin – depuis trois jours, elle observait une diète durant laquelle elle se nourrissait exclusivement de fruits secs : noix, amandes, raisins secs. Elle régénérait son organisme et le purifiait avant de partir pour deux jours de stage de survie dans les Causses. Elle mourait de faim.

Lola n'avait bien sûr aucune envie de se rendre à ce salon de l'orientation. Quel enfant veut de l'avenir que lui tracent ses parents ? N'ayant aucune intention d'être orientée par quiconque, elle n'avait accepté – ou plutôt, elle n'avait pas dit non – qu'en échange d'une signature, l'autorisation paternelle nécessaire pour avoir le droit de partir à son camp. C'était sa grande passion, et Lola était toujours sérieuse dans ses obsessions, toujours jusqu'au-boutiste. Enfant, à Ponza, chez sa famille italienne, elle partait avec des cousins, des amis des cousins, des enfants rencontrés au gré de sorties – des amis « à la vie à la mort », disait-elle à sa grand-mère.

— Tu t'es déjà fait des amis, ma petite ? Mais tu es redoutable ! Et comment s'appellent-ils ? demandait Giulia.

— Je ne sais pas, je n'ai pas posé la question. Ou alors ils me l'ont dit et j'ai oublié. Enfin, ça n'a aucune importance, mamie.

Et Lola passait des journées à la mer, à nager dans des criques, à bronzer sur de petites chaloupes qu'on leur prêtait, à marcher dans le maquis. Lola, loin de ses parents, revivait ; elle avait douze ans, quatorze ans, elle se sentait libre, sans attaches, sans limites. Avec sa famille estivale, ses amis de circonstance, sur les plages de l'île, ils étaient écrasés par la masse et les hauteurs des falaises de roche nue, par la touffeur du maquis, ils contemplaient les petites barques des pêcheurs et, à perte de vue, où que se pose le regard, la mer.

De ces étés, Lola avait gardé un goût prononcé pour l'aventure, la nature. À Gif-sur-Yvette, elle se contentait d'un succédané, partait en randonnée avec sa mère une fois par an, sortait le week-end faire du vélo en forêt ou de l'escalade. Depuis la mort d'Élise, son intérêt s'était encore accru, comme si elle devait ça à sa mère, comme si elle devait poursuivre seule, avec deux fois plus de force, ce qui avait constitué un de leurs centres d'intérêt partagés ; alors elle passait des heures à visionner des tutoriels sur son ordinateur, elle voulait tout savoir sur la nature, la vie sauvage, les aventuriers, les conditions climatiques, les techniques de survie. C'était un univers presque infini, et elle se sentait si petite, si inculte.

Les vidéos qu'elle ingurgitait avaient des titres accrocheurs, destinés aux gens comme Lola, ceux qui regardent le crayon à la main avant de mettre en application ce qu'ils avaient appris. Ce pouvait être : « Comment réussir un feu à tous les coups » ou « Comment survivre dans la nature grâce au pouvoir des baies ». Certains se filmaient au quotidien pendant une excursion, et cela donnait alors des vidéos de témoignage (« je passe trois jours en autonomie complète dans la montagne ») ; d'autres étaient plus pratiques (« quel sac pour bivouaquer » ; « le top 10 des outils pour le *bushcraft* ») ; d'autres encore sortaient du cadre et posaient les questions qui fâchent (« Est-ce possible de vivre en totale autonomie ? »).

Obstinée et appliquée, Lola prenait des notes, reproduisait les schémas qui apparaissaient à l'écran. Elle appuyait régulièrement sur le bouton pause et répétait à voix basse les explications qui venaient d'être données, comme à un confident caché. Il existait des centaines de méthodes pour déclencher un feu dans la forêt : on pouvait utiliser de l'amadou, du silex, on pouvait tourner très vite un bâton sur un autre pour provoquer une étincelle, on pouvait, si l'on avait été prévoyant, avoir pensé à acquérir un *firesteel* (ou avoir une position tranchée dans le débat et refuser de l'ajouter à son paquetage au prétexte que c'est un outil artificiel) et frotter la tige contre le grattoir. Les variétés étaient presque infinies. Il y avait tant de choses à savoir, tant d'erreurs de débutant à ne pas commettre (et qu'on ne commet plus lorsqu'on a été coincé une seule fois dans un massif montagneux, la nuit, sans pouvoir, par imprévoyance ou par manque de connaissances, démarrer un feu).

Lola tenait absolument à ce week-end de survie et Joffre tenait absolument à ce qu'elle assiste à ce salon. Depuis la mort d'Élise, il se comportait bizarrement, comme s'il lui était redevable de quelque chose. Il était totalement accaparé par sa boutique, par les espoirs de sa boutique, par les problèmes de sa boutique. Parfois, il inscrivait dans son agenda « passer du temps avec Lola / lui poser des questions », puis il repoussait la tâche à cause de ses nombreux soucis et un beau jour, parce que cette longue liste de choses à faire l'accablait trop, le minait comme l'humidité ronge un arbre, il se décidait à passer du temps avec elle : de la sorte, il pourrait cocher cette ligne sur sa liste et ce serait déjà une préoccupation de moins ; il voyait Lola et il espérait rattraper plusieurs semaines d'indifférence avec une soirée de sollicitude inquiète et presque agressive. Il se comportait comme elle aurait voulu, supposait-il, qu'il le fasse. Naturellement, il faisait fausse route et obtenait l'inverse de l'effet recherché. Quand il lui avait ordonné de venir avec lui, Lola avait accepté : elle savait que ce salon ne lui serait d'aucune utilité – elle pensait ne pas poursuivre ses études et avait déjà manqué la période des inscriptions à l'université. Elle rêvait d'entamer un tour de France à pied ou à vélo, de sillonner le pays en travaillant dans des fermes bio en échange du gîte, mais elle savait ce qu'elle avait à gagner en cédant au désir de Joffre.

Quand Joffre avait surgi dans la cuisine, tenant une liasse de prospectus à la main, encore fatigué par sa journée à la boutique, elle avait tout de suite compris qu'il avait une idée pour elle.

— Lola, regarde ce que j'ai trouvé. C'est pour toi, c'est absolument pour toi. Ils tiennent un grand salon de l'orientation à l'université de Versailles. Tu dois choisir une filière cette année. N'attends pas la dernière minute, il faut que tu connaisses un peu. Tu as réfléchi à ce que je t'ai demandé l'autre jour ?

— À quoi déjà ? avait grommelé Lola.

— Tu dois noter sur une feuille toutes les idées qui te passent par la tête, tout ce que tu aimes, les métiers, les activités, les domaines, tout et n'importe quoi. Tu écris tout ça et tu me le montres et on en parle. Bon, ça n'a pas d'importance, on va commencer par le salon, ça te donnera déjà des idées. C'est dans quelques jours, je t'y conduirai, on passera l'après-midi ensemble. Je le note dans mon agenda.

Un salon de l'orientation et un après-midi avec Joffre, la perspective était loin de réjouir Lola, qui avait donc fait sa mauvaise tête. Elle lui avait répondu qu'elle refusait d'y aller ; il est même possible qu'à un moment elle ait lâché :

— Tu n'es même pas mon père.

Mais pas de façon agressive, revancharde, non – plutôt de façon perfide, entre ses dents. Elle lui avait fait comprendre que, potentiellement, s'il insistait avec ce foutu salon, elle ne se présenterait pas aux épreuves du bac, ce qui réglerait pour de bon le problème de l'orientation. Elle avait arrêté de lui parler pendant trois jours, passant du très peu au rien. Après huit jours de psychodrame, Joffre avait obtenu les concessions suivantes : Lola passait le bac et Lola accompagnait son père au salon de Versailles ; en échange de quoi Joffre autorisait Lola à partir dans son camp de survie. Au programme, deux jours d'autonomie totale dans la montagne : construire des abris, faire du feu, connaître les étoiles et la science des baies, se reconnecter à soi-même.

Lola avait donc remporté la bataille contre son père et gagné le droit d'être libre au prix d'une journée d'ennui. L'accord lui paraissait équitable – d'autant plus équitable que, seule sur le banc à moitié sale d'un Abribus de banlieue, contrainte de patienter avec de moins en moins d'espoir, avec sa musique et ses accès de fatigue, elle avait commencé à supposer qu'elle pourrait même échapper à la visite du salon de l'orientation.

Lola finit par se lever. Elle savait qu'il ne viendrait plus à présent. Joffre aura eu quelque idée, quelque nouvelle lubie ; il aura rencontré quelqu'un. Ça lui arrivait tout le temps. Parfois, Élise devait le retrouver quelque part pour déjeuner et il oubliait de venir et ça la rendait folle ; elle ne comprenait pas : comment peut-on oublier quelqu'un ? Parfois, il devait aller chercher Lola à l'école et il oubliait, là aussi. Lola attendait et, à six ans, à huit ans, elle finissait par rentrer seule retrouver sa mère, morte d'inquiétude.

Joffre avait toujours été incapable de faire plusieurs choses à la fois, de penser à plusieurs choses en même temps, et la situation s'était encore aggravée depuis la mort d'Élise. Lola essaya de l'appeler, au moins pour le prévenir qu'elle s'en allait, et la sonnerie retentit dans le vide. Lola décide alors de rentrer à la maison pour préparer son camp. Elle avait fait sa part de travail pour le salon de l'orientation, il était temps de passer à autre chose.

*

Il y avait tant de connaissances à acquérir, ne serait-ce que pour préparer un paquetage. C'était un savoir-faire qui devait être incorporé par les études et par la pratique, en restant toujours à l'écoute de ceux qui avaient déjà emprunté ce chemin. Bien sûr, il y avait ceux qui partaient comme des colons, des conquérants, avec des kilos de matériel, acheté à prix d'or dans de grandes enseignes, qui leur briserait ensuite le dos. Mais ça n'était pas du tout l'état d'esprit dans lequel elle se rendait au camp. De quel respect de la nature fait-on preuve quand on part harnaché comme un soldat s'en allant au front, avec des centaines, voire des milliers d'euros de matériel ? La nature était à tout le monde, il n'y avait pas de droit d'entrée.

Mais s'il n'y avait pas de droit d'entrée, il y avait une expertise, une habileté – et presque une science – de la vie dans la nature. Heureusement, il existait une communauté bienveillante, au sein de laquelle les amateurs partageaient des conseils, des astuces et des techniques. On trouvait en ligne de nombreux exemples de paquetage, qui étaient discutés, commentés, améliorés par les membres de forums. L'idée générale était de ne pas bivouaquer avec plus de quatre ou cinq kilos sur le dos, en autonomie intégrale, ce qui incluait le couchage et la nourriture. Dans cette logique d'économie, on pouvait par exemple remplacer la tente par un *tarp*, bâche légère qui protégerait de la pluie et qui pouvait également servir de poncho. Le choix du duvet faisait l'objet de nombreux débats, que Lola suivait sans en saisir toutes les subtilités, elle qui n'avait qu'une expérience limitée des nuits à la belle étoile. Pour le repas, il fallait emporter une popote, une tasse qui servirait à boire et à se laver, un filtre à eau pour ne pas se rendre malade avec l'eau de la rivière, un réchaud et une bouteille en plastique pour l'alcool à brûler, une cuillère.

Élise avait alimenté en cachette, pendant quelques années, un compte en banque destiné à financer les futurs projets de Lola. Si Joffre avait eu vent de son existence, il aurait certainement dépensé l'intégralité de la somme pour ses lubies. Mais Lola savait garder un secret et agissait avec raison : elle n'avait donc commencé à entamer le capital que depuis deux mois, dépensant avec parcimonie ses maigres économies pour se constituer un pack de survie qui la satisferait. Elle tenait ses comptes avec méthode, sur un petit calepin, au crayon à papier. Le soir, elle laissait Joffre dans le salon, tourner en rond en passant des coups de fil angoissés à Dieu sait qui, et elle vérifiait que ses finances étaient bien à jour.

La chambre de Lola était celle d'une enfant sage. Elle avait gardé au mur l'affiche d'une course hippique à laquelle elle avait participé, des dessins réalisés en cours d'art plastique, un poster du Grand Canyon devant lequel, enfant, elle rêvait à des espaces infinis. Elle avait vidé l'armoire dans laquelle elle rangeait ses vêtements : elle lui servait désormais à centraliser tout ce qui concernait la préparation de son voyage.

Lola mit une chanson sur son téléphone, un vieux tube de Jean-Jacques Goldman que sa mère aimait, et elle commença à siffloter. Elle pensa à Élise, qui aimait tant les livres, qui aimait tant son métier, qui l'aimait tant, à sa façon. Pour ses seize ans, Élise lui avait offert une séance chez un photographe réputé. Lola trouvait ça ridicule, ce noir et blanc pompeux, ces vêtements qu'elle ne mettrait plus jamais. Élise avait insisté et Lola avait dit « d'accord, j'accepte, mais seulement si on fait la photo toutes les deux ». Et dans la chambre de Lola, sur sa commode d'enfant, trônait dans un cadre raffiné un portrait croisé de la mère et de la fille, la première sereine et l'air un peu absent, la seconde un peu boudeuse, mais pas mécontente d'être là.

Tout était allé tellement vite. Ces six mois où tout avait basculé, elle les revivait comme dans un brouillard ; c'était une scène aux contours opaques qui s'était jouée, et Lola avait l'impression depuis que le sens des choses lui échappait, qu'elle avait perdu la capacité à donner au monde une cohérence, une logique. En somme, Lola apprenait à vivre avec l'injustice. Elle repensait aussi à ses amis du lycée, sans animosité : il y avait désormais entre eux et elle un gouffre qu'il était impossible de combler, et elle ne faisait même plus semblant d'espérer les comprendre. Lola était populaire dans son établissement, c'est-à-dire qu'elle n'avait pas d'ennemis. Quand Élise était morte, ses camarades – et même la direction de l'établissement – avaient fait preuve de dignité et d'empathie. À présent, ils la trouvaient tous formidable, courageuse, ils étaient épatés par son projet – et pas un seul d'entre eux n'avait consenti à l'accompagner. Tant pis pour eux, elle irait seule.

Après tout, elle était loin d'être isolée pour la préparation. D'abord, il y avait toutes ces vidéos, par centaines. Elles lui avaient donné, par le hasard des déambulations numériques, le goût du *bushcraft* ; certaines étaient épatantes, réalisées comme des films professionnels. Plus tard, songeait Lola, quand elle maîtriserait mieux son sujet, elle aimerait elle aussi s'en aller avec une caméra et, à son tour, transmettre sa passion.

Et enfin, Lola fut presque prête. Elle avait échappé au salon de l'orientation. Elle avait passé ses épreuves du bac, dans une indifférence totale. Il ne restait plus qu'à tenir trois jours, trois jours à éviter Joffre, à lui parler le moins possible, à lui faire croire, pour lui faire plaisir, qu'elle s'était rendue toute seule au salon de l'orientation à Versailles, en bus, qu'elle avait rassemblé une riche documentation sur diverses écoles, pléthore de contacts utiles et de résolutions productives, trois jours à sourire et à se taire pour éviter ses discussions sans fin, trois jours à fuir ses bonnes intentions. Encore trois jours et ce serait la liberté. En attendant, il fallait vérifier à nouveau le contenu, pointer sa liste de voyage, peser encore une fois le sac, poser des questions sur les forums pour s'assurer qu'on n'oubliait rien d'important, réfléchir par soi-même.

Lola appela Michel, le responsable du camp, et lui demanda pour la troisième fois, avec la voix qui tremblait un peu, de lui confirmer le lieu du rendez-vous. Il viendrait chercher les participants à la gare dans son SUV. Lola rangea la boussole dans la poche avant et se mordit les joues. L'orientation, c'était son point faible, elle en avait conscience : elle n'avait pas fait assez de forêt, de raids, elle n'était pas douée en lecture de cartes. Elle se nota mentalement de visionner une ou deux vidéos en prenant des notes ce soir. Elle attrapa une paire de gants posés sur son lit, et se décida finalement à les laisser à Gif. Ne pas s'encombrer surtout. Dans le sac, elle glissa les barres protéinées, le couteau tout neuf qu'elle avait failli oublier, tassa au fond la trousse de soins et en retira le sifflet de secours qui ne lui servirait pas. Tout était une question d'équilibre. Sur son bureau, une autre photo en noir et blanc d'Élise, jeune, avant qu'elle rencontre Joffre. Lola ouvrit l'indispensable *Guide de survie en milieu hostile* et y glissa le portrait de sa mère.

Elle quitta la maison et se dirigea vers la gare ; à Paris, elle pourrait trouver les deux derniers objets qui lui manquaient. Ensuite, il n'y aurait plus qu'à attendre.

Je n'avais vraiment pas de conseils à donner en matière d'équilibre familial. J'avais grandi en Eure-et-Loir, petit département parfaitement inutile : ce n'est ni le Perche, ni l'Île-de-France, ni la Touraine. Il y avait la Beauce, les longues plaines et les champs de blé, ce qui nous rapprochait du Midwest américain. Enfant, j'aurais préféré Chicago.

Dès que je fus en âge de quitter la Beauce, je courus à Paris. Mes amis de Dreux ou de Chartres partaient plutôt étudier à Caen, peut-être pour se faire croire qu'ils étaient normands – ou parce qu'ils avaient de la famille là-bas, je ne sais pas, je me désintéressai complètement d'eux dès l'obtention de mon bac. Ils étaient rustres, méchants, aimaient l'alcool, les mobylettes et le football, détestaient les livres et les gens comme moi. Je grandis par opposition.

Je rencontrai Marine quelques années après mon arrivée à Paris. Toute ma jeunesse, j'avais eu l'impression d'être né par erreur, dans un mauvais milieu, comme un héros de conte de fées qui, de sang royal, est élevé par un honnête artisan. À Paris, je n'eus besoin d'aucun temps d'adaptation : il ne s'agissait pas pour moi d'une acclimatation mais d'un retour à l'ordre. Je réussis plus ou moins mes études, écrivis des livres, trouvai des petits boulots qui me permettaient de me nourrir. J'évoluai dans un milieu artistique, vaguement bourgeois, sûr de sa bonne place dans la société. C'est là que je fis sa connaissance.

La famille de Marine était riche et cultivée. Marine avait grandi dans le 5e arrondissement et avait fait sa scolarité dans les meilleurs établissements de la capitale. Sa mère enseignait l'économie à l'université, son père était médecin, et tous me regardaient avec l'amabilité un peu forcée qu'on réserve aux spécimens issus de populations moins avancées : Marine avait eu le malheur de leur parler de mes origines sociales.

Je venais d'un milieu où on mettait des patins pour entrer dans le salon, où on mangeait devant la télévision, qu'on n'écoutait qu'à peine ; on n'allait jamais à Paris et on savait que les Parisiens nous méprisaient. On s'en faisait une fierté – mais cela nous mortifiait. Je me vivais à la fois dedans et dehors. Je voulais en partir, mais il était une réalité contre laquelle j'étais impuissant : j'en venais.

Toutefois, les parents de Marine étaient de gauche et je pouvais servir de modèle : en quelque sorte, j'avais réussi à me hisser au-delà de ma condition. Pour peu que je me comporte de façon adéquate, ils pouvaient faire de moi un exemple. Après tout, un transfuge de classe est toujours un trophée qu'on exhibe.

Mais la littérature ne paie pas les loyers, même si bien des auteurs rêvent d'une rente indexée sur le talent qu'ils se supposent. Aussi, après quelques années de relatif (in)succès littéraire, je me vis contraint d'accepter un travail alimentaire et dépourvu de perspectives. Je venais à la fois de mettre le doigt dans un engrenage fatal et de m'assurer de leur mépris éternel.

Henri avait encore téléphoné. Il avait cette manie, propre à ceux qui aiment sentir qu'ils tiennent leurs proches sous leur coupe, d'appeler sitôt qu'une idée lui traversait l'esprit. Chaque matin, Giulia savait qu'il l'appellerait au moins une dizaine de fois, mais ici s'arrêtaient ses certitudes : tout le reste – serait-il de bonne ou de mauvaise humeur ? Agacé ou badin ? Allait-il la menacer ou la complimenter ? –, tout le reste flottait dans une indétermination qui, petit à petit, avait fini par miner Giulia.

Ce matin-là, Henri lui rappela qu'il passerait la chercher et Giulia se mit à trembler. Instantanément. Elle n'avait personne à qui se confier. Et puis comment pourrait-elle expliquer son agitation ? Qui irait s'apitoyer sur son sort parce qu'elle devait accompagner son mari en Italie, à Rome, pour son dernier colloque, et qu'ensuite ils iraient passer une semaine de vacances au bord de la mer dans sa villa familiale et qu'elle avait envie de pleurer, de s'ouvrir les veines, qu'elle était déchirée par la peur et qu'elle ne voulait pas y aller, que là où toi tu entends les mots « vacances » et « mer », elle entend les menaces et les reproches, les scènes et les cris, la peur de ne pas être à la hauteur, les mots qui blessent, la peur qu'il l'agrippe, qu'il lui fasse mal et, pire encore, la peur de ses excuses, d'être faible et de lui pardonner, la peur de recommencer ce cycle infernal de douleurs et d'épuisement, là où toi tu n'entendrais que « vacances » et « Italie ».

Dans ces moments-là, la fatigue l'écrasait, elle pouvait s'allonger et fermer les yeux et s'endormir d'un coup. Comme Lola, oui.

Henri l'appelait tous les matins, depuis plus de quarante ans. Au début, c'était charmant : il était galant, un peu vieux jeu, il lui laissait même des petits mots avant d'aller au travail, des rébus amusants, et ses appels étaient brefs, il lui disait qu'elle lui manquait déjà alors qu'il venait à peine d'arriver à son bureau, il lui disait qu'il aurait une surprise pour le soir et il rentrait avec un bouquet de fleurs. Giulia n'était pas insensible à ces attentions, qu'elle décrivait par le menu à sa sœur Paula.

Puis Henri avait commencé à devenir caractériel ; il attendait d'elle des choses qu'elle ne comprenait pas, elle ne savait pas ce qu'elle devait faire, elle voulait le satisfaire et n'y parvenait guère. Après tout, c'était lui qui gagnait l'argent du ménage et elle qui avait du temps libre, alors c'était à elle de faire des efforts, non ? Henri était difficile sur la nourriture par exemple, et il était capable, les soirs où il rentrait de l'université d'une humeur massacrante, de balancer son assiette contre le mur après avoir goûté une seule bouchée et de la traiter de tous les noms, de bonne à rien, de nulle, il était capable de la brutaliser pour ça, oui, pour un plat trop chaud, trop froid, trop salé. Giulia le comprenait, d'une certaine façon : il travaillait dur et il méritait de bien manger le soir, il avait des problèmes au travail alors il réagissait avec un peu trop de vigueur. Il n'avait pas mauvais caractère, il finissait toujours par s'excuser, il la prenait dans ses bras et elle était un peu méfiante au début, un peu rigide, et puis il pleurait parfois, ça lui avait fait tout drôle à Giulia au début mais oui, parfois Henri pleurait dans ses bras et il s'excusait, il mettait ça sur le compte du surmenage, du travail, et il lui répétait qu'il l'aimait, qu'il n'avait qu'elle, et le lendemain il faisait envoyer un bouquet de fleurs depuis l'université et quelques semaines passaient dans le calme et le bonheur conjugal et puis les contrariétés revenaient – et ainsi de suite.

Giulia avait été élevée dans la haute bourgeoisie romaine. Elle avait une jeune sœur, Paula, qu'elle avait beaucoup aimée et peu connue. Giulia avait quitté Rome pour Paris à dix-neuf ans et sa sœur avait six ans de moins qu'elle. En somme, elles avaient été des enfants partageant le même logis pendant à peine une dizaine d'années. Depuis, elles se téléphonaient ou se voyaient durant l'été à Ponza. Jamais elles ne s'étaient fréquentées de façon durable à l'âge adulte.

Les parents de Giulia et Paula étaient des médecins libéraux à Rome. Politiquement engagés à gauche, ils exerçaient bénévolement dans des dispensaires en plus de leurs activités. C'étaient deux personnes droites, sûres de leur place dans la société et du rôle qu'elles devaient y tenir. Giulia les admirait beaucoup et avait été mortifiée par leur déception quand elle avait été contrainte d'épouser Henri à la suite de sa grossesse. Sa mère avait même proposé de la faire avorter en Italie par un médecin qu'elle connaissait et qui exerçait clandestinement. Giulia avait été tellement choquée par la proposition qu'elle n'avait pas su quoi répondre.

La famille possédait un immense appartement dans le centre de Rome, via Sicilia ; pour les vacances, tout le monde se retrouvait – oncles et tantes, cousins et cousines, grands-parents – dans la grande maison de Ponza. Le voyage durait environ trois heures ; il fallait rouler jusqu'au port de Terracina, puis prendre un ferry jusqu'à l'île. Ensuite, pendant deux, trois ou quatre semaines, toute la famille formait une communauté joyeuse et ouverte sur le monde. Les invités défilaient sans interruption. Giulia lisait des livres, Gide, Moravia, Sciascia, tandis que ses parents passaient du temps au téléphone avec le syndicat à parler du protagonisme ouvrier, luttant pour l'implication des travailleurs dans les politiques de santé. Les cousins et la petite Paula partaient s'amuser dans les mille recoins qu'offrait l'île, cabriolaient avec insouciance. La gouvernante s'occupait de tout et les étés passaient à une vitesse telle que Giulia restait toujours incrédule quand revenait le moment qu'elle appréhendait chaque année où sa mère, avec d'infinies précautions, lui annonçait :

— Commence à préparer tes valises, ma Giulietta, nous partons après-demain.

Henri, enfant d'ouvriers qui s'étaient hissés jusqu'à une toute petite bourgeoisie – à une époque où l'on parlait d'ascension sociale et non pas encore, avec cette nuance de mépris et de culpabilité, de transfuges de classe –, Henri n'avait bien sûr jamais connu de tels étés. Il séjournait quelques semaines sur la côte d'Opale, où vivait une sœur de sa grand-mère. C'était une petite maison partagée, dont elle occupait le rez-de-chaussée. Quand Henri arrivait, accompagné par sa mère qui, pour rien au monde, ne l'aurait laissé monter seul dans le train, sa grand-tante procédait à un vaste réaménagement et lui laissait sa chambre, dans laquelle il posait ses petites valises, pleines de livres et de jeux de cartes. Il se mettait à l'aise pour se sentir chez lui et ne pas pleurer quand sa mère reprendrait le train pour Paris. Et pendant quelques semaines, fuyant la mer qu'enfant il n'aimait pas, déambulant sans but le long du front de mer, contemplant sans comprendre l'agitation des enfants de son âge réunis dans les clubs de plage, il aimait se réfugier dans la chambre qui conservait l'odeur de sa grand-tante. Il occupait la moitié de la moitié d'une petite maison et il était heureux. Dans le spectre de ce que ses parents pouvaient se permettre, c'était ce qui ressemblait le plus à des vacances à la mer.

Dans leur petite coterie de Chevreuse, où Giulia recevait les amis d'Henri, elle était perçue comme naïve, ingénue. Elle avait le chic pour toujours dire ce qu'il ne fallait pas dire, et on riait de ses excès de franchise. On la considérait avec le même genre de tendresse et de compréhension que celle qu'on accorde aux enfants, qui ne savent pas encore ce qu'ils font. Souvent, après une de ses saillies involontaires, l'un des convives lançait :

— Giulia, tu as vraiment l'art de mettre les pieds dans le plat.

Et joyeusement, tout le monde se remémorait alors d'autres moments où Giulia avait lancé à tel président d'université – ignorant qu'il en était mortifié – qu'il était tout petit, où Giulia avait murmuré en italien « *perché mi guardi così, cretino* » devant l'adjoint au maire de Chevreuse, sans savoir que celui-ci, tout comme elle, avait grandi en Italie. Giulia faisait mine de se réjouir avec eux et disait :

— On ne pourra pas me changer, je suis faite comme ça.

Cette explication semblait contenter les convives, puisque, aussi irrationnelle fût-elle, elle donnait un sens à ses comportements qui détonnaient dans leur petit milieu sans relief et sans éclat. Elle était faite comme ça, quelle autre explication pouvait-on espérer ?

Dans cette société si conformiste, Giulia agissait comme un révélateur, rassurant les autres sur leur normalité tout en leur apportant un petit frisson d'exotisme. À leurs petits sourires pincés, Giulia répondait par un rire tonitruant ; face à leurs vêtements mal coupés, informes, face à leurs corps engoncés, mal à l'aise, trop gras et trop raides, Giulia portait des robes colorées, des assortiments de vêtements dont le goût était parfait, des bijoux, du rouge à lèvres ; à leur prudence et au sentiment de leur importance, Giulia rétorquait par une feinte insouciance. Son accent italien était effroyable et tout le monde pensait qu'elle le conservait seulement par coquetterie. Elle était le trublion dont ils avaient tous besoin. Elle était excentrique, étonnante, avait des excès de vitalité qui les dépassaient ; parfois, on lui racontait une anecdote sans beaucoup d'intérêt et elle partait dans un fou rire que rien ne pouvait arrêter. Aussi, après les dîners du mardi, chacun pouvait repartir chez soi et s'en aller répétant dans toute la ville, en croisant des collègues à la boulangerie, en croisant des parents d'élèves à la sortie de la messe :

— Tu ne sais pas ce que Giulia nous a encore fait l'autre soir ?

Et c'est ainsi que Giulia, où qu'elle aille et quoi qu'elle fasse, était précédée de sa réputation dans le milieu des gens bien installés de cette petite vallée bourgeoise située à quelques kilomètres de Paris, et que, des édiles de la municipalité aux enseignants de l'université, des parents d'élève du collège public aux fidèles qui se réunissaient le dimanche, tout le monde savait qu'une Italienne excentrique, mariée à un professeur d'université, faisait des siennes.

Il existait toutefois une limite tacite : Giulia était

divertissante tant qu'elle ne remettait pas en cause un certain ordre des choses. Ainsi, elle pouvait s'ennuyer ostensiblement pendant un dîner entre collègues où la discussion portait sur la constitution d'une nouvelle commission ou la modification du statut administratif de tel laboratoire, elle pouvait s'ennuyer ostensiblement et même lever les yeux au ciel, souffler, soupirer, rabrouer ceux qui voulaient lui adresser la parole. C'était mal aimable mais c'était toléré – comme une bouderie d'enfant capricieux.

En revanche, ces derniers mois, Giulia avait eu tendance à sortir de ces bornes (mais qui les avait érigées, qui en avait décidé ainsi ? se demandait-elle). Elle « ridiculisait » Henri, comme il le lui reprochait ensuite. Il arrivait qu'elle se lève de table sans un mot, au beau milieu du repas auquel ils étaient invités, et qu'elle ne reparaisse plus jamais de la soirée. Le temps passait et les convives s'échangeaient des coups d'œil interrogateurs, n'osant pas regarder Henri. Henri, lui, donnait le change, souriait, distribuait la parole, se montrait cassant et sûr de lui au sujet de telle réforme qui, lui vivant, ne passerait jamais. Puis il se levait, allait aux toilettes où tout le monde pensait que Giulia s'était réfugiée ; constatant son absence et revenant vers le salon, il s'apercevait que son manteau n'était plus dans l'entrée, là où elle l'avait posé en arrivant. Il lui envoyait un message sur son téléphone et retournait à table en silence.

Quelques dizaines de minutes plus tard, Henri sortait son téléphone précipitamment, au milieu d'une phrase, faisant mine de recevoir un message.

— Zut, c'est Giulia qui m'écrit. Pardonnez-moi. Elle s'est sentie mal. Ce sont ses nerfs, ce n'est pas la première fois qu'un tel incident se produit. Je dois partir immédiatement, veuillez m'en excuser.

Il enfilait son pardessus gris et prenait le temps de saluer un par un ses collègues, leur promettant de suivre le dossier, comme si le malaise de Giulia était une péripétie suffisamment importante pour justifier qu'il partît sur-le-champ, mais trop anecdotique pour faire oublier la composition de la commission des affaires sociales de l'université.

Sur le chemin du retour, il appelait Giulia des dizaines de fois, sur son téléphone portable, sur le téléphone fixe, il continuait jusqu'à ce qu'elle décroche, et alors, ivre d'une rage terrifiante, il lui disait qu'elle l'avait humilié, qu'elle voulait nuire à sa carrière, à ses relations, il lui disait qu'elle paierait cher l'idiotie qu'elle venait de commettre, il la menaçait, « tu ne bouges pas, pas un geste, et tu m'attends », et quand il arrivait devant le porche de leur jolie maison, qu'elle entendait crisser les pneus sur le gravier, elle était comme tétanisée, ses jambes pesaient des tonnes et lui interdisaient de bouger. Henri entrait, en prenant soin de bien claquer la porte derrière lui, posait bruyamment ses affaires et n'allait pas la voir tout de suite, comme s'il avait d'abord des affaires plus importantes à régler, et Giulia l'entendait aller et venir au rez-de-chaussée, se diriger vers le frigo, puis retourner dans le salon, et c'est seulement ensuite, dans un deuxième temps, qu'il montait les marches, très calmement, et qu'il s'approchait d'elle, et qu'il la poussait avec brutalité, qu'il lui lançait des horreurs, sans jamais hausser la voix, puis, comme emporté par ses mots, comme s'il s'apitoyait sur lui-même en parlant, il montait le ton, il tirait ses cheveux ou lui donnait une gifle, serrait son bras trop fort, et Giulia attendait, le souffle coupé, se rassurait en se répétant que c'était seulement une crise, un mauvais moment à passer et que tout cela aurait une fin, forcément, tout cela aurait une fin.

Il y avait ensuite des blancs, des absences, puis elle retrouvait Henri qui lui passait de la crème, qui lui posait un sac de glaçons sur le bras, qui pleurait en se frappant le torse, et Giulia ne pouvait s'empêcher de le trouver un peu ridicule, ce vieux garçon inconsolable. Elle n'aimait pas qu'il se montre aussi expressif, mais il était désolé, il faisait ce qu'il pouvait pour réparer sa bêtise, et il l'aimait. Il l'aimait de toutes ses forces, il avait besoin d'elle, elle était toute sa vie, elle ne pouvait pas partir, pas maintenant.

La semaine suivante, elle avait encore des traces de griffures, des ecchymoses, alors Henri annulait le dîner du mardi car Giulia était encore souffrante à cause de son malaise de la semaine passée et qu'il devait rester à ses côtés : tout le monde trouvait son attitude admirable et tout le monde pensait à la chance qu'avait Giulia d'être si bien entourée.

Giulia avait beaucoup maigri ces dernières années. Lors des dîners du mardi, elle touchait à peine aux plats qu'elle préparait. Elle avait arrêté de boire de l'alcool. Si on lui posait la question, elle répondait qu'elle marchait beaucoup et qu'elle faisait attention à ce qu'elle mangeait, mais qu'elle ne disait jamais non à un carré de chocolat. Elle aimait sentir son corps maigrir, se raffermir, voir ses cuisses fondre, elle aimait sentir que c'était elle qui contrôlait cette étrange machinerie, que c'était elle qui décidait et que son corps obéissait bêtement.

Henri ne la battait pas à proprement parler. Giulia savait qu'il existait des femmes battues, elle avait lu des articles dans le journal, mais eux, ce n'était pas pareil. Les disputes étaient assez rares, somme toute ; bien sûr, Henri se laissait parfois emporter, son caractère sanguin, que personne ne pouvait deviner de l'extérieur, sous ses dehors si polis et si respectueux, prenait parfois le dessus, mais c'était davantage de la faiblesse que de la méchanceté. C'était en tout cas ce que se répétait Giulia pour essayer de comprendre l'enfer que sa vie était devenue. Et puis Henri l'aimait, il avait un charme un peu vieux jeu. Et puis Henri gagnait de l'argent pour deux, ce qui lui mettait une certaine pression sur les épaules. Et puis Henri allait bientôt être à la retraite, ce qui devait un peu le perturber. En somme, il y avait des femmes battues, mais pas Giulia.

Elle s'était répété ces mots pendant les deux dernières années, plusieurs fois par semaine, de plus en plus souvent, jusqu'au moment où elle dut en parler avec sa sœur.

— Si tu te dis ça de plus en plus souvent, c'est peut-être que ça se produit de plus en plus souvent? lui avait répliqué Paula.

Giulia devait reconnaître que sa sœur avait raison. Paula avait toujours été très protectrice avec sa grande sœur. Elle l'appelait en cachette plusieurs fois par semaine maintenant, et elles avaient mis en place un code pour qu'elle sache si Henri était dans les parages. Si Giulia répondait:

— Non, merci, je ne suis pas intéressée, je ne veux pas changer d'opérateur. Pas tout de suite en tout cas.

Alors Paula raccrochait et rappelait le lendemain.

Paula s'était mis en tête de libérer sa sœur. Patiemment, elle avançait ses pions et cherchait à la convaincre, surtout sans la brusquer, de quitter le domicile. Elle s'était renseignée sur les associations, sur les procédures à suivre en France. Et il y a quelques semaines, elle lui avait proposé de venir passer quelques semaines, toute seule, à Ponza, avec elle, son mari et leurs enfants. Comme avant, comme quand elles étaient petites. Non, il ne faudrait pas qu'Henri vienne, ce serait une petite réunion de famille rien qu'entre eux.

Paula avait pris le prétexte de l'anniversaire de son mari pour inviter sa sœur, supposant que si elle s'extrayait de son milieu pour quelques jours, quelques semaines, elle pourrait trouver le courage de regarder sa situation en face et qu'elle prendrait les décisions nécessaires.

Giulia était sur le point d'accepter la proposition – ne restait plus, pour la convaincre, qu'à trouver une façon de quitter le domicile durant deux semaines sans provoquer la colère d'Henri – quand Henri, justement, lui avait annoncé qu'il était invité à participer à un colloque à Rome et qu'il souhaitait ensuite passer du temps à Ponza avec elle. Seulement avec elle. C'était comme un coup de massue, comme s'il savait toujours tout, comme si, dans la partie cruelle et injuste qu'elle disputait, son adversaire jouait toujours avec un coup d'avance. Où qu'elle aille, quoi qu'elle fasse, elle avait l'impression de buter contre des parois de verre.

Paula parlait mal français et aurait voulu pouvoir compter sur Joffre mais elle ne le connaissait pas très bien, finalement – c'était sa fille, Lola, qui avait passé plusieurs étés à Ponza, Joffre s'y était assez peu rendu dans sa jeunesse. Et puis le lien entre Giulia et son fils était trop fort, trop fusionnel. En outre, Paula se méfiait, à raison, de Joffre, qu'elle jugeait lâche et peu fiable.

Giulia avait toujours aimé Gigi comme une louve aime ses petits. Elle le couvait, le protégeait, lui passait tout. Henri pouvait faire ce qu'il voulait, respecter des principes éducatifs vieux jeu s'il voulait, elle n'en avait cure : Joffre était un prince, un roi, une bénédiction. Elle le savait et le traitait donc en conséquence. Tout ce qu'il pensait était intelligent, tout ce qu'il décidait était juste.

Quand il était adolescent, le collège ou le lycée de Joffre téléphonaient régulièrement à la maison pour prévenir de ses absences. Toujours, sa mère le couvrait, cachait ses absences à Henri. Quand, au lycée, il avait raté les cours pendant quelques jours, Giulia avait inventé un ami hospitalisé qui avait besoin de la présence de Gigi à ses côtés : s'il ratait l'école, il avait forcément une bonne raison.

Henri appelait donc Giulia matin, midi et soir. Il avait toujours besoin de quelque chose. Il voulait vérifier qu'elle avait bien compris ce qu'il lui avait demandé plus tôt dans la journée. Il avait cette façon de ne jamais dire bonjour au téléphone, de démarrer la conversation comme au milieu, comme si elle ne s'était jamais interrompue, comme si, téléphone ou pas, ils étaient toujours reliés par un fil invisible que rien ne pouvait couper. Giulia décrochait et elle l'entendait tout de suite, la prenant à la gorge :

— Avant que j'oublie, est-ce que tu as bien pris le rapport orange qui est sur mon bureau pour le mettre dans la valise ?

Giulia pensait à de la boxe, à un adversaire qui l'acculerait dans un coin du ring et qui ne la laisserait ni respirer, ni contre-attaquer. Elle avait à peine le temps de bredouiller que oui, elle avait bien pensé à prendre le rapport, qu'Henri recommençait :

— Pourquoi Bastiani n'était pas là mardi dernier, au dîner ? Est-ce que tu l'as appelé ? Je t'avais demandé de le faire, est-ce que tu l'as appelé ?

— Oui, je l'ai appelé. J'ai eu Monique au téléphone, elle m'a dit qu'il était malade.

— Malade ? Tu parles. Qu'est-ce qu'il a ?

— Je ne sais pas. Elle ne me l'a pas dit.

— Tu la rappelles. Tu lui demandes ce qu'il a comme maladie. Si c'est une grippe, tu lui écris un mot gentil de ma part. Si c'est un rhume, tu lui dis qu'il se fout de ma gueule. Depuis quand un rhume empêche de participer à nos dîners ? Si c'était le président de l'université qui invitait, il se serait déplacé.

Et alors que Giulia pensait à vérifier tout de même, une dernière fois, la pochette orange, à rappeler Monique, Henri était déjà passé à un autre sujet.

— Est-ce que le chauffagiste est passé ?

Giulia se raidit. Il n'était pas passé alors qu'il aurait dû ; elle l'avait relancé mais le fait est qu'il n'était toujours pas venu effectuer les réparations. Malgré la chaleur de ces derniers jours, la grande maison semblait perméable, ombrageuse, froide. Et Giulia avait bien conscience de ce qui devait suivre : c'était elle qui allait payer pour ce manquement. Ce qui se produisit. Henri pesta, insulta, cria, lui ordonna de rappeler, la traita d'incompétente, de minable, se lamenta sur son sort, lui qui travaillait tant alors que personne ne l'aidait, et finit par raccrocher d'un coup, laissant seule une Giulia épuisée et pantelante.

Giulia n'avait pas la force d'appeler Paula pour lui demander d'annuler la réunion de famille et de leur laisser la maison. Giulia n'avait pas la force d'appeler Henri pour lui demander de la laisser partir voir sa sœur à Ponza. La situation ne pouvait plus durer. Elle était seule dans sa grande maison, reliée au reste du monde par un petit téléphone blanc qui la faisait trembler à chaque fois qu'il sonnait. Elle aurait aimé qu'on la laisse tranquille, elle aurait aimé que tout le monde soit mort, pouvoir tout recommencer, faire peut-être de meilleurs choix. Elle se sentait si fragile, si vulnérable ; elle avait envie de s'apitoyer sur son sort et n'y parvint même pas. Tout en elle était gelé.

Depuis longtemps, je ne faisais même plus semblant d'avoir de l'autorité. Si les choses allaient trop loin, si mes filles criaient trop fort, si l'une des deux blessait l'autre, je supposais que des gens compétents – un contrôleur, un médecin – interviendraient : il y a toujours un médecin dans un train, prêt à bondir quand il voit une petite fille fracasser le crâne de sa grande sœur. Moi, j'avais perdu la main.

J'avais été un enfant extrêmement passif et je ne comprenais pas d'où les autres enfants tiraient toute cette énergie, et pourquoi ils l'orientaient ainsi vers la destruction – même symbolique – de l'autre. Ainsi jouaient les chiots, ainsi jouaient mes filles. Je voulus faire un grand mouvement dans leur direction, puis me ravisai, préférant le monde imaginaire de mon universitaire – qui devenait de plus en plus sadique. Notre voisin se tassa contre l'accoudoir en soufflant. Je n'avais aucune intention de satisfaire cet inconnu.

J'avais toujours aimé me raconter des histoires. C'était un loisir peu onéreux, accessible en toutes circonstances. Aussi, je ne courais pas vite et c'était une fuite facile, bien sûr. Enfant, je restais assis des récréations entières à inventer des fresques insensées. Fils unique, je passais des après-midi seul, quand mes parents travaillaient, sans autre loisir que la lecture et l'imagination. Je n'aimais pas traîner dans les rues.

Dans mon travail à la fondation, je disposais d'un bureau isolé, aux parois vitrées. Des heures durant, me donnant l'illusion de suivre les traces de ces grands auteurs employés à des tâches absurdes dans des bureaux, je fixai mon ordinateur, concentré en apparence sur une mission de la plus haute importance. Je rêvais.

C'est quand mes premiers livres avaient été publiés, quand j'avais été lauréat du grand prix du jeune auteur de la Côte d'Azur par exemple, pour mon premier roman, que je compris l'abîme qui existait entre raconter et se raconter des histoires. La principale différence, ce n'était pas la présence des lecteurs (quand on se raconte une histoire, on se figure toujours qu'on la raconte à quelqu'un ; on l'imagine, on anticipe ses réactions, on veut lui plaire ou le choquer), non, la principale différence, c'étaient les autres auteurs.

Quand on rêve, on ne pense jamais que quelqu'un d'autre, à côté de nous, se livre à la même activité. Sinon, on n'oserait pas.

J'avais assisté à quelques remises de prix. Souvent, je perdais, ce qui ne me posait pas de réel problème. Les parents de Marine, eux, auraient aimé pouvoir annoncer à leurs amis que leur gendre avait remporté quelques prix – je dus les décevoir. Un jour, je m'étais trouvé assis à côté d'un jeune auteur à l'ambition aussi dévorante que la mienne était inexistante. Le maire de la ville voulait organiser sa propre petite cérémonie des Oscars – avec des écrivains, parce que c'était moins cher à faire venir. Nous étions tous réunis dans un vaste auditorium baroque. Quand je dis nous, cela signifie les finalistes de toutes les catégories, dont le nombre était insensé : il y avait les catégories « meilleur premier roman », « meilleur deuxième roman », « meilleur essai », « meilleure biographie », et la liste s'allongeait ainsi, interminable. Dans chaque catégorie, on comptait une dizaine de finalistes, qui avaient tous accouru parce que le maire logeait les auteurs pendant deux jours, les invitait au restaurant, et que, d'un point de vue statistique, dix pour cent d'entre eux repartiraient avec un prix.

J'avais laissé Marine à Paris. Elle était tiraillée entre la fierté de me voir sélectionné et la haine de me voir la quitter en cette période. Sa deuxième grossesse ne s'était pas très bien déroulée, la santé de ma fille cadette était encore fragile, elle se réveillait toutes les deux heures et Marine avait le sentiment qu'elle ne pouvait jamais compter sur moi. Qui étais-je pour la démentir? Elle avait finalement passé deux jours chez ses parents, qui lui avaient assuré que c'était très bien d'être finaliste d'un tel prix.

En ce temps-là, je voyageais régulièrement en train, parce qu'on me demandait d'assister à des salons, des festivals, des foires du livre, des fêtes de la littérature, toutes cérémonies dont la valeur m'échappait. J'avais fini par refuser les dédicaces. Pourquoi vouloir donner un vernis unique, une signature et un petit mot hypocrite censé rappeler une brève et illusoire complicité avec l'auteur, destiné à montrer que le lecteur avait percé le mur du livre, qu'il y avait bien un individu de chair et d'os derrière ces lignes imprimées? Le livre était le produit culturel le plus standardisé, et les collectionneurs de dédicaces voulaient un jouet qu'ils ne partageraient avec personne. C'étaient des monstres égoïstes qui écumaient les salons à la recherche de proies.

Je souffrais le martyre pour trouver quelques phrases originales à écrire: j'avais toujours détesté les petites conversations d'ascenseur, incapable de savoir quoi dire et finissant généralement par lâcher une idiotie hors de propos quand c'était trop tard. Une dédicace, c'était la même chose mais avec la force et la persistance de l'écrit. Une idiotie destinée à durer, avec ma signature.

Cela commença avec le coiffeur. René Durançon. C'était un des « partenaires », comme il les nommait, que Joffre était le plus fier d'avoir convaincus. Ce n'était pas un client régulier, les deux hommes se connaissaient seulement de vue. Mais, par l'intermédiaire d'un autre commerçant, Joffre l'avait persuadé d'assister à l'une des soirées qu'il organisait au restaurant des Deux Lacs. Il l'avait ébloui avec un château Margaux 1989 extraordinaire. La soirée avait été parfaite : la conversation était légère, les petits groupes se mélangeaient, échangeaient des cartes de visite. Ils étaient douze et Joffre, en les regardant évoluer si naturellement, prendre plaisir à déguster de grands vins, à parler de leur passion partagée, de leurs affaires, songeait que c'était lui qui était à l'origine d'un tel moment, qu'il en était en quelque sorte le chef d'orchestre, sinon le marionnettiste. René était reparti enchanté ; quelques jours plus tard, il procédait à un virement de 5 000 euros sur le compte de Joffre pour que celui-ci acquière en son nom un double magnum de château Margaux 2005, un vin rare et très bien coté sur le marché. Le prix ne pouvait que monter, il n'avait rien à perdre. Et à tout moment, si ses affaires marchaient, s'il lui venait l'envie de faire une folie, la bouteille était à lui et il pouvait la consommer.

Restait également la possibilité, sur laquelle Joffre n'avait guère insisté, de récupérer son capital, possibilité qui était mentionnée à l'article II, alinéa 8, en des termes que ni René ni Joffre ne comprenaient vraiment.

René possédait cinq salons dans la vallée, et il avait à présent besoin de récupérer son argent afin de réaliser des travaux d'aménagement. C'était un homme qui avait de l'ambition et qui savait mener son affaire, sans se poser trop de questions. Le plan de Joffre était trop absurde pour avoir été prémédité, et bien sûr il n'avait pas eu le temps de songer à des solutions de repli si les clients voulaient récupérer leur mise. Quant aux 5 000 euros, ils avaient évidemment été engloutis en quelques semaines – peut-être en vêtements (puisque Joffre se piquait de mode à présent) ou en restaurants, en voyages, en cadeaux.

À cette époque, il commençait à jouer le personnage important, le notable. Oh, comme il était heureux de suivre Hedwig dans les beaux hôtels, les grands restaurants, comme il était fier d'accompagner sa fille Lola à ses activités et de saluer, en hochant légèrement la tête d'un air entendu, les personnalités qu'il croisait dans les rues et qui étaient désormais ses « partenaires ».

Joffre voulait acheter une nouvelle voiture. Il fréquentait depuis peu le propriétaire d'une concession et ils réfléchissaient ensemble au choix qui serait le plus pertinent pour ses besoins. Certes, il faisait de la route : tous ces vignobles à visiter, toutes ces caves, et puis les vacances en famille.

— Où pars-tu déjà cette année, Joffre ?

— On prévoit de se faire l'Italie avec ma femme et ma

fille, du nord au sud. Elles ont besoin de changer d'air, et moi aussi, ça nous fera du bien.

Bref, il fallait un véhicule puissant, digne de lui. Son choix s'était arrêté sur un SUV Audi, sportif et nerveux. Il lui manquait encore quelques clients pour pouvoir le régler d'une traite.

Pourtant, une part de lui-même savait très bien, depuis le premier jour et cette proposition adressée au professeur Dumézil, que, dans la partie qu'il avait choisi de jouer, il n'avait aucune chance de sortir gagnant. Il avait dans la main un jeu dont les cartes avaient été truquées par lui-même. Mais personne n'est plus sincère qu'un escroc. Quand il se fait attraper, ses dénégations horrifient ou agacent les honnêtes gens ; pourtant, cela correspond à une certaine vérité : oui, celui qui détournait de l'argent pensait que tout s'arrangerait. Et de fait, en règle générale, tout finit toujours par s'arranger. Par ailleurs, l'escroc agit souvent par une sorte de moralité inconsciente, inversée, faisant tout son possible pour que les autres l'arrêtent : ce qui finit par lui donner une force infinie, une confiance surhumaine, c'est que malgré ce comportement destructeur, malgré les risques qu'il court, il ne se fait pas attraper. En règle générale.

Joffre avait donc peur. Peur que tout s'effondre, peur d'être exposé au grand jour. D'être ridiculisé et, surtout, de repartir en bas de l'échelle. Joffre paniquait et cherchait à donner le change. Il fallait absolument attirer de nouveaux clients – non plus pour financer sa belle voiture mais pour rembourser le coiffeur René. Les perspectives s'assombrissaient.

Il alors avait cherché à gagner du temps. Quand René l'appelait, il ne répondait pas. Il ferma sa boutique, prétextant un séjour en Suisse, et passa trois jours dans un hôtel de la côte basque avec Hedwig ; il tremblait comme une feuille, pleurait dans la salle de bains, se disputa avec Hedwig qui ne comprenait rien à ses problèmes, qui ne servait à rien ; il refusa de sortir, craignant qu'on le reconnaisse et qu'on lui demande des comptes. À son retour, il resta prostré dans sa boutique, répondant à peine aux clients, attendant sans bouger que quelque chose lui arrive.

C'est alors qu'il apprit la maladie d'Élise. Au pire moment.

Joffre traversa les quelques semaines que dura l'agonie d'Élise dans un état d'apathie et d'hébétude absolues. Plus rien n'avait de sens, plus rien ne se passait comme prévu. Il avait voulu jouer et il avait perdu. Il n'osait pas parler à sa femme, se contentait de marmonner des questions triviales, lui demandait comment elle allait tout en sachant que bien sûr elle allait mal. Sa terreur était d'être arrêté avant qu'elle ne meure : il ne voulait pas qu'elle assiste à sa chute.

Il pensait à Hedwig. Il pensait à ses beaux costumes, aux restaurants, à celui qu'il aurait aimé être. Il pensait à Élise : ils avaient vécu plus de quinze années ensemble sans jamais avoir eu une seule vraie conversation. Il ne la connaissait pas, et il ne savait pas comment lui dire au revoir. Joffre songea à fuir la France – pourquoi ne pas s'installer en Argentine et tout recommencer ? Quand René l'appela et qu'il consentit, le cœur battant, à décrocher, il lui dit qu'il était en contact avec son conseiller fiscal pour procéder au remboursement, mais que sa femme vivait ses derniers instants, que tout était un peu compliqué en cette période dramatique – il faisait au mieux mais ce n'était vraiment pas facile. Il dérivait, laissait les images et les pensées flotter dans son esprit. Quand il avait décroché et commencé à mentir, il avait été surpris de la facilité avec laquelle les mots sortaient de sa bouche.

Pendant ce temps, Lola s'occupait de tout ce qui avait trait à la disparition prochaine de sa mère, et Joffre se contentait de prendre un air suffisamment désespéré pour donner l'image d'un futur veuf éploré.

Joffre apprit le décès d'Élise sans émotion apparente. Il serra Lola dans ses bras et lui dit que ça irait. Il pensait qu'il finirait en prison et que Lola resterait orpheline, doublement abandonnée, et avait du mal à se montrer rassurant. Les infirmières couvraient la jeune fille d'attentions et le laissaient un peu à distance, sans doute parce que Lola avait, davantage que lui, tissé des liens affectifs avec elles. Il y eut ensuite des documents à remplir, des démarches administratives à accomplir. Un enterrement à organiser. Il n'en gardait aucun souvenir.

Le jour de l'enterrement, il ferma la boutique et afficha sur la porte, juste à côté de la coupure de presse rappelant l'ouverture en présence du maire, une funèbre pancarte :

FERMÉ
POUR RAISONS PERSONNELLES
(DÉCÈS)

Il s'habilla avec des vêtements récemment achetés – un costume sombre qu'il pensait porter en de plus joyeuses occasions et qu'il inaugurait de la sorte. Il ne voulait pas qu'on le voie pleurer et attrapa avant de partir une paire de lunettes de soleil qui traînaient sur le comptoir de sa cave. En fermant la porte, il se retourna et regarda la boutique comme s'il n'allait plus jamais revenir.

*

C'est étonnant de le formuler ainsi, mais Joffre vécut l'une des joies les plus fortes de son existence le jour de l'enterrement de son épouse. Il était arrivé au bras de Lola, lunettes noires, costume noir. Il avait salué des gens qu'il ne connaissait pas. Il les avait écoutés parler d'Élise et il avait eu la confirmation qu'il ne savait rien de la vie de sa femme, de ses goûts, de ses aspirations, de son travail. Il y avait eu des discours, et il comptait les minutes en attendant qu'on vienne l'arrêter.

Puis son téléphone avait sonné.

Au bout du fil, Étienne de Mornay demandait à lui parler. C'était un notaire qui était venu quelques fois à la boutique, qui avait participé à une dégustation six mois plus tôt et qui n'avait plus donné de nouvelles depuis. Joffre pensait qu'il n'avait pas apprécié la soirée, la convivialité un peu forcée qu'il essayait d'instaurer. Étienne de Mornay lui était apparu comme un homme rigide, sévère. En conséquence, il n'avait pas insisté, supposant que ce dernier gérait son argent avec méfiance.

Lola tenait son discours et Joffre s'éloigna un peu du rassemblement. Il chuchota, la main posée sur le combiné. Il était désolé de ne pas pouvoir parler plus fort, il était occupé.

— Comment allez-vous, cher monsieur ?

Le notaire avait l'air de bonne humeur, presque guilleret. Il avait envie de discuter, posait des questions :

— Est-ce que tout se passe bien à la boutique ? Avez-vous de nouveaux récoltants en stock ?

Joffre répondit aussi bien qu'il le pouvait, avec le pressentiment qu'un évènement étrange allait advenir.

— Cher monsieur, est-ce que vous proposez toujours d'acquérir des bouteilles de vins rares ?

Joffre se figea, comme un animal qui sentait la proie. Plus rien n'existait autour de lui.

— Oui, bien sûr, plus que jamais. C'est d'ailleurs un véritable succès, et j'ai dû mettre en place une liste d'attente ; vous en avez sans doute entendu parler dans la vallée, par des clients ?

Joffre jouait la modestie, sans beaucoup de finesse.

— À ce propos, vous savez que ce qui me remplit le plus de joie, c'est de voir que mon travail paie, que mon expertise est reconnue. Et puis, quel plus grand plaisir que celui de faire plaisir aux amateurs !

Le notaire le coupa brusquement.

— Écoutez, je passerai vous voir demain. J'ai 10 000 euros à placer. Proposez-moi une belle sélection, des vins rares, des placements d'avenir, des valeurs sûres, présentez-moi un pot-pourri et montrez-moi le résultat. Demain, à 10 heures. C'est entendu ?

Joffre acquiesça et fendit la foule en livrant un effort surhumain pour ne pas laisser un immense sourire déchirer son visage.

Sitôt l'enterrement terminé, il laissa Lola et fila à la boutique. Il était grisé, comme un joueur qui, après avoir frôlé la ruine, finit par sauver la face et sortir gagnant d'une nuit au casino. Que ces sensations sont belles, fortes, puissantes ! Joffre revivait, c'était comme si le voile qui recouvrait le monde s'était déchiré, comme si l'incertitude sur la place qu'il y occupait s'était levée, comme si un magicien avait remis de l'ordre d'un seul coup à un puzzle mélangé. Le soir même, Joffre réalisa un chef-d'œuvre de sélection et, le lendemain, le notaire de Mornay procéda au virement.

Quelques jours après l'enterrement d'Élise, Joffre se rendit directement, au volant de sa vieille voiture délabrée, au salon de coiffure où officiait René. Il poussa la porte et se dirigea droit vers son client, sans saluer personne. L'air éploré, il s'excusa pour le retard. Les derniers temps avaient été terribles à traverser.

— Je sais, j'ai appris pour ta femme. Toutes mes condoléances, mon ami.

— Merci René. C'est dur. Très dur. C'est important de pouvoir compter sur ses amis. Je voulais te remercier pour ta compréhension. J'ai réussi à secouer les Suisses et c'est bon, ton argent a été viré, tu l'auras sur ton compte demain.

René ne savait pas trop quoi dire. Il était content d'avoir récupéré sa mise, il était ému par la peine du caviste, il était impressionné par la pugnacité de Joffre, qui avait réussi à régler ses petites affaires de travaux d'aménagement alors que lui-même traversait un drame personnel. Il se promit qu'il lui revaudrait ça.

*

Deux mois plus tard, une deuxième requête en récupération de capital parvint à Joffre, au moment même où il s'apprêtait à séjourner quatre nuits à l'hôtel Barrière de Deauville avec Hedwig. Cette fois, il s'agissait d'un important agent d'assurances de la région, qui avait un besoin urgent de liquidités. Et tant pis pour le vin. Il appela Joffre un peu gêné, et bafouilla quand celui-ci lui demanda, d'un ton sec, pour quelle raison il souhaitait récupérer son argent. Joffre dit qu'il allait voir ce qu'il pouvait faire. Il se remémora l'horrible week-end passé sur la côte basque et ces larmes qu'il s'était juré de ne plus jamais verser. Il refusait de revivre de tels moments.

Au restaurant de l'hôtel, dans un décor inspiré des Années folles, Joffre et Hedwig s'installèrent à la table qu'ils avaient réservée. Joffre contempla le menu, l'air absent. Il était obsédé par son problème et ne parvenait pas à penser à autre chose : comment trouver rapidement 8 000 euros ? Bien sûr, il fallait continuer, recruter d'autres clients encore. Mais c'était tellement dur, tellement fatigant. Joffre aimait le confort, les beaux restaurants aux lustres richement décorés, aux immenses fenêtres, il aimait cette vie faste – mais il ne se sentait plus la force de travailler. Tout l'épuisait. La simple idée de devoir rappeler cet agent d'assurances de malheur l'accablait – et plus encore la perspective de devoir lancer les dés une nouvelle fois, organiser des soirées de dégustation, rappeler des prospects, s'assurer de leur accord, et enclencher une nouvelle fois le cycle infernal.

— À quoi tu penses ? demanda Hedwig.

— Je me disais qu'on pourrait peut-être tout arrêter ? Acheter une cabane de pêcheur sur la côte et ne plus travailler. Qu'est-ce que tu en penses ?

Hedwig sourit comme devant un mot d'enfant, mignon et sans conséquence, et lui tendit la carte des vins.

— Si monsieur l'expert veut bien me surprendre.

Joffre se plongea dans la carte, passant en revue les différentes propositions, et opta pour un château Lafaurie-Peyraguey de 2006.

Il avait fermé sa cave pour quatre jours et les papiers administratifs s'accumulaient, comme des fantômes menaçants. Tous les courriers qu'il recevait étaient soigneusement rangés à l'arrière de la boutique, dans l'armoire fermée de son local privé – et jamais ouverts. C'était une fuite en avant absurde. Il lui semblait qu'il n'y avait aucune porte de sortie pour lui, il avait l'impression de se cogner la tête contre les murs, d'être enfermé dans une cage invisible dont il ne pourrait jamais s'échapper.

Le serveur leur fit goûter le vin, Joffre leva le verre, qu'il examina d'un œil expert, le sentit, admira sa robe, trempa ses lèvres et finit par hocher discrètement la tête pour marquer la fin de ce rituel. Les entrecôtes furent servies. Rosées, comme il les aimait. Hedwig parla des divers problèmes de son agence immobilière, de la législation qui risquait de changer, encore une fois ; elle évoqua quelques péripéties avec des clients difficiles, l'espoir d'une grosse transaction. Joffre dégustait le vin, hochait la tête, mangeait à peine – il n'écoutait pas un mot de ce que disait Hedwig.

Élise était morte et il n'aurait bientôt plus d'argent. Du tout. Lola ne lui parlait presque plus ces derniers temps. Il se trouvait face à un choix dont toutes les options étaient perdantes : soit il était démasqué et c'était la prison peut-être, l'humiliation sûrement ; soit il trouvait quelques dizaines de milliers d'euros pour être quitte et pour changer de pays. Il ne concevait plus d'entre-deux. La prison ou la fuite. Il se demanda ce que deviendraient Hedwig et Lola.

Élise avait laissé un tout petit héritage, qu'il s'était empressé de dilapider. Oh, comme l'argent lui brûlait les doigts ! Hedwig continuait à parler seule et il commanda un vacherin aux fruits exotiques, son dessert préféré. Deux coupes de champagne pour terminer en douceur ce délicieux repas ? Oui, ce sera parfait. Ensuite, ils iraient se promener en bord de mer, se moquer gentiment des vacanciers. Avec un peu de chance, l'un des deux rencontrerait une connaissance, professionnelle ou personnelle. Tous les Parisiens sont à Deauville, c'est pratique : on s'y croise, on se donne des nouvelles, on est heureux ensuite de se retrouver en région parisienne et de se demander si on a passé un agréable week-end sur la côte. C'est comme un secret qu'on partage, qui fournit un point commun plaisant, une anecdote à se raconter plus tard.

Il faudrait qu'il demande à Hedwig de lui prêter de l'argent. Elle ne pourrait pas lui refuser – il avait perdu sa femme il y a quelques mois à peine, il luttait pour sauver son commerce, il avait encore tant d'idées pour développer son activité. Et puis elle l'aimait. Non, décidément, elle ne pourrait pas lui refuser. Il termina sa coupe de champagne, cherchant en lui une résolution qu'il ne trouverait jamais. Les mots ne voulaient pas sortir. Hedwig le regarda avec bienveillance et lui proposa une promenade sur les Planches de Deauville, ainsi qu'il l'avait prévu. Il ne pouvait pas lui infliger ça. Pas à elle. Il songea aux dégâts qu'il provoquait, partout, tout le temps – il savait bien sûr qu'elle ne reverrait jamais l'argent qu'elle lui prêterait. Son histoire avec Hedwig était trop fragile, trop paisible aussi, pour la gâcher comme il avait gâché tout le reste.

Il ne dit rien et ils sortirent marcher en bord de mer, comme deux vieux amoureux.

Rentré à Gif-sur-Yvette, Joffre s'accrocha à une ultime idée. Comme une planche de salut, comme un dernier espoir avant la noyade. Dans un pacte faustien où il jouait tous les rôles à la fois, diable et damné, il se donna une dernière chance. Il s'accorda une semaine pour trouver l'argent et rembourser l'agent d'assurances. Si rien ne marchait, il se rendrait à la police ou s'exilerait. Dans sept jours exactement, il serait fixé. Pour la première fois dans sa course insensée, il entrevit une ligne d'arrivée.

Joffre multiplia les rendez-vous, avant et après l'ouverture de sa boutique, pendant sa pause déjeuner, avec une vigueur qui l'avait depuis longtemps délaissé. Le soir, il passait des appels. De son côté, Lola semblait occupée à préparer un voyage – peut-être un week-end avec des amies ? Un des clients qu'il avait sollicités travaillait à l'université de Versailles et lui parla d'un salon de l'orientation qu'il organisait. Il faudrait que Lola s'y rende. Il était hors de question qu'elle ne poursuive pas des études supérieures, il avait lui-même trop souffert de cet échec. Elle avait oublié de s'inscrire à l'université et il faudrait qu'elle trouve une école payante, du genre de celles qui acceptent n'importe qui en échange d'un virement bancaire. Pour sa part, quelle que soit la décision qu'il prendrait, dans sept jours il laisserait Lola seule – dans l'abandon ou dans l'infamie. Il lui ordonna d'y aller et, pensant atténuer l'obligation, lui promit qu'il l'accompagnerait.

Pendant cette semaine, l'agent d'assurances Morel le pressa d'appels, dont le ton se fit de moins en moins cordial. Plus le temps passait et moins il pouvait jouer la carte du veuf. Joffre ne répondait qu'une fois sur deux au téléphone. Il s'agitait de façon désordonnée. Les courriers de relance, les mises en demeure s'accumulaient, les piles de papier grossissaient de jour en jour dans l'armoire fermée à clé au fond de sa boutique.

Le soir du troisième jour, Joffre fut frappé par une illumination : il existait un endroit, non loin de sa boutique, où reposaient quelques milliers d'euros. S'il les récupérait, ce serait déjà possible de rembourser Morel. Il pouvait même espérer garder un peu de marge pour la suite. Qui sait s'il ne pourrait pas acheter un aller simple pour Buenos Aires ? Il sourit comme un joueur qui venait de tirer une bonne carte.

J'avais mal au crâne et je ne désirais plus qu'une seule chose : dormir. Mes enfants aussi avaient sommeil, c'est du moins ce que je devinais. Je les entendais raconter une histoire depuis… je ne sais combien de temps… un long récit emberlificoté de digressions, de jugements tranchés, de conflits. Chaque voix relançait l'autre, ça n'en finissait jamais.

Depuis leur naissance, j'avais développé une capacité qui me servait quotidiennement : j'étais capable de maintenir une longue conversation avec quelqu'un en pensant à tout autre chose. Il y avait sans doute une origine biologique à ce pouvoir, une indifférence nécessaire face aux cris du nouveau-né, un manque d'empathie calculé sans lequel on deviendrait fou : on passerait son temps à vérifier si l'enfant qui grogne, gémit, pleure, crie, se tait, est bien en vie. En somme, la nature a appris aux enfants à crier pour signaler leur existence et aux parents à, plus ou moins, les ignorer pour ne pas devenir fous.

Doué pour peu de choses, j'avais usé et abusé de ce talent dans tous les aspects de ma vie. Cela rendait Marine folle. Parfois, elle me voyait au loin discuter avec un commerçant, un garagiste, parfois elle savait que j'étais allé voir le dentiste, un conseiller bancaire, n'importe qui : tout semblait normal vu de l'extérieur, mais quand je la retrouvais et qu'elle me demandait ce que nous nous étions dit, j'étais bien obligé de reconnaître que je n'en avais pas la moindre idée. Au début, je lançais des contre-feux :

— On a échangé nos points de vue, c'était un peu tendu mais maintenant tout va bien.

J'espérais qu'un tel niveau de généralité découragerait toute velléité d'en savoir plus. Mais ce genre de ruse fonctionnait avec des gens comme moi, des gens qui n'écoutaient pas – pas avec Marine. Si j'avais parlé avec quelqu'un, alors on s'était dit des choses ; cela devait déboucher sur un résultat, une action : le dentiste procéderait à telle opération ou à telle autre, et ce n'était ni pareil ni indifférent.

Heureusement, cette technique fonctionnait encore avec mes filles. Elles n'attendaient pas grand-chose de moi quand elles se lançaient dans leurs histoires : j'étais une surface plane, réfléchissante, ma seule fonction consistait à les relancer d'un « hmm hmm » bien placé à intervalles réguliers.

La veille de mon absurde voyage à Marseille, j'avais dîné tard, j'avais trop mangé et peu dormi. À qui essayais-je de faire croire que j'étais encore jeune ? Le vin de l'autre imbécile me restait sur l'estomac, les histoires de mes enfants bourdonnaient à mes oreilles et, alors que je fermai les yeux et me laissai bercer par le ronronnement du train, Marine m'appela à nouveau, en pleine crise de panique.

— C'est impossible de te faire confiance ! Tu as rechuté, c'est toujours la même chose avec toi.

— Hmm hmm.

Marine montait. Je connaissais trop bien la mécanique pour espérer la contrarier. Quand quelque chose la gênait, elle prenait sur elle, en silence, elle remuait toutes les idées possibles, ses arguments, les contre-arguments qu'on pourrait lui opposer, elle pensait à ce qu'« on » pourrait dire d'elle ou de la situation, c'était comme une réaction en chaîne, une fission nucléaire qui finissait par une explosion avant de retomber en un tas de cendres.

Elle sortait épuisée de ces accès d'inquiétude.

— Pourquoi me dis-tu que tu es avec les enfants ? Ça ne va pas ? Est-ce que tu les vois au moins ? Est-ce que tu leur parles ?

Dans la longue liste des moulins à vent qu'elle avait combattus, des dangers potentiels qu'elle avait dû affronter depuis que j'avais quitté son appartement de néo-Marseillaise, elle avait certainement supposé qu'il était *possible* que je reprenne seul le train (pour quelle raison ? En laissant mes deux enfants errer dans les rues mal famées du quartier Saint-Charles ?). Et si elle avait pu y penser, si une telle éventualité était possible, elle ne pouvait pas rester les bras croisés. Mais une autre part d'elle-même avait parfaitement conscience que, aussi *possible* que ce fût, c'était parfaitement *invraisemblable*. Elle essayait alors de se raisonner mais le vraisemblable ne résiste jamais longtemps face au possible.

Et ainsi, pendant des heures, comme les vagues d'une tempête venant heurter la roche, la panique la gagnait et la raison la désarmait en lui enjoignant de ne pas sortir en courant chercher ses enfants, de ne pas appeler la police, parce que c'était absurde, et elle restait donc comme un pantin immobile assailli de toutes parts, un corps jeté sur la plage et recouvert par le ressac, et elle finissait par craquer et par appeler, et par s'en vouloir d'appeler.

C'est comme ça que je voyais les choses en tout cas. Elle avait peur de moi, elle avait peur que mes filles préfèrent leur père, elle avait peur de perdre son pouvoir.

Moi, je n'avais pas peur.

Cela faisait au moins deux nuits que Giulia ne dormait plus. Il y a longtemps, elle avait essayé de prendre des cachets, mais les effets secondaires avaient été tellement violents qu'elle s'était promis de ne plus jamais y toucher. Alors les journées s'écoulaient désormais dans une apathie douloureuse, sans qu'elle bouge, prostrée près du téléphone, écrasée de fatigue et d'angoisse. Le temps n'existait plus, si l'on entend par là le sentiment d'une continuité entre une série d'évènements. Simplement, Giulia restait assise près du téléphone et rien ne se passait.

Pendant la nuit, son activité ne différait guère – si ce n'est qu'elle attendait dans sa chambre. Son esprit divaguait et Giulia, immobile, évoluait dans un autre espace-temps. Elle tournait en rond, circulant autour du lit, entre le fauteuil et la fenêtre, revenant au point de départ et reprenant son microscopique sillon ; parfois, comme si elle sortait d'un rêve, elle ouvrait les yeux et regardait la pièce autour d'elle, se demandait un instant où elle se trouvait, puis son imagination se remettait en marche et elle oubliait tout. Elle était en Italie, sur une plage, elle marchait et elle s'enfonçait dans la mer et les vagues la recouvraient, des vagues chaudes et réconfortantes. Le jour se levait et Giulia quittait sa chambre.

Giulia rêvait de s'échapper. Pas comme une image, pas comme un caprice. Pour de bon. Elle aurait aimé que ses soucis s'arrêtent, que la fatigue cesse pour toujours. Elle rêvait d'être loin d'Henri et cette idée finissait par devenir obsédante. Elle n'avait plus la force de suivre ce cycle infernal, plus la force d'avoir tout le temps peur, de ne jamais savoir, quand le téléphone sonnait ou quand la porte s'ouvrait, si elle aurait face à elle un amoureux éperdu ou un cruel bourreau. Son corps portait la trace de ce combat intérieur qu'elle livrait sans discontinuer : elle était plus pâle, amaigrie, fragile.

Alors, malgré sa promesse, cette nuit-là, elle prit un somnifère, un petit qu'elle coupa en deux, pour se reposer un peu et ne pas devenir folle.

Giulia ouvrit les yeux et se trouva désorientée. Était-ce encore la nuit ou déjà le jour ? Lentement, elle descendit les marches et se dirigea vers la cuisine. Il y avait là un grand calendrier aimanté sur le réfrigérateur. Les rendez-vous y étaient scrupuleusement notés, selon un code qu'Henri avait inventé et lui avait enseigné. Il y avait les vacances à Ponza, inscrites de sa main (elle ne se rappelait pas l'avoir écrit). Il y avait les divers rendez-vous médicaux, les jours où Isabella venait travailler à la maison, il y avait trace des rares visites de Joffre ou de Lola. Il y avait les listes de courses, les absences d'Henri pour raisons professionnelles. Giulia se remémora les scènes, au début de leur couple, parce qu'elle se trompait parfois en notant les rendez-vous. Henri parlait vite, elle s'en voulait de ne pas être capable de retenir ses consignes. Elle s'était même préparé un petit mémo, dans lequel elle résumait les principales abréviations (doct. et non pas doc. ou dott. pour docteur), l'ordre des informations (d'abord le prénom : Henri ou Giulia ; ensuite la catégorie : docteur, garagiste, etc. ; enfin, l'horaire). Elle se rappelait, mortifiée, le rire d'Henri, à s'en taper les cuisses, une des rares fois dans leur existence partagée où il avait *vraiment* ri, le jour où il avait découvert son pense-bête.

Giulia fixa donc le calendrier, et ces petites cases bien alignées, ces mots griffonnés, ne lui évoquaient rien. Elle tourna les pages avec curiosité, comme un singe à qui on présenterait un objet pour une expérience scientifique et qui le détaillerait sous tous les angles, sans comprendre ce qu'on attend de lui. Les mois défilaient, janvier, juin, septembre. Comment pourrait-elle connaître la date alors qu'elle ne savait même pas si on était le matin ou le soir ? Elle s'appuya contre la table de la cuisine et réfléchit : pour quelle raison voulait-elle regarder le calendrier ?

Mécaniquement, elle composa un numéro. Elle pensa à une forêt dans laquelle elle aimait se promener, il y avait un arbre sur lequel elle avait gravé un mot et elle essaya de se souvenir de ce qu'elle avait pu écrire, et au moment où une voix s'adressa à elle Giulia tressaillit. Elle ne savait pas qui lui parlait. Est-ce que c'était elle qui avait appelé ? La voix répéta, inquiète :

— Allô ? Allô ?

Giulia marmonna quelques mots et, à l'autre bout du fil, la voix reprit, avec une certaine angoisse à présent :

— Madame Giulia ? Est-ce que tout va bien ? Vous avez besoin d'aide ? Vous voulez que je vienne ?

Quelque chose se reconnecta chez Giulia, qui se rappela la raison de son appel.

— Non, merci. Tout va bien. Dites-moi, Isabella, pouvez-vous m'indiquer la date, s'il vous plaît ?

— Le 27 juin, madame Giulia, répondit Isabella après

un bref silence, comme si elle-même avait dû consulter un calendrier.

Giulia posa le combiné sur la table et se tourna à nouveau vers le calendrier. Elle touchait les cases avec le doigt, comme un enfant qui apprend à lire. 27 juin. Cela signifiait qu'Henri passerait le lendemain pour le départ vers l'Italie. Elle reprit le combiné.

— Et quelle heure est-il ?

À peine Isabella lui avait-elle annoncé qu'il était 17 heures que Giulia raccrocha.

Il restait moins de vingt-quatre heures pour s'échapper, n'importe où. Elle avait entendu parler de numéros d'alerte, de dispositifs pour l'aider, mais elle n'avait pas besoin d'aide. Elle était forte, elle y arriverait. Voilà ce qu'elle se répétait. Mais Henri la retrouverait de toute façon. Ça aussi, elle se le répétait. Et puis pour elle, c'était différent, qu'est-ce qu'ils auraient à lui proposer ? Ces aides-là, c'était bon pour les autres, pas pour elle. Toutes ces voix débattaient dans sa tête, dans un brouhaha épuisant, et Giulia était comme écrasée par leur vacarme. Elle pensa un instant à appeler Paula, mais elle n'ignorait pas qu'Henri surveillait ses appels, qu'il lui avait interdit de lui téléphoner, et puis Paula, tellement persuadée de se trouver du côté de la vérité, lui donnerait encore ses conseils, ses leçons de morale. Sa sœur lui demanderait de venir à Ponza, coûte que coûte, et Henri voulait aussi aller à Ponza, et ces maudites histoires ne se termineraient jamais.

Giulia s'en sortirait seule, sans l'aide de personne. Elle avait lu qu'il existait des agences qui permettaient d'organiser sa propre disparition. Un jour, on vivait sa vie, tout était normal en apparence, et le lendemain, on était parti sans laisser de trace et personne ne nous revoyait jamais.

Il faudrait qu'elle prenne un rendez-vous.

Elle n'avait jamais vraiment appris à se servir d'un ordinateur, c'était Henri qui s'occupait de ces choses-là à la maison ; alors elle pensa à l'annuaire qui était rangé dans la table basse de l'entrée et elle tourna les pages et son esprit divagua et elle pensa à autre chose, encore.

Elle chercha à « Disparition » et ne trouva rien. Elle chercha à « Détective » et trouva quelques numéros de téléphone, des suites de chiffres désordonnés. Elle choisit l'agence la plus proche, basée à Versailles, et appela pour prendre rendez-vous. Le standardiste à l'air blasé, pas tellement débordé par le travail, lui demanda « pour quand ? » et Giulia lui répondit avec une indignation sincère « mais pour tout de suite, le plus rapidement possible, avant demain, je ne sais pas, c'est une urgence qu'il faut traiter », et alors le standardiste lui dit :

— D'accord, je vous propose un rendez-vous demain matin, à 9 heures, avec M. Debecque.

Giulia était grisée. Elle avait réussi. Elle avait fait le bon choix et elle allait s'en sortir. Il y avait toujours le vase dans le salon avec ses économies. Il y avait maintenant le rendez-vous. Personne ne pouvait se mettre sur sa route ; elle allait tout laisser derrière elle et repartir de zéro. Être sauvée.

Elle s'assit sur le canapé du salon et regarda la pièce en se forçant à la voir comme si c'était la dernière fois. La petite terrasse où elle s'asseyait le soir avec Henri, quand Joffre dormait. Le coin du salon qui avait été aménagé pour les visites de Lola. Pour la première fois depuis des mois, elle se servit un verre de porto. Où irait-elle maintenant, qu'allait-elle devenir ? Le détective lui répondrait, forcément.

La sonnerie retentit et Giulia sursauta. Il faisait nuit, elle ne savait pas combien de temps elle était restée sur le canapé. Avait-elle dormi ? Sur la table basse, la bouteille de porto était toujours là, à moitié vide. Giulia se leva avec peine. La maison était plongée dans l'obscurité. Elle s'approcha de la porte aussi discrètement que possible ; elle aurait voulu regarder par l'œilleton avant d'ouvrir.

Elle tremblait.

Henri avait toujours un coup d'avance. Henri avait écouté sa conversation avec Isabella, Henri savait tout. Henri avait appris pour le détective. Henri avait placé des caméras, des micros, dans la maison. Elle était condamnée, elle ne pourrait jamais s'échapper. Giulia frissonna et la sonnerie retentit à nouveau. Trois coups secs, suivis de trois coups encore.

Dans l'entrée, titubant, Giulia renversa le grand porte-parapluie qu'Henri avait hérité de ses parents, et dans le fracas, les coups de poing redoublèrent à l'extérieur. Giulia, à quatre pattes, en train de ramasser les parapluies dans le noir, se dirigea vers la porte. Un instant, elle songea à tuer Henri dès qu'il apparaîtrait, sans explication.

Elle ouvrit sans penser à regarder dans le judas. Un homme l'écarta du bras et entra, en territoire conquis :

— Enfin ! Tu en mets du temps. Et qu'est-ce que tu fais dans le noir, comme ça ?

Et Joffre, son fils chéri, sa raison de vivre, pénétra dans le salon, alluma toutes les lumières et s'installa dans le canapé. Il avait l'air ravi. Exalté, presque. Il regarda la bouteille de porto en connaisseur, ouvrit le coffre à alcools et attrapa une bouteille de Chivas.

— Allez, on a quelque chose à fêter. Viens, maman.

Giulia resta à la porte du salon, bouche bée. La tête lui tournait à cause du porto. Elle ne savait plus si elle était habillée ou en pyjama et prit une fraction de seconde pour vérifier. Joffre, euphorique, leur servit deux verres de Chivas.

— Tu en fais une tête.

— J'ai été un peu malade ces derniers jours.

— Rhume ?

— Oui, si on veut. Mais je vais mieux. Je me soigne.

Joffre jeta un regard en coin à la bouteille de porto. Il était d'humeur badine ; il hésita à faire une plaisanterie avant de se raviser.

— Tu sais, j'ai eu des problèmes aussi, ces derniers temps. Depuis la mort d'Élise en fait. Je me suis trouvé dans une situation financière très compliquée. Pour ne rien te cacher, j'ai presque tout perdu.

Giulia s'assit près de lui. L'idée que son fils puisse un jour connaître la ruine lui gâchait la vie depuis le jour où il avait arrêté ses études. C'était peut-être en pensant à lui qu'elle avait mis, à chaque fois que ç'avait été possible, de l'argent dans le vase du salon – l'argent dont elle avait maintenant besoin pour fuir.

— Heureusement, poursuivait Joffre, j'ai une bonne nouvelle à t'annoncer. J'ai sans doute trouvé une solution. Non seulement je vais pouvoir rembourser mes dettes, mais je devrais même pouvoir gagner pas mal d'argent.

Il remplit à nouveau les deux verres et but une gorgée. Giulia était ratatinée sur le canapé et Joffre souriait dans le vide. Entre eux, le silence. Joffre avait des brusqueries que Giulia n'avait jamais comprises. Il se leva d'un coup.

— Écoute, il est tard, j'ai besoin que tu m'aides.

— Oui, mon Gigi.

— Voilà, j'ai une idée pour gagner de l'argent. Beaucoup d'argent. Je pourrai même t'en donner si tu en as besoin. Au fait, où est papa ?

— Parti écrire à Nogent.

— Ok. J'ai besoin d'argent et toi seule peux m'aider. Tu m'avais dit un jour que tu gardais un bas de laine, au cas où tu en aurais besoin. Tu te rappelles ? Eh bien voilà. Il me le faut.

Giulia regardait son fils. Il était grand. Il avait beaucoup pratiqué le sport et il était musclé, imposant. Il était bien habillé, il avait la peau mate et elle le trouvait beau. Elle trouvait injuste que cette bibliothécaire de pacotille ait tout gâché. Il avait tout pour lui. Elle était prête à tout pour lui. Elle avala son verre cul sec et se dirigea sans réfléchir vers le vase où étaient cachés les billets.

— Tu as besoin de combien, mon Gigi ?

Et alors qu'elle était prête à donner 1 000 euros, 2 000 euros peut-être, alors qu'elle était prête à partager ce trésor de guerre accumulé pendant des années pour servir dans des jours comme celui-ci, des moments de crise, comme si elle avait su depuis le début que tout cela devait mal se terminer, Joffre la repoussa, porté par une excitation incontrôlable :

— C'est là-dedans ? Tu as combien ?

Il secoua le récipient et sourit en entendant le bruit des papiers froissés qui tombaient.

Des dizaines et des dizaines de billets jonchaient la table du salon. Joffre avait apporté la bouteille et les deux verres, qu'il resservait en continu. Avait-il remarqué que sa mère avait cessé de boire de l'alcool depuis plusieurs mois ? Combien de fois l'avait-il seulement vue ces derniers temps ? Joffre regroupa les billets par petits tas, puis il les compta, avec le sérieux morbide du chargé d'encaissement. Les billets de 50. Les billets de 100. Quelques billets de 500. Il classait, rassemblait, triait et, triomphal, se leva pour annoncer à sa mère que le total s'élevait à 10 800 euros.

Il avait envie de la féliciter.

Giulia était debout, à ses côtés. Elle le voyait s'agiter, les chiffres défilaient devant elle, elle se demanda combien elle pourrait lui prêter, de combien elle aurait elle-même besoin pour vivre à l'abri pendant quelques mois ; elle avait oublié de demander au détective quels étaient ses tarifs, elle était si naïve, elle ne s'y retrouvait plus du tout, elle était perdue, tétanisée, incapable d'un geste. Joffre se leva et la prit dans ses bras.

— C'est formidable ce que tu as fait, maman. C'est formidable. Tu me sauves la vie. Tu me sauves la mise. Tu es mon héroïne, ma maman adorée, mon ange gardien, je te dois tout. Tu sais ce que cet argent signifie ? Que mes problèmes sont réglés. Pour toujours. Grâce à toi. Tu te rends compte ?

Et il roula tous les billets en une seule liasse débordante et grossière.

— Tu aurais une enveloppe, maman ?

Giulia tendit le bras et sortit du tiroir du buffet une grande enveloppe blanche matelassée. Joffre la lui arracha des mains, y fourra les billets, en laissa tomber quelques-uns par terre qu'il ne prit même pas la peine de ramasser et se dirigea vers la porte.

Giulia le suivait en trottinant dans le hall.

— Et comment va Lola ? lui demanda-t-elle avant qu'il ne parte. Tu devrais me l'amener plus souvent.

Sans répondre, Joffre tourna les talons et monta dans sa grosse voiture aux vitres arrière cassées. Dans ses mains, il tenait sa fortune.

À la mort de mes parents, que je n'avais pas vus depuis une dizaine d'années, je reçus quelques milliers d'euros et partis seul pour New York afin, avais-je annoncé de façon un peu pompeuse à Marine, de « trouver de l'inspiration ». J'y passai huit jours, visitai les lieux incontournables. Je mangeai des hot-dogs dans la rue, profitai de cette parenthèse sans enfants, sillonnai la ville de long en large comme le héros de Paul Auster dans *Revenants*. C'était inespéré.

Je me rendis compte à l'aéroport que j'avais oublié d'acheter des cadeaux : Marine avait détesté l'idée que je parte une semaine sans elle, et je n'avais pas envie de revenir les mains vides. Je pris en toute hâte quelques objets de mauvais goût au duty free pour Marine et les enfants, objets qui iraient un jour remplir un carton « Divers » dans une cave de Marseille, et m'engouffrai dans l'avion.

À mon retour, Marine me fit des reproches et mes enfants des câlins. Et quelque temps plus tard, il y eut cet épisode du train et c'en fut terminé de ma carrière dans les lettres.

Marine continuait à parler au téléphone. Ça coupait tout le temps et elle rappelait tout le temps. Elle demandait si j'étais dans le train, si j'étais sûr que mes enfants étaient à mes côtés. Comme je m'étais absenté dans mes pensées un peu trop longtemps, elle se fâchait fort maintenant et alors je fus bien forcé de l'entendre. Je voulus prendre un médicament pour me calmer, ça n'allait plus du tout, je fouillai dans mes poches, dans mon sac, je me levai et bousculai mon voisin. Je commençais à avoir chaud et ça m'angoissait par anticipation, je craignais la suite – que je ne connaissais que trop bien. Marine insistait pour parler aux filles. Je me rassis et tendis le combiné au moment où quelqu'un lançait dans notre direction :

— Mais ce n'est pas possible, ça ne peut plus continuer comme ça !

Était-ce le genre de phrases pour rassurer une mère ?

Marine étouffait de rage :

— Qu'est-ce qu'il se passe ? Réponds-moi, qu'est-ce qu'il se passe ???

Je jugeai que la meilleure façon de l'apaiser était de laisser les autres s'expliquer eux-mêmes.

Pour ma part, je me tournai vers la fenêtre comme un enfant boudeur et replongeai dans mes pensées, ballotté par le flot rassurant et répété des « Allô ? Allô ? ».

Henri releva le col de sa veste militaire, celle qu'il aimait porter quand il n'était pas à l'université, sa seule coquetterie, et quitta Nogent. Au travail, il continuait à préférer les costumes et les cravates, même si plus personne, à l'exception des vigiles qui vérifiaient les cartes des étudiants à l'entrée du campus, n'en portait depuis quelques années. Tous les enseignants, tous les chercheurs étaient désormais habillés comme les étudiants et, à son âge, Henri commençait à avoir du mal à les distinguer. Même son collègue Massimo, le seul qu'il avait apprécié de façon désintéressée, le seul dont il avait espéré la réussite, le seul dont il avait aimé pouvoir croire qu'il en ferait son disciple, le seul qu'il avait invité à dîner chez lui un week-end, même Massimo était adepte du jean et du T-shirt, ce nouvel uniforme.

Sur le trajet du retour, Henri pensa à ce colloque, son dernier. Bien sûr, il aurait aimé disposer d'un peu plus de temps mais il était satisfait du texte qu'il avait rédigé. Il s'était même permis quelques – très relatives – libertés, étant donné les circonstances. Il se perdit dans d'agréables pensées, imagina les échanges stimulants avec ses collègues, les débats dont il était sûr de sortir vainqueur, et puis les encouragements bienveillants, les applaudissements destinés à sa personne, qui bousculeraient quelque peu la routine de ce genre d'évènement, son sourire modeste, la réception qui suivrait et dont il serait – oh, bien malgré lui – le centre d'attention. Ensuite, c'en serait terminé.

Henri arriva à Chevreuse, bercé par ses rêveries. Giulia devait les conduire tous deux à l'aéroport. Au début, c'était une coquetterie de ne pas conduire, surtout à une époque où la voiture était reine. Mais avec le temps, c'était devenu une nécessité. Il avait peur en voiture, voilà la vérité : il n'avait pas le sens des perspectives et avait toujours l'impression que les autres véhicules allaient entrer en collision avec le sien. Il ne pouvait pas conduire et penser à sa propre disparition en même temps. Et puis Giulia avait le permis, et au moins, quand elle le conduisait à des rendez-vous, elle restait avec lui, il savait ce qu'elle faisait.

Il regarda sa montre. 11 h 57.

Henri avait toujours été d'une ponctualité extrême, presque agressive. Il repensa à la maison de Nogent, à la joie qu'il éprouvait à chaque fois qu'il s'en approchait. Il constata avec une pointe d'agacement qu'il n'avait pas pris ses clés et frappa avec plus de force qu'il ne l'aurait voulu. Trois coups de poing. Personne ne répondit. La porte était fermée de l'intérieur. Alors il se résolut à appuyer sur le bouton de la sonnette en soufflant d'exaspération. Giulia était pénible, toujours à lui poser des problèmes, à gâcher ce qui s'annonçait bien. Il sonna à nouveau, et fut à nouveau accueilli par un silence indifférent. Il attendit, recula pour voir si une lumière était allumée. Tout était éteint, les rideaux du premier étage, où se trouvait la chambre conjugale, étaient tirés. Il s'installa sur le trottoir d'en face sans savoir que faire. Il était désarçonné. Comment devait-il réagir à cet imprévu ? Il faudrait crier, appeler Giulia, mais c'était impossible. Il détestait se faire remarquer, il détestait montrer qu'il avait un problème, une faiblesse. Il pourrait lancer des cailloux contre la fenêtre, en essayant de ne pas être vu par les voisins. Il s'installa dans son jardinet de devant et en jeta timidement deux ou trois, puis s'énerva de se trouver dans cette posture ridicule. Pourquoi fallait-il toujours que Giulia le place dans des situations aussi grotesques ? Il avait un avion à prendre, du travail à accomplir. Où étaient ses pochettes, ses dossiers ? Sa valise ?

Henri fit le tour de la maison et remarqua que là aussi le jardin n'était plus aussi bien entretenu qu'avant. Jusqu'à ces dernières années, Isabella s'en occupait tous les jours, elle avait la main verte et ça lui plaisait. C'était la part créative de son travail, une responsabilité que Giulia lui avait bien volontiers confiée. Elle avait fait planter des parterres de fleurs, quelques arbustes qui avaient poussé avec Joffre, et qui étaient restés avec eux quand il était parti. Et puis Isabella avait arrêté de venir aussi souvent qu'avant, et puis elle avait du mal à se baisser, et puis Giulia lui demandait de l'aider sur l'essentiel, un peu de ménage, un peu de linge, et alors le jardin avait commencé à avoir triste mine.

À l'arrière de la maison, il y avait la longue porte vitrée qui donnait sur ce jardin, celle qu'ils ouvraient les soirs d'été, quand Joffre était parti se coucher et que leur deuxième, troisième ou quatrième journée – ils ne savaient plus trop bien – pouvait débuter, pour s'installer dehors sur la terrasse et parler en buvant un verre de vin. Henri tira d'un coup sec, rageur, et la porte s'ouvrit. Un bref instant, il avait craint que Giulia ne se soit enfermée et qu'il lui soit arrivé quelque chose. Il se dit qu'on connaissait toujours mal les gens avec qui on vivait ; il repensa à cette secrétaire de l'université dont le mari s'était suicidé. Elle avait été estomaquée, ça ne lui aurait jamais traversé l'esprit : il n'y avait pas eu de signe avant-coureur, rien, juste cette déflagration, brusque et irréfutable.

Henri avait peur de rater son avion. Il chercha partout dans le salon, comme un chien de piste. Sur la table basse, des bouteilles vides s'amoncelaient ; certaines jonchaient aussi le sol. Il y avait plusieurs verres, vides ou non, comme si des adolescents avaient fait une fête clandestine. Il y avait des mégots de cigarette. Sur la table à manger, un vase était renversé. Dans la salle de bains, des plaquettes de médicament étaient éventrées. Du maquillage avait coulé dans l'évier. Il ne reconnaissait plus sa maison, il ne comprenait pas. À l'étage, il trouva enfin sa valise, ouverte, avec ses dossiers à l'intérieur. Protégé par les murs épais de sa maison, il put enfin crier, sans honte, sans scrupule :

— Giulia ! Giulia ! Est-ce que tu es là ? Réponds-moi Giulia.

Et pendant qu'il criait, sans y penser, il s'accroupit et passa en revue la valise : les dossiers étaient bien là, les pochettes aussi. Il y avait ses vêtements, ceux pour le colloque et ceux pour ses sorties. Il manquait sa trousse de toilette, qu'il alla chercher dans la salle de bains. Il manquait toujours quelque chose avec Giulia, c'était insensé. Elle était incapable de produire un travail de qualité, du début jusqu'à la fin. Elle était distraite, imprévisible, peu fiable.

Henri rangea la trousse et jeta un regard sous le lit, comme si Giulia était un enfant jouant à cache-cache. Il aurait pu tout aussi bien chercher dans les placards, et elle aurait bondi de derrière un rideau de manteaux, de pantalons, en riant, l'air de dire « je t'ai bien eu, n'est-ce pas », mais l'heure n'était pas aux jeux, aux parties de cache-cache, et Henri appela encore une fois, mais davantage pour la forme à présent – après tout, le plus important avait été sauvé, il avait sa valise. Il appela donc Giulia à nouveau, qui bien sûr ne pouvait pas répondre. Il prit ce silence pour un affront personnel : il ne pensait pas tellement à elle, ne s'inquiétait pas tellement pour elle ; en revanche, le fait qu'elle ne soit pas là quand il lui demandait d'être là, qu'elle n'ait pas terminé la simple valise qu'il lui avait demandé de préparer il y a deux jours, qu'elle laisse la maison dans un état effroyable, il estimait que tout cela dépassait l'entendement. Il descendit son bagage, refit un tour du rez-de-chaussée, effaré par ce qu'il découvrait. La clé de Giulia était restée coincée dans la serrure de l'entrée. Le porte-parapluie était fendu, les parapluies avaient été rangés à l'intérieur n'importe comment, laissant dépasser une baleine brisée.

Henri saisit une feuille de papier et, poussant d'un geste rageur le vase renversé, laissa un mot sur la grande table du salon, en majuscules furieuses.

J'AI DÛ PARTIR SEUL. OÙ ES-TU ???
RAPPELLE-MOI IMMÉDIATEMENT,
JE VAIS À L'AÉROPORT.

Il ressortit de la maison par la porte vitrée, évitant les cadavres de bouteille et les mégots, et appela un taxi. Sitôt assis, il téléphona à Giulia. Elle ne répondit pas, et Henri n'apprécia que très peu cette plaisanterie. Si elle voulait jouer à l'ignorer, elle ne pourrait pas en sortir gagnante. Il la rappela, et la rappela encore, une petite dizaine de fois en tout. Puis il changea de méthode et lui envoya des rafales de textos.

« Tu crois que tu peux faire semblant de ne pas me répondre pendant longtemps ? »

« À quoi joues-tu Giulia ? »

« J'espère que tu as une TRÈS bonne explication à ce qu'il se passe. »

Pendant tout le trajet qui le menait à l'aéroport, Henri multiplia les messages de cet acabit, comme un tennisman qui s'entraînerait à renvoyer la balle des centaines de fois contre un mur, avec régularité et avec hargne. Le chauffeur essaya bien d'engager la conversation, mais Henri répondit avec son sourire froid qui décourageait toute discussion, oui oui, bien sûr, et replongea dans son téléphone.

« Tu vas me le payer, tu le sais ? »

« Je ne sais pas ce que tu fais, mais je t'attends à l'aéroport, NOTRE vol est dans trois heures. »

Henri sortit du taxi et se perdit au milieu de la foule des voyageurs. Il respirait fort pour évacuer la rage qui l'étouffait. Les gens le regardaient de travers, il s'en fichait, il aurait voulu que quelqu'un lui parle mal pour pouvoir lui casser la gueule, il aurait voulu tenir Giulia tout de suite, face à lui, pour exiger d'elle des explications, il aurait voulu que les choses se passent comme il l'avait prévu, lui. Il laissa un dernier message :

« Je vais appeler ta sœur, peut-être aura-t-elle une explication à me fournir ? »

Henri acheta le journal du jour et s'installa au café pour attendre. Bien sûr qu'elle viendrait le rejoindre. Oui, bien sûr. Il ne pouvait pas en être autrement.

Ses mains tremblaient.

La connexion était affreuse ; le réseau sautait en permanence et Marine ne cessait de rappeler. Dehors, la nuit tombait ; à mesure que nous remontions vers Paris, une pluie bruyante s'était mise à cogner contre les fenêtres du train. Tout le monde semblait engourdi, prêt à dormir, et il n'y avait guère que le bruit des gouttes et la sonnerie, régulière et stridente, de mon téléphone, comme une alarme répétée, qui dérangeait ce silence.

Est-ce que mes filles ne pourraient pas écrire un texto à leur mère pour la rassurer ? Peut-être, mais c'était un artifice dérisoire et ça ne résoudrait pas le dilemme de Marine. Comment pourrait-elle être certaine que je n'étais pas l'auteur de ces mots ? Écrire ne prouve jamais rien.

Quand j'étais rentré de New York, je ne savais pas que notre couple n'en avait plus que pour quelques mois. J'avais offert les cadeaux et prétexté le décalage horaire pour aller me coucher. Cette excuse me servit deux ou trois jours durant. Puis je repris le travail.

J'ai toujours aimé marcher la nuit à Ménilmontant. Je m'installe au comptoir d'un café pour boire quelques pastis, je parle avec des inconnus, parfois je m'invente une vie et certains patrons le savent, qui me surnomment de façon affectueuse Le Mythomane. Ensuite, je marche, en cercles concentriques, de plus en plus éloignés, et parfois je parle à des jeunes filles qui font la fête, comme un père, et le bruit des cafés devient assourdissant quand tout le monde en sort vers 2 heures du matin et que les rues chantent et crient, et puis d'un coup le silence tombe sur la ville, lourd et abrupt, et je suis seul sur le boulevard de Ménilmontant et la ville m'appartient pendant deux ou trois heures – jusqu'à ce que les premiers maraîchers ou rôtisseurs du marché arrivent en camion pour installer leur étal au petit matin.

Il y a eu des moments, que je peux visualiser avec précision, où je sais que le cours de ma vie a basculé. C'est vrai du jour où j'ai quitté l'Eure-et-Loir pour Paris : j'avais promis à mes parents, pour leur rendre la séparation moins difficile, de revenir les voir souvent ; je savais que je n'en ferais rien – et, de fait, je ne les vis plus que trois ou quatre fois avant leur disparition. C'est vrai du jour où j'ai cessé d'écrire. Et c'est vrai du jour où j'ai su que Marine et moi allions nous séparer.

Je rentrais d'une de ces errances nocturnes, vaguement grisé – et vaguement inquiet à l'idée d'aller travailler le lendemain en ayant si peu dormi. Je tournai la poignée avec précaution pour ne réveiller personne et poussai la porte.

Marine était là.

Elle se tenait debout, les yeux écarquillés d'horreur, un flacon à la main. Je m'approchai d'elle et elle recula avec brusquerie. Elle chuchota, à toute vitesse :

— Ne me touche pas. Ne t'approche surtout pas.

Je restai sur le pas de la porte, m'accrochant d'une main au chambranle.

Marine avait vu une bête ramper sur notre lit. Elle s'était documentée et avait conclu que notre matelas était infesté de punaises. C'étaient des insectes qui se reproduisaient à toute vitesse, et dont il était presque impossible de se débarrasser. Elle me racontait tout ça dans un chuchotement agressif, et plus elle parlait, plus des larmes de rage et de dégoût coulaient sur ses joues.

Elle avait lu que ces insectes ne vivaient que la nuit et que les pièces d'eau étaient les seuls endroits où ils ne proliféraient pas.

Alors ce soir-là, pour la première fois, Marine dormit dans la baignoire et moi dans le salon.

La pluie tombait depuis la fin de l'après-midi. Une pluie d'été, chaude, moite, qui pénètre les vêtements. Lola regardait par la fenêtre de sa chambre. Elle avait voulu tout planifier, réduire à rien l'inconnu : elle n'avait pas imaginé qu'il pleuvrait le jour du départ. Le *tarp*-poncho était plié au fond de son sac et il était impossible de tout défaire maintenant. Trop tard. Tant pis. Dans le placard de l'entrée, il restait quelques affaires ayant appartenu à Élise. Lola ouvrit la porte et passa en revue les vestes, manteaux et pulls sans charme. Elle finit par choisir un imperméable beige unisexe que sa mère avait acheté sur un coup de tête et quasiment jamais porté. Cela ferait l'affaire pour le trajet, elle le jetterait en sortant du train.

Lola n'avait presque pas vu Joffre ces derniers jours. Depuis qu'il avait raté leur rendez-vous, il avait l'air ailleurs ; il s'était certainement embarqué dans une nouvelle aventure, suivait une nouvelle piste, comme un chien truffier. À présent, elle aurait aimé lui dire au revoir mais il était injoignable. Elle savait qu'il était passé à l'appartement, sans doute quand elle était sortie faire une promenade, parce que les serviettes étaient humides à son retour, qu'il restait des traces de mousse dans la douche et que l'odeur de son parfum, celui qu'il s'était mis à porter tous les jours depuis quelques mois, flottait dans l'appartement. Dieu sait où il se trouvait maintenant.

Le train de Lola était prévu pour 22 heures. Si Lola était fière et excitée, elle abordait aussi ce petit voyage avec une certaine gravité : depuis la mort d'Élise, elle avait l'impression d'avoir grandi trop vite, d'avoir passé beaucoup trop d'étapes en bien trop peu de temps. Bien sûr, elle avait tout préparé depuis des mois ; c'étaient ses économies qui avaient financé ce séjour ; c'était avec ses économies qu'elle avait acquis le matériel manquant. Pendant que son père se perdait dans ses occupations mystérieuses, elle se documentait, prenait des notes, apprenait.

Elle était maintenant au seuil de quelque chose de nouveau. Dans quelques heures, elle serait loin de ce père qui n'était pas le sien, au sommet d'un causse, en autonomie complète. Elle pourrait vivre seule dans la forêt, elle saurait bivouaquer, faire naître le feu, filtrer de l'eau, reconnaître les cris des animaux. Dans quelques heures, elle tournerait encore une page.

Lola se dirigea vers la chambre de Joffre. Tout était désordonné, ses vêtements éparpillés sur le lit, des papiers jonchant le sol. Au-dessus de son bureau, un calendrier avec ses prochains rendez-vous. Lola s'avança et, par réflexe, comme une mère attentive, vérifia s'il avait des obligations le lendemain. Deux rendez-vous le matin à la boutique. Un rendez-vous à la banque l'après-midi. Étonnamment, son affaire semblait marcher depuis quelques mois, assez pour qu'il en vive bien en tout cas. Elle n'y aurait jamais cru, et elle était fière de lui. Elle avait des souvenirs vagues de Joffre quand elle était enfant : il était serveur et il travaillait tant, il se tuait tant à la tâche qu'il rentrait épuisé et qu'elle le trouvait au lit, tout habillé, le matin quand elle venait lui faire un câlin.

Sur le lit, l'ordinateur était encore allumé, comme si Joffre avait été interrompu en plein travail. Des dizaines d'onglets étaient ouverts, d'obscures affaires financières, des histoires de boursicoteurs. Des histoires de vin aussi, bien sûr. Lola n'y comprenait rien et retourna dans sa chambre. Il allait bientôt faire nuit, elle devait partir dans quinze minutes pour son premier voyage seule et son père n'était pas revenu. Elle se décida à laisser un mot.

Paps,

Je ne sais pas où tu es, je ne sais pas si tu as oublié que c'est ce soir que je partais. Mon train est à 22 heures, il faut absolument que je file. Je reviens dans trois jours, je te raconterai tout. Et je pourrai t'apprendre comment faire du feu !

Je t'embrasse,

Lola

PS : Le salon de l'orientation était génial, merci encore :)

Lola glissa la lettre sur l'oreiller de Joffre, enfila l'imperméable d'Élise et harnacha son sac de voyage. Le trajet s'annonçait doublement long ; d'abord parce qu'elle voyagerait en train de nuit et que le trajet durerait près de dix heures ; ensuite parce qu'elle vivait en périphérie de Paris et qu'il fallait plus d'une heure pour rejoindre la gare d'Austerlitz depuis Gif-sur-Yvette. Vivre en grande banlieue, c'est vivre dans un espace bâtard, ni dedans ni dehors. On se considère comme un Parisien, c'est en tout cas ainsi qu'on se présente quand on voyage à l'étranger, mais on doit surveiller l'horaire du dernier train, qu'il n'est pas question de rater – sous peine de devoir payer une chambre d'hôtel ou d'attendre toute une nuit sur le quai de la gare. Il faut une voiture pour tout ; alors, quand on a l'âge de Lola, quand on n'a pas encore la possibilité de conduire, les soirées se passent souvent à l'orée de la forêt, sur un terrain de foot communal ou à un arrêt de bus. Il y a des bières et il y a les copains, ce n'est pas tellement différent des occupations des Parisiens en fait. Pourtant, Lola ne se plaint pas. Ici, elle peut monter à cheval presque aussi souvent qu'elle le désire. Et puis, quand elle était partie en voyage de classe en Irlande, à Cork, elle avait dit à son correspondant qu'elle venait de Paris et elle avait ressenti de la fierté, et même une forme d'orgueil, en voyant ses yeux s'illuminer.

Lola referma la porte et marcha sous une pluie épaisse et chaude. Elle arriva à Paris au moment où le halo gris du soleil disparaissait derrière les immeubles longeant la gare. C'était un soir d'été, les gens étaient collés les uns aux autres aux terrasses des cafés, réfugiés sous les auvents dérisoires ; les lampadaires éclairaient le jour finissant, et des ombres agitées, cachées sous leurs parapluies, glissaient sur les trottoirs. Lola n'avait jamais eu le sentiment d'avoir une famille normale : son père était toujours fourré dans ses aventures lunaires, passait son temps à négocier des affaires auxquelles elle ne comprenait rien ; sa mère, écrasée par l'anxiété, sortait à peine de chez eux en dehors des heures de travail et de ses rituelles randonnées. Lola regardait avec étonnement ces familles qui, derrière les vitres embuées, dînaient paisiblement. À qui pourrait-elle pardonner, et quels crimes pourrait-elle pardonner ?

Lola voulait ne rien devoir à personne. Lola voulait vivre sa vie, selon ses propres règles. Quand Michel lui avait demandé pour quelles raisons elle souhaitait s'inscrire à son stage, elle avait répondu : « parce que c'est trop douloureux d'être dépendante » et cette sincérité l'avait désarmé – il n'en demandait pas tant. Lola se tenait à cette ligne de conduite, coûte que coûte. Personne ne lui dirait comment se comporter, personne ne lui imposerait sa conduite. Elle n'était pas une victime et, si elle refusait de se plaindre, elle voulait encore moins qu'on la plaigne. Sa grand-mère était de cette trempe-là. Elle se souvenait des vacances passées avec elle à Ponza : Giulia faisait ce qu'elle voulait, et seulement ce qu'elle voulait ; elle était rayonnante, entourée des siens, elle riait, elle parlait tout le temps, comme si le monde lui appartenait. Giulia était excentrique, elle se moquait des conventions et Lola admirait ce trait de caractère.

Lola était montée dans le train. Assise à côté de la fenêtre, elle picorait quelques graines, quelques fruits secs, sans prêter aucune attention aux autres voyageurs. Elle s'était préparé un sandwich avec un peu de fromage, même si elle n'était pas censée manger de laitages. Elle avait un sérieux désarmant pour son âge. Lola voulait tout bien faire ; elle tenait à donner l'image d'une personne irréprochable, innocente, hors des sentiers battus et des normes établies. Elle se sentait encore un peu timide, un peu inhibée ; alors parfois elle se forçait à être brusque, à agir de façon un peu décalée, juste pour se prouver qu'elle en était capable. Avec le temps, cela deviendrait naturel, se rassurait-elle. Ce qui est moral, ce n'est pas d'être droit, mais d'être redressé. Le temps jouait pour elle. Elle s'endormit sur ces rêves de justice.

Au petit matin, Michel l'attendait devant la gare. Il avait les cheveux longs, un pantalon de treillis et un T-shirt blanc. Le quai de la gare était vide, presque personne ne descendait ici, personne ne venait accueillir les voyageurs. En traversant la petite station déserte, aux guichets abandonnés,

Lola croisa un jeune homme à l'air aussi perdu qu'elle. Devant la gare, une fille plus âgée, avec un sac à dos énorme, patientait. Michel leur fit signe et les salua tous trois avec chaleur. Il avait l'air vraiment heureux de débiter les banalités d'usage (« vous avez fait bon voyage ? », « vous venez de loin ? »), comme s'il posait ces questions pour la première fois, ou plutôt comme s'il les posait en sachant que la réponse serait unique et exceptionnelle. Dans la voiture, il demanda aux trois jeunes citadins qui s'étaient entassés à l'arrière : « Ça va, vous n'avez pas trop chaud ? » et sans attendre la réponse il poussa la clim de son SUV à fond.

Lola avait cette façon de s'asseoir sur le bord de la banquette, les deux cuisses jointes et le talon décollé, en équilibre sur les orteils, comme si elle était toujours sur le départ – sur le point de partir en courant. Tout le monde parlait gaiement ; seule Lola se taisait, le regard perdu, scrutant avec sérieux, comme si elle cherchait à y décoder quelque mystère, les immensités vertes qui s'étalaient devant elle et, à l'horizon, les cols, les excroissances rocheuses qui avaient l'air de monstres figés et, tout là-haut, les causses où paissaient les moutons.

*

Michel sortit de sa sacoche une carte topographique. Lola et Maëlys s'étaient approchées pour bien voir, Arthur restait deux pas en arrière ; sur le parking de terre battue où Michel avait garé son véhicule, tous trois écoutaient ses explications avec une concentration studieuse.

— On peut considérer qu'ici, c'est le point de départ de notre aventure. Pendant deux jours, nous allons vivre en autonomie complète. Vous n'aurez aucune aide extérieure, vous ne pourrez compter que sur vous-mêmes – sur votre habileté et sur votre force physique, certes, mais surtout (Michel marqua une pause de comédien, pour faire un effet), surtout, sur votre intelligence. Moi, je vais être à vos côtés, pour vous accompagner, vous apprendre des techniques, mais l'idée, c'est qu'ensuite vous puissiez repartir seuls en nature. Si à la fin de ces deux jours vous n'avez plus besoin de moi, j'aurai gagné le gros lot. En fait, j'espère ne plus jamais vous revoir. C'est clair ?

Lola et Maëlys ne bougeaient pas. Arthur hochait la tête en regardant ses pieds. Il avait déjà fait plusieurs stages avec Michel.

— Vous allez apprendre comment faire un feu en respectant les normes de sécurité, vous allez apprendre comment filtrer de l'eau, monter un campement, reconnaître les traces d'animaux. En fait, vous allez apprendre à ne plus être des enfants et à trouver votre place dans votre environnement. Pour commencer, on va procéder à une cérémonie, le moment le plus important de tout le séjour (nouvelle pause théâtrale. Michel regarda un à un ses trois clients) : vous allez me confier vos téléphones et je vais les ranger dans ce petit boîtier. Voilà. Ça va déjà mieux. Ce boîtier va rester sagement dans le coffre de mon véhicule, pendant deux jours, et nous, nous allons maintenant pouvoir partir, profiter et nous amuser un peu.

Michel déplia la carte sur le capot de la voiture. Il avait l'air détendu, maître des lieux, sûr de lui.

— Alors, ici, nous nous trouvons dans des causses. Est-ce que vous savez ce que c'est ?

Il se tourna vers Lola, qui rougit instantanément. Pourquoi fallait-il que ça tombe sur elle ? Elle avait tout préparé mais pas ça. Elle détestait la géographie : à l'école, elle mélangeait les matières premières de tous les pays, les cours d'eau, les montagnes. Elle eut l'impression de s'enfoncer dans le sol. Au lieu de parler, de bafouiller même, elle resta silencieuse, se noyant en elle-même. Entendant seulement comme un écho lointain :

— … on nous appelle des Caussenards… un plateau… la préhistoire… oui, des dolmens.

Les mots se mélangeaient dans l'esprit de Lola, l'espace et le temps se distendaient, elle se perdait, et Maëlys lui prit le bras et lui demanda :

— Ça va aller, Lola ?

Oui, ça irait, ça finissait toujours par redescendre et par se stabiliser. Elle n'avait rien entendu de ce qu'avait dit Michel, mais tout le monde se mit en marche et alors, sans se poser de questions, elle suivit le mouvement. Arthur rêvait de s'engager dans l'armée, c'était ce qu'il était en train de lui dire. C'était déjà son troisième stage.

— Mais il n'en a pas marre de toi, Michel ? demanda naïvement Lola.

— Michel ? Mais non, il m'adore !

Puis il partit en courant rejoindre Michel, qui déjà les devançait, et ils échangèrent quelques paroles à voix basse. Maëlys et Lola les suivirent en silence.

Cette première randonnée dura quelques heures. De temps en temps, on s'arrêtait pour boire à sa gourde ou pour refaire ses lacets. On ne parlait pas beaucoup, on se laissait porter par la mécanique binaire de la marche, les yeux fixés au sol, ne pas glisser sur une pierre, ne pas cogner une racine, on se laissait porter, et tous les quatre avançaient selon leur propre rythme, ni trop rapide ni trop lent. Parfois, le chemin se resserrait et ils marchaient alors à la queue leu leu. Parfois, l'horizon se dégageait et, toujours sans prononcer un mot, tout le monde s'arrêtait pour admirer le panorama. À perte de vue, de tous côtés, des montagnes basses, boisées, rasées çà et là par des champs défrichés. C'était comme si le temps ralentissait – ou plutôt c'était comme si Lola avait gagné le droit de modifier le cours du temps. Elle repensait à l'arrêt de bus de Gif-sur-Yvette, à cette banlieue grise aux petites maisons, aux immeubles bas, aux espaces verts encastrés entre une autoroute et une zone commerciale, elle repensait à cette vie et elle avait l'impression d'avoir parcouru des milliers de kilomètres, d'avoir vécu des milliers d'années, elle avait l'impression qu'une distance infinie la séparait de ce monde-là. Comment avait-elle eu la force d'y rester enfermée aussi longtemps ?

Elle ralentit pour se placer légèrement derrière les trois autres et elle serra les poings comme si elle venait de remporter un coup important dans un match de tennis, et elle sautilla un peu, comme un enfant, gratuitement, heureuse que personne ne la regarde. Un grand sourire sur son visage, une sensation de joie dans tout son corps. Il y avait ce clair-obscur de la forêt, le bruit de la terre sous ses pieds, l'odeur sèche du bois. Il y avait la bienveillance bourrue de Michel, la complicité naissante de Maëlys, d'Arthur. Il y avait peut-être aussi la possibilité de se réconcilier avec elle-même, de repartir du bon pied. Elle avait envie d'être toute sa vie ici, sur ce chemin, elle aurait aimé que cette marche ne s'interrompe jamais.

Lola restait fragile, peu sûre d'elle-même ; elle tournait toujours autour de Michel, à la recherche de son assentiment. Elle accéléra un peu, laissant Maëlys à distance, se plaça juste à côté de lui, et la question qu'elle voulait lui poser resta au bord de ses lèvres ; elle était comme frappée de stupeur. Michel fit mine de parler à Arthur ou d'être occupé à regarder un élément du paysage pour ne pas la gêner. Ce qu'elle aurait voulu lui demander, au fond, était impossible : est-ce qu'elle pouvait rester ici pour toujours ?

Est-ce que cette randonnée pouvait ne jamais se terminer ? Enfin, Lola inspira un grand coup et se lança, d'une voix trop ferme, plus forte qu'elle ne l'avait voulu :

— Michel ? Est-ce que j'ai bien fait de mettre une lampe de poche dans mon sac ?

— Mmm. Pourquoi tu me demandes ça ?

— Je ne sais pas. Il y a peut-être une autre méthode, plus efficace ?

— Pour éclairer la nuit ? Non, on n'a pas encore trouvé mieux.

Lola rougit. Elle était frappée par le syndrome de la bonne élève, qui constamment cherche à être rassurée. Et si elle s'était trompée ? Et s'il y avait une meilleure décision à prendre ? Et si elle n'avait pas fait tout ce qu'il fallait ?

Michel s'était immobilisé. C'est ici qu'ils dormiraient ce soir, et le moment le plus important de leur première journée était donc arrivé : ils allaient apprendre à monter un campement. Lola éprouva un soulagement intense, elle pouvait enfin s'accrocher à une tâche qui avait du sens – une activité fixe et déterminée, avec un début, un milieu et une fin. Le feu, on savait le faire ou on ne le savait pas, c'était aussi bête que ça. Elle avait révisé, préparé des fiches, regardé des tutoriels. Alors si elle avait bien travaillé, si elle écoutait Michel, si elle l'observait avec assez d'attention, arriverait nécessairement un moment où elle atteindrait elle-même un niveau d'expertise élevé.

Après cette nuit de train, cette longue marche, les pieds étaient endoloris, les jambes lourdes, la gorge sèche. L'eau de la rivière avait l'air si rafraîchissante. Lola se passa de l'eau sur le visage et remplit sa gourde. Arthur l'arrêta.

— Attends. Il ne faut pas que tu remplisses ta gourde. Tu ne sais pas si l'eau est bonne ou pas. Et crois-moi, tu n'as pas envie de boire une eau qui te rendra malade. Je vais te montrer comment la filtrer.

Lola passa les quatre heures qui suivirent dans un état de béatitude intégrale. Tout était nouveau, tout lui plaisait. Pour la première fois de sa vie, ou du moins pour la première fois de sa vie à elle, celle qui avait commencé à la mort d'Élise, elle se sentait à sa place. Arthur se montrait patient avec elle. Maëlys et elle formaient un binôme efficace et appliqué. Elle apprit à faire des nœuds pour la corde tendue entre les arbres, elle tailla des morceaux de bois au couteau pour en faire des sardines qui fixeraient la bâche sous laquelle elle dormirait, elle alluma un feu et c'est elle qui fut chargée de préparer le repas.

Elle vivait enfin cette soirée au coin du feu qu'elle avait tant fantasmée ; elle s'était endormie si souvent en rêvant à ce moment. Il y avait aussi ces discussions, ces moments où on se montre à nu, parce qu'on a confiance. Et puis il y avait ces silences de Lola parfois.

— Ils font quoi dans la vie tes parents ?

Et Lola, incapable de répondre. Arthur insistait, mais sans brusquerie.

— Ils ont divorcé ? Ou… tu es orpheline ?

Maëlys posa la main sur le bras d'Arthur pour qu'il parle d'autre chose, mais Lola finit par susurrer :

— Oui, si on veut… On n'a qu'à dire orpheline.

Après quelques instants de silence, Michel prit la parole. Il voulait changer de sujet et se mit à raconter une histoire.

— Avant, il y a longtemps, il y avait un château majestueux sur ce plateau. Énorme. Un jour, un pauvre hère affamé vint frapper à la porte du seigneur en réclamant du pain. Le châtelain demanda à ses servants de le chasser, sans savoir que le pauvre vieux était un sorcier. Furieux, celui-ci déchaîna la foudre et détruisit le château. Pire encore, il transforma tous les moutons du domaine en roche. Aujourd'hui, si vous regardez bien, vous pouvez encore apercevoir la trace de cette vengeance ; la roche grise tout autour de nous, ce sont les restes du château, et toutes les roches blanches, ce sont les milliers de moutons figés. Le soir, si on y prête attention, on peut entendre leur bêlement.

Tous les quatre écoutèrent un instant ; on n'entendit que le crépitement fatigué du feu et le vent, au loin, dans les montagnes.

Lola avait les yeux lourds. Elle s'allongea, la tête contre son sac, sourit, et finit par s'endormir du sommeil du juste. Pour la première fois, elle pensa à son père ; elle le voyait derrière son masque, derrière ce qu'il essayait maladroitement de montrer. Elle avait sans doute été injuste avec lui, elle le savait. Elle savait aussi qu'avec ses méthodes curieuses, il avait toujours voulu le meilleur pour elle. Elle se souvenait des efforts qu'il avait faits pour elle, des cours auxquels il l'accompagnait. De sa fierté quand elle ramenait de bons bulletins ; il la conduisait dans une boulangerie de luxe, hors de prix, dont il connaissait le patron, et il lui offrait un gâteau, et jamais durant toutes ces années elle n'avait osé lui avouer qu'elle détestait cette pâtisserie. Au début, elle essayait d'en faire tomber un peu par terre ; ensuite, quand ils avaient eu un chien, elle lui en donnait en cachette pour s'en débarrasser.

Peut-être n'étaient-ils pas faits pour cohabiter, tout simplement ?

Il n'y avait pas de quoi être fier. J'avais besoin d'argent. J'avais chaud. Il me fallait absolument dormir. Je n'avais plus de médicaments.

J'allais devoir prouver à Marine qu'elle avait eu tort de me sous-estimer. Il suffisait d'écrire un livre. Un petit livre. Avec des personnages vivants, qui emporteraient tout, qu'on écouterait comme on écoute son voisin parler dans le train, comme des compagnons de voyage. C'était à ma portée, c'était même tout ce que je savais faire : inventer des fables. Toute la journée, toute ma vie, j'inventais.

Mais peut-être que plus personne ne voudrait croire à mes histoires ? Il y en avait tant, partout, tout le temps.

Le plus compliqué, c'était de reprendre tout le processus, d'imaginer des péripéties et de faire semblant de les découvrir. Aux débuts du roman moderne, quand Cervantès écrivait *Don Quichotte* ou Rabelais *Pantagruel* par exemple, c'était dans les contes qu'on se racontait de village en village, dans les fables, dans les romans qu'on commençait à peine à lire, que les lecteurs étanchaient leur soif de récits ; c'était là que se jouaient l'affrontement du bien et du mal, la rivalité entre frères ou l'ambition dévorante – tous les grands thèmes que les romans savent illustrer et mettre en musique. L'âge d'or du roman fut aussi l'âge d'or de la presse, entre le milieu du XIXe

et le milieu du XXe siècle : en Occident, la population était désormais alphabétisée et, grâce aux progrès sociaux, disposait de temps libre. Les gens étaient comme des enfants qui demandent des histoires, encore des histoires, toujours des histoires.

Une dernière histoire.

Mais aujourd'hui ? Que pouvais-je encore inventer ? Chaque jour, chacun lisait, entendait, voyait des dizaines, des centaines d'histoires. Il y en avait des courtes, dont on parcourait à peine les titres. Il y avait des histoires bêtes, dont la seule finalité était de fournir la brève matière d'un échange entre collègues ennuyés dans une cantine aux néons mal réglés. Il y en avait des longues, ces scandales qui s'étirent, se développent pendant plusieurs semaines, avec des protagonistes plus vrais que nature – l'ambitieux, le méchant, la victime – et tous les ressorts narratifs nécessaires à un bon récit : révélations, confrontations, dénouement. Il y avait les faits divers, les affaires politiques, les documentaires animaliers, les actualités culturelles, la dramaturgie du sport. Si l'on trouvait que les films étaient trop courts, on pouvait préférer les séries et ainsi, sous sa couette, à la fin d'une journée de travail, avoir la garantie de dizaines d'heures d'émotions pour quelques euros à peine. Si l'on avait une appétence pour le bizarre, le baroque, il existait pléthores de sites dévoilant de grands complots ou révélant des vérités cachées. C'était sans fin.

Dans mon TGV sans wagon-bar, avec mon mal de crâne biodynamique et mes lunettes de soleil, avec mon wifi branlant et la tête pleine du bruit de mes enfants, comment pouvais-je espérer rivaliser ?

Joffre n'avait plus rien à perdre – plus rien à cacher, plus aucun souci des apparences. Il avait basculé de l'autre côté du miroir et se sentait plus léger que jamais. Au volant de sa vieille voiture à la vitre arrière rafistolée de grosses bandes de Scotch marron, il se dirigeait à toute vitesse vers le cabinet où officiait Morel. L'agent d'assurances Morel. Celui qui se permettait maintenant de mal lui parler. De réclamer son argent.

Joffre alluma la radio et chanta à tue-tête *Indios de Barcelona*, un vieux titre de la Mano Negra. Il se sentait insouciant ou, plus précisément, libéré de toute forme de contrainte. Il ne devait plus rien à personne. Il poussa avec brusquerie la porte en verre du cabinet d'assurances, salua des employés surpris et, disons-le, quelque peu effrayés par cette vision d'horreur, moitié clochard moitié fou, et avança d'un pas décidé vers le fond du local où, à l'abri derrière une porte noire, officiait le sérieux, le très sérieux Morel.

— Voilà ton argent, Morel ! lui lança Joffre. Il fouilla ses larges poches, qu'il vida avec frénésie, et il jeta sur le bureau du pauvre Morel qui n'y comprenait rien des liasses de billets, par poignées.

— Alors, tu es content? On se refait la cerise sur mon dos, n'est-ce pas? Eh bien voilà, tu n'y croyais pas, mais ton sale fric est là, devant toi. Tout. Tout! Tu peux recompter, il n'en manque pas une miette. Jusqu'au dernier centime. Ah, les comptes de l'agence Morel seront florissants après ça. Quelques milliers d'euros en plus, c'est magnifique, n'est-ce pas?

Joffre se retourna vers la lourde porte, qu'il entrouvrit:

— Champagne, les amis! hurla-t-il.

Les trois employés le contemplaient ébahis. Bien sûr, il existait des procédures pour les clients qui essayaient de vous casser la gueule, c'était un cas de figure que savaient prévoir et anticiper les assureurs (et même, d'une certaine façon, un à-côté pas si irrationnel que ça de leur métier). La secrétaire de l'accueil se rappela avoir suivi une formation sur la communication non violente et la désescalade; mais quelle était la méthode à appliquer pour un client qui hurlait dans le bureau du patron en exigeant du champagne?

— Tu crois qu'il le séquestre? demanda la secrétaire à son collègue.

— Non, ça m'étonnerait. Je pense qu'ils se connaissent. Je sais, c'est bizarre. Ne pose pas de questions.

Et chacun de retourner à son ordinateur, loin des dérangements d'un monde qu'ils renonçaient à comprendre.

De l'autre côté de la porte, Morel regardait son caviste avec effroi. Il ne pouvait pas se cacher que oui, il avait bien envie de recompter les billets. Il se reprochait encore d'avoir cédé à la séduction de Joffre, à ses soirées dégustation, à ses promesses, il se reprochait d'avoir suivi bêtement les mauvais choix de ses connaissances. Il voulait donc compter, pour se racheter, en quelque sorte, et clore pour de bon ce dossier, mais il voulait aussi mettre Joffre à la porte. En somme, il était tiraillé. Il avait peur des réactions de Joffre. Il avait une sainte horreur des explications d'homme à homme, il craignait depuis toujours la violence physique, il détestait tout ce qui est imprévisible.

Il était agent d'assurances.

Morel se ressaisit.

— Pourquoi est-ce que vous réagissez comme ça ? Qu'est-ce que je vous ai fait ? Ce n'est pas la mafia quand même ? La camorra ? J'ai placé de l'argent par votre intermédiaire, je le récupère, ça ne justifie pas un tel comportement. Est-ce que vous êtes devenu fou ? (Il marqua une pause et baissa la voix.) Ça expliquerait ce qu'on dit de vous dans la vallée en tout cas.

Joffre, toujours debout, se pencha par-dessus le bureau. De l'extérieur, on avait l'impression qu'il allait l'attraper par le col et le frapper. C'est d'ailleurs ce que pensa aussi Morel, qui eut un geste de recul instinctif et se tassa sur son confortable fauteuil en cuir de directeur d'agence.

— Je me fous complètement de ce qu'on dit de moi dans la vallée. Je ne sais même pas de quoi tu parles, Morel. Je suis un travailleur, moi, un homme honnête. Pas un assureur véreux. Pas un voyou comme toi. Le matin, je peux me regarder dans la glace sans honte. Tu as placé de l'argent, tu récupères ton argent. C'est réglé, c'est propre, c'est net. On est quittes. Tu as un problème avec les honnêtes gens, Morel ?

Morel tremblait. Il déglutit et lança :

— Foutez le camp d'ici.

— Puisque tu le prends comme ça, je vais m'installer sur ce petit canapé qui a l'air si confortable et toi, tu vas recompter devant moi les billets. Un à un. Après, je partirai et on se séparera bons amis.

Morel calcula les risques et les avantages. Risques : plus le temps de présence de Joffre augmentait, plus les chances qu'il commette un acte insensé augmentaient. Avantages : plus vite il le satisfaisait, plus vite il serait parti.

Morel commença à compter les billets.

Bientôt, des petits tas de 1 000 euros s'empilèrent, nettement disposés, sur son bureau. Morel était absorbé, tout à sa tâche, comme un enfant qui joue aux Lego, et une part de lui-même oublia la présence de Joffre – lequel, avachi sur le canapé, fixait les dalles du faux plafond, le regard vide.

Les vêtements de Joffre étaient froissés. Il n'avait presque pas dormi après son passage dans la maison de ses parents ; sur la banquette arrière de sa voiture, il avait continué à boire du porto, grisé par l'argent, comme toujours. Il froissait les billets, les sentait se plier et se replier entre ses doigts. Il n'est pas impossible qu'à certains moments de la nuit il les ait placés sous son nez pour en respirer le parfum. Il avait à peine fermé les yeux, deux ou trois heures peut-être, avant d'être réveillé par la lumière du jour. Son haleine empestait l'alcool, son regard n'était déjà plus tout à fait humain.

Tandis que Morel terminait ses petits tas, Joffre se leva, comme s'il s'était soudain dégoûté de cette mascarade.

— C'est bon, nous sommes quittes, tu peux garder l'argent s'il y en a trop.

Et, aussi vite qu'il avait surgi dans le bureau, il disparut.

Il traversa à nouveau les bureaux à la fine moquette bleue, aux parois en verre. Sur le côté, à l'abri du public, un espace de convivialité (une table haute, deux tabourets, un four à micro-ondes) permettait aux employés de prendre leurs repas sur place. Il flottait une odeur de café instantané. Les employés levèrent les yeux de leur ordinateur et suivirent lentement du regard sa sortie. Quand il claqua la porte en verre, leurs yeux se plissèrent, les têtes rentrèrent dans les épaules, comme pour encaisser le choc. Quelques soupirs assourdis ponctuèrent cette sortie.

Dans le bureau de Morel, le silence régnait aussi.

*

En retrouvant la rue, Joffre avala une grande bouffée d'air et sortit son téléphone. Des appels en absence qu'il ne regardait jamais. Une messagerie qui affichait 612 mails non lus. Un répondeur qu'il ne consultait jamais. Il voulait sortir de là. Sans réfléchir, il écouta le premier message : c'était le coiffeur Durançon qui bafouillait une explication sans queue ni tête. Des travaux. Oui, encore des travaux. Mais pas dans le même salon cette fois. Enfin, c'était compliqué financièrement ces temps-ci. Et c'était compliqué de demander, surtout après tout ce que Joffre avait traversé et tous les efforts qu'il avait consentis pour lui. Enfin, toujours était-il que la situation étant ce qu'elle était, il se voyait obligé de retirer tout son capital en urgence.

Un petit bip annonça le message suivant : le garagiste. Il avait besoin de reprendre sa mise pour d'obscures raisons personnelles. Venaient ensuite un proviseur, un commercial en matériel médical, une retraitée. Tous étaient piteux, lâches, tous s'excusaient, tous se sentaient tenus de fournir des explications. Après tout, Joffre les avait séduits, leur avait vendu un « placement plaisir » – il entrait dans ce genre de choix une part importante d'affect.

Joffre n'écouta pas les autres messages, il ne regarda pas ses mails. Il avait compris. Tout le monde s'était passé le mot et retirait ses billes. Morel avait donc dit vrai : on parlait de lui dans la vallée.

Tout ça pour ça.

Joffre ne savait pas à quel point il avait raison. Depuis quelques semaines, des bruits couraient dans les dîners, dans les conversations du dimanche dans les allées du marché, dans les rencontres à la sortie de la messe où il n'allait jamais, contrairement à ses parents. On disait de Joffre qu'il était devenu fou à la mort de sa femme. On disait que c'était insensé de placer son argent chez lui. Un client avait fait relire le contrat à un ami banquier. Celui-ci l'avait mis en garde : c'était absolument n'importe quoi, comment avait-il pu signer un document pareil ? Alors on se passait le mot, poliment, avec un petit sentiment de honte aussi de s'être fait gruger dans de telles proportions.

Et puis Joffre était agaçant. On disait qu'il vivait au-dessus de ses moyens, qu'il flambait tout l'argent qu'on lui confiait. Un jour, le commercial en matériel médical l'avait aperçu en compagnie d'une femme qui n'était pas la sienne (et pour cause, il s'agissait d'Hedwig) dans un hôtel de luxe en Savoie. Ce que le commercial lui-même faisait ce jour-là dans un hôtel de luxe à sept cents kilomètres de chez lui, personne ne songea à le lui demander.

*

Joffre avait tant rêvé de respectabilité. Il avait tant rêvé d'arriver, par des voies détournées, à être lui aussi quelqu'un. Quelqu'un qu'on regarderait avec une certaine considération. Quelqu'un qui pourrait se contempler avec fierté dans le miroir. Et maintenant il restait tel un pantin, abandonné de tous, victime d'une cabale orchestrée par des centaines de petites bouches malfaisantes.

Tout en roulant vers sa boutique, il continua à se servir cette rhétorique qui le rassurait : les honnêtes gens ne lui avaient pas pardonné d'avoir des idées. D'innover. De réussir alors qu'il n'était pas du sérail. Bien sûr, il n'en croyait pas un mot, mais il se l'était répété avec force depuis des mois et ce discours était le plus confortable, le plus apte à donner du sens au chaos qu'il traversait.

Le cerveau de l'homme est un organe comme les autres, qui cherche à fuir la douleur : il produit jour et nuit des discours visant à mettre en ordre le réel dans une version où on n'a pas trop le mauvais rôle (et si on l'a, c'est à cause des autres, des évènements, du destin ; et si c'est sans aucune ambiguïté à cause de soi, c'était avant puisque maintenant on a tiré les leçons : on a changé, on s'est converti ; et si on continue à être un salaud, en toute conscience, alors c'est parce qu'on est comme ça et que rien ne pourra nous faire changer – bref, le cerveau est une machine à produire des discours réconfortants).

Joffre glissa la clé dans la serrure et releva le lourd rideau de sa boutique. Sous la porte, des dizaines de prospectus et de lettres s'entassaient, qu'il ramassa sans les regarder. Il alluma la lumière et se dirigea vers l'armoire du fond ; sur des tas de courrier branlants, il déposa les lettres reçues.

Cela sentait l'humidité, le produit d'entretien. La femme de ménage avait dû passer tôt ce matin. Elle n'osait pas toucher au courrier. Lui non plus. Il avait aussi l'impression que quelqu'un avait visité le local en son absence. Sans doute un de ses ennemis.

Il s'assit derrière le comptoir et c'était comme si le rideau s'était déchiré maintenant : tout cela était une sinistre farce ; comment pourrait-il accueillir des clients, leur donner des conseils, jouer encore son rôle de gentil caviste ? C'était devenu impensable. Il aurait voulu téléphoner à Élise – c'était une pensée qui le traversait encore de temps en temps, un réflexe archaïque. Parler aux morts. La vie qu'il avait construite était un château de cartes qu'il s'était appliqué à détruire avec méthode.

S'il n'avait plus rien à perdre, alors il devrait emprunter de l'argent à Hedwig, songea-t-il. Pour en finir. Il décrocha le téléphone fixe et se prépara. Un dernier effort à accomplir.

Aucune tonalité. Un silence anormal. Joffre regarda le combiné comme un animal qui chercherait à comprendre le mécanisme d'une expérience à laquelle on le soumet. Il se leva et vérifia les branchements. Tout était en ordre. En se retournant, il aperçut la porte du local, vit l'armoire, les courriers entassés. Depuis combien de temps n'avait-il pas payé ses factures de téléphone ? Ses factures en général ?

Plus rien de tout cela n'avait de sens. Il fallait fuir loin d'ici, fermer cette boutique au plus vite et prendre une décision radicale. Il pourrait se rendre à la police, interrompre cette course absurde. Il aurait voulu demander conseil ; que risquerait-il ? Il ne connaissait qu'un seul avocat, mais c'était un client qu'il avait convaincu d'investir dans un musigny grand cru – ce serait sans doute plus prudent de l'éviter.

Ou alors il pourrait refaire sa vie ailleurs : Joffre s'accrochait toujours à ce rêve de changer de pays, de devenir quelqu'un d'autre.

Il lui restait peut-être encore une chance de s'en sortir. Après tout, sa vie n'avait pas été totalement plate ; il avait accompli des choses, avait déjà pris quelques virages : il n'avait pas fait les études auxquelles on le destinait, il avait quitté sa région natale, avait appris un métier, était devenu salarié ; il s'était formé, avait changé de métier. On pourrait y déceler une trajectoire, quelque chose qui, à défaut d'être grand, serait déjà digne. Mais avec le temps, la fatigue et la pesanteur devenaient insoutenables. C'est quelque chose qu'il ressentait physiquement, comme s'il marchait avec du lest aux chevilles. Il avait continué à avancer par inertie, parce qu'il était lancé ; en réalité, cela faisait bien longtemps qu'il n'avait plus l'énergie suffisante pour changer de direction. Et puis il n'avait plus Élise à ses côtés. Il lui restait peut-être l'espoir d'une cabane de pêcheur sur la Manche, où il pourrait se cacher et prendre le temps de reconstruire ce qu'il avait brisé. Il y croyait à peine.

Joffre sortit marcher dans les rues de Chevreuse où personne ne le salua. L'année scolaire était terminée et les jeunes gens traînent par petits groupes. Leurs parents faisaient les courses, déambulaient lentement, profitaient de la douceur et du soleil de cette fin de matinée. Tout semblait serein. Tout semblait ignorer Joffre.

*

Joffre rentra chez lui. Il avait l'impression d'être parti depuis des mois. Tout était tellement silencieux, ouaté. Il ne put s'empêcher de songer à Élise en voyant dans le salon, posé sur la table, un stylo à plume qu'elle aimait utiliser. Il faudrait qu'il pense à le jeter ou à le ranger dans le carton où il stockait toutes ses affaires – en attendant quoi ? Le temps recouvrait peu à peu son absence, et parfois, dans un objet, dans une odeur, dans ces petits riens qu'on partage, dans ces discussions anodines, il retrouvait, comme cristallisée, la présence d'Élise. Petit à petit, elle s'effacerait – il en venait même parfois à le souhaiter, à avoir hâte de ne plus la sentir si vive encore ; petit à petit, elle s'effacerait, mais le temps n'était pas encore venu et l'image d'Élise venait encore parfois le heurter par surprise.

Lola ne se trouvait pas dans sa chambre. Il n'avait aucune idée de ce qu'elle pouvait faire. Il l'appela pour savoir où elle était, mais elle ne répondit pas. Il appela ensuite son père, parce qu'il n'osait pas contacter Giulia depuis la soirée. Henri avait l'air d'une humeur massacrante. Il était à Rome pour un colloque.

— On se verra à mon retour si tu veux, lui lança sèchement Henri. J'atterris à Orly demain à 17 h 30. Oui, je suis seul.

Et il raccrocha, manifestement occupé à des activités plus importantes.

Joffre se sentait écrasé par la solitude. Il appela Hedwig et se résolut à lui soutirer de l'argent.

Le voisin d'à côté parlait de plus en plus fort. Il s'énervait sans que j'en saisisse bien la raison. Ça devenait un feuilleton, il évoquait des comportements intolérables, une atteinte au bien commun, des grands mots creux. Je n'avais aucune idée de ce dont il parlait et je m'en fichais éperdument : je réclamais le droit de n'avoir aucune opinion, de regarder les gens être ce qu'ils étaient avec la bêtise de l'enfant.

J'avais toujours eu ce problème, à la fois dans ma vie et dans ce que j'écrivais : j'étais incapable de juger, d'énoncer ce qui était bien ou mal. Ce n'était pas du relativisme, plutôt une forme d'empathie sous stéroïdes (ou une passivité extrême). J'aimais regarder passer la vie comme on regarde passer les gens depuis la terrasse d'un café : on ne leur saute pas dessus pour leur dire qu'ils sont mal habillés, on se perd dans la contemplation d'un flot de passants et on est content. Cela suffisait à mon bonheur. À peu près.

Et puis je n'aimais pas l'assurance de ceux qui savaient. Ce qui me plaisait, dans les livres, c'était justement cela : la littérature est une école où l'on ne juge pas. On observe les personnages, ils ne sont pas constamment ramenés à ce qu'ils étaient. Ce qui est intéressant, c'est justement qu'on les voit évoluer. C'est tout l'enjeu, et tout l'intérêt : comment et pourquoi deviennent-ils meilleurs ou pires, lâches ou courageux, lorsqu'ils sont confrontés au monde.

Mes filles étaient parties faire un tour, sans doute échaudées par ce passager malpoli. Marine m'appela à nouveau. Son ton était plus décidé, plus calme – plus inquiétant aussi. Elle avait pris des mesures et il fallait que je l'écoute. Ce n'était pas un dialogue, dans lequel j'aurais eu mon mot à dire – plutôt un énoncé de résolutions prises sans demander mon accord.

— J'ai appelé mes parents. Mon père va venir te chercher à la gare, je sais à quelle heure tu arrives. Il sera au bout du quai, tu auras juste à le suivre. On est bien d'accord ?

— …

— Est-ce que tu vois toujours les filles ?

— Non, elles sont allées se promener.

Marine acquiesça. Elle avait ce ton décidé que je détestais, ce ton qui ne laissait aucune place au doute – celui avec lequel elle me parla le jour où elle m'annonça qu'elle me quittait.

Cela faisait suite à deux ou trois mois très douloureux – peut-être les plus pénibles de mon existence. Marine dormait dans la baignoire tous les soirs. Comme j'avais élu domicile dans le salon et que les punaises suivent la chaleur humaine, les insectes avaient donc infesté aussi notre principale pièce de vie. Ma fille cadette était recouverte de piqûres et faisait l'objet de moqueries à l'école. Ma fille aînée fut épargnée, j'ignore pour quelle raison.

Marine ne fermait plus l'œil. Chaque semaine, elle essayait un nouveau traitement. Notre sol fut recouvert de terre de diatomée, de préparations malodorantes à base de vinaigre blanc, de liqueurs biologiques achetées une fortune. Dès qu'elle rentrait du travail, Marine se jetait à corps perdu dans des expériences aussi variées qu'inefficaces.

La nuit venue, tel un navigateur au long cours, elle s'installait dans sa baignoire et ne s'autorisait à dormir que par tranches de quinze minutes.

Pour ma part, je ne changeais pas mon mode de vie, laissant stoïquement ces bêtes sucer mon sang.

Marine me haïssait à présent. Tout cela était arrivé par ma faute, à cause de mon voyage idiot à New York. J'avais dépensé pour rien cet argent dont nous aurions bien eu besoin puisque, sur un caprice, j'avais cessé d'écrire. New York, tout le monde le savait, était infesté de punaises. Elles avaient dû grouiller dans l'hôtel miteux où j'avais séjourné, se faufiler dans mes vêtements, dans mes valises, et atterrir à Paris, rue de Ménilmontant, pour briser la vie de Marine qui n'avait rien demandé – ni insectes suceurs de sang, ni mari aussi égoïste.

— Vous avez fait bon voyage ?

C'était un étudiant italien, un jeune homme vêtu d'un jean trop large et d'une veste dont le tissu montrait des premiers signes d'usure (c'était le costume qu'il portait pour toutes les occasions : mariages, baptêmes, colloques ; il n'en avait pas d'autre), qui lui posait cette question à laquelle le visage, l'aspect même d'Henri apportaient une réponse dépourvue de toute ambiguïté.

L'étudiant proposa de porter sa valise et Henri le laissa faire. Il aurait voulu profiter du vol pour dormir un peu mais son esprit était bien trop agité. C'était un déchaînement continu de pensées négatives, un ressassement atroce qui ne lui laissait aucun répit. Il avait l'impression de se taper la tête contre les murs. Quand la voix monotone de l'ordinateur avait énoncé les consignes de sécurité et avait demandé aux passagers d'éteindre leurs téléphones, il avait failli se sentir mal.

Et si Giulia l'appelait ?

(En réalité, ce n'était pas tellement ça qui l'inquiétait : une part de lui-même avait tout compris et savait pertinemment qu'elle ne l'appellerait plus jamais ; ce qui lui coupait le souffle, ce qui le révoltait, c'était de ne pas pouvoir continuer à lui envoyer des messages. C'était cette impuissance qui lui était insupportable.)

Faute de sommeil, il était tout de même parvenu à s'abrutir avec des verres de whisky. Son voisin avait voulu échanger quelques mots avec lui durant le vol, cette politesse que l'avion autorise encore, et il avait fait semblant de ne pas comprendre (le passager était italien et Henri lui avait répondu dans son italien parfait, sans accent : « *Mi dispiace, ma non parlo italiano* », avant de se tourner ostensiblement vers le hublot). Quand l'avion avait enfin atterri, Henri avait rassemblé ses affaires, remonté avec le flot des voyageurs l'allée centrale, encore sonné par les trois whiskys avalés d'une traite. Et maintenant, il se trouvait à Rome.

L'étudiant était un peu décontenancé par cet accueil. Quant à Henri, orgueilleux, il était vexé qu'on ne lui ait envoyé que ce qu'il devinait être un troisième couteau.

— Vous êtes l'organisateur du colloque ? demanda Henri avec perfidie.

— Oh non, monsieur, je suis étudiant ! Je termine un master avec le professeur Ferreri. J'apporte mon aide à l'organisation du colloque. Nous sommes... ravis de vous accueillir.

Daniele butait sur les mots. C'étaient des mots de grands, des mots qu'il avait déjà entendu prononcer – et pourquoi avaient-ils l'air si naturels chez les autres et si artificiels chez lui ? Il avait l'impression d'être un mauvais acteur, d'emprunter des répliques qui ne lui appartenaient pas.

— Merci pour votre accueil. Je suis très heureux qu'on m'envoie un étudiant. J'imagine que c'est très formateur pour vous aussi d'endosser ce genre de responsabilités.

Daniele rougit.

— Si vous voulez bien me suivre (zut, pensa-t-il, encore

une de ces expressions qui sonnent tellement faux ; et c'était encore pire en français), nous pouvons emprunter un taxi qui vous conduira à votre hôtel. L'université est située à quelques pas. Je vous laisserai déposer vos affaires et vous préparer et vous attendrai dans le hall de l'hôtel. Le colloque vient de débuter, et il y aura tout à l'heure l'allocution du président de notre université. Nous ne disposons pas de beaucoup de temps.

Les deux hommes se dirigèrent vers la station de taxis. Une douleur aux genoux, qui gênait Henri depuis quelques jours, l'empêchait de marcher aussi vite que son cicerone. Ce n'était pas qu'il boitait, mais il ressentait une rigidité, comme une boule qui frotterait contre une plaque de métal, sur le côté de la jambe. Il avançait en serrant les dents. Ces derniers mois, il avait l'impression que son corps le trahissait, organe par organe.

Tout cela avait commencé avec une déchirure musculaire lors d'une partie de tennis avec ses amis du mardi. Ils se retrouvaient environ une fois par mois pour disputer un double et, sur un lob astucieux de l'adjoint au maire, Henri avait étendu le bras et tenté un smash désespéré, en frappant le plus fort possible. Il s'était effondré, persuadé qu'il allait mourir. Son bras ne pouvait plus bouger. Le docteur Cottin, son partenaire, l'avait immédiatement pris en charge, était allé chercher de la glace qu'il lui avait appliqué à l'endroit de la déchirure et lui avait ordonné le repos. Depuis, les parties du samedi se déroulaient sans lui.

Dans ces moments-là, Giulia ne lui était d'aucun secours. Parmi ses nombreuses lubies, elle n'aimait pas les pharmacies, les médicaments – ainsi, quand Joffre était petit, c'était Isabella qui était chargée de le conduire chez le médecin et de lui commander les traitements nécessaires. Henri avait donc passé quelques mois sans pouvoir bouger son bras comme il l'aurait souhaité. Il souffrait quand il écrivait et devait faire attention à ne pas effectuer certains gestes à l'université, sous peine de grimacer de douleur devant les étudiants. Puis ç'avait été des problèmes digestifs, une douleur au pied qui avait nécessité une petite intervention chirurgicale. Il voyait moins bien, était plus fatigué. Ce n'était rien de grave dans l'absolu, mais cette accumulation désagréable faisait craindre le pire à Henri pour les mois à venir, quand il n'aurait plus l'esprit occupé toute la journée par son travail.

Dans un élan d'apitoiement sur lui-même, il se dit qu'il ne lui resterait alors que ses douleurs inguérissables et un face-à-face taiseux avec Giulia, qu'ils ressembleraient à Gabin et Signoret dans *Le Chat*, un vieux couple qui ne se parle plus, déchiré par une haine silencieuse.

Il bouscula Daniele et s'affala sur la banquette arrière du taxi, laissant au jeune Italien le soin d'indiquer l'adresse au conducteur et de ranger sa valise dans le coffre du véhicule. Avant même que le taxi ne démarre, Henri s'endormit. À ses côtés, Daniele était pétrifié – comment ferait-il pour réveiller ce vieux professeur qui avait l'air de si mauvaise humeur lorsqu'ils arriveraient à l'hôtel ? Daniele établit des scénarios : il espérait que le conducteur heurterait le trottoir, klaxonnerait, aurait un accident quelconque ; il imaginait toutes les situations qui permettraient au professeur d'être réveillé sans son intervention.

Henri traversa le hall de l'hôtel comme un spectre. Il se retrouva dans une chambre moderne. La brochure vantait son lit king size et Henri fixa bêtement cette couche immense, bien trop grande pour lui. Giulia ne l'avait pas rappelé. L'idée qu'il pourrait dormir avec une autre femme le fit sourire : qui pourrait-il bien rencontrer au cours d'un colloque consacré à la question de l'évaluation de l'efficacité des politiques publiques européennes ? Il ne coucherait avec personne, évidemment, et resterait, face à ce lit majestueux, une incongruité.

Pendant des années, Henri avait maintenu les apparences de la vie que, plus jeune, il avait voulu mener. Bien sûr, il y eut des ratés, des déceptions. Son fils Joffre était paresseux, s'était transformé en aventurier irrésolu auprès d'une belle-fille sans grâce et sans talent (Henri était incapable de comprendre le manque d'ambition. Il ne connaissait que deux sentiments capables d'élever l'Homme : la religion et l'ambition. Il était bien plus doué pour le second que pour le premier). Mais, malgré ces ratés, il avait tenu son rôle pendant plus de trois décennies et là, dans cette chambre d'hôtel minable de Rome, avant d'aller parler dans un colloque sans intérêt, devant un auditoire de trente personnes environ – une dizaine d'intervenants bien obligés d'être présents en attendant leur tour de parole et quelques étudiants que leurs professeurs auraient forcés à venir –, c'était comme si Henri avait chaussé des lunettes magiques et voyait toute sa vie telle qu'elle était réellement, sans le discours qu'il pouvait porter dessus, sans la croyance qu'il pouvait prêter aux évènements de son existence. Les dîners du mardi ? Un moyen de tromper l'ennui pour des petits notables de la grande banlieue. Les colloques ? Personne ne l'avait jamais écouté, il n'avait jamais écouté personne. Son épouse ? Absente, portée disparue, fatiguée par ces décennies où il l'avait si peu considérée. Son fils ? Un hurluberlu incapable de s'adapter, de mener une existence normale. Sa maison de Nogent ? Quelques murs de pierre recouverts de crépi, une maison laide que Joffre revendrait sans aucun état d'âme quand il en aurait hérité. Rien ne subsisterait de ce qu'il avait bâti ; il avait vécu dans un mirage, dans un nuage de poussière qui se dissipait plus vite qu'il ne l'aurait cru.

Trois coups à la porte.

— *Professore ?*

Henri se figea comme un animal traqué. Surtout ne pas répondre. Ne pas faire de bruit. Pendant un instant, ses sens les plus primitifs prirent le contrôle de ses actes. Il se surprit à regarder ces murs, cette fenêtre, d'un œil neuf. Les coups reprirent, toujours aussi discrets.

— Professeur. Je suis Daniele. Vous êtes endormi ?

Henri s'approcha de la porte en gémissant et, après avoir collé son œil au judas pour vérifier que Daniele était bien seul, il poussa un long râle. Il entendit l'étudiant s'agiter derrière la porte.

— Professeur, vous êtes malade ? Vous voulez que j'appelle un docteur ?

— Non, mon jeune ami, non... Hélas, non. Je suis souffrant, j'ai seulement besoin de repos. Une céphalée neurologique foudroyante, très invalidante, qui me prend tous les trois ou quatre ans. Il n'y a rien à faire, malheureusement. Prévenez juste la réception : si je ne les appelle pas à 21 heures pour le dîner, qu'ils fassent venir un médecin en urgence.

— Mais alors vous n'allez pas assister au colloque ?

— ...

— Ni au dîner officiel de ce soir ?

— Peut-être que je serai... mort. Nous le saurons tout à l'heure.

Daniele était effondré. Il était personnellement responsable d'Henri. C'était le professeur Ferreri qui lui avait confié cette tâche. Il l'avait choisi lui, lui parmi tant d'autres, pour son bon caractère, son excellent français. Il l'avait prévenu que « *il professore francese* » était ombrageux, caractériel. À l'aéroport, Daniele avait été décontenancé, mais pas étonné. Mais au point de manquer le colloque et le dîner !

— Il faut que vous appeliez le professeur Ferreri ! C'est très embêtant, ce n'est pas possible. Vous êtes attendu.

— Rhhaaaaa...

— Professeur ? Professeur ?

Daniele faisait des allers-retours dans le couloir désert sans s'éloigner de la porte, comme s'il avait peur que le Français ne s'échappe, comme s'il jouait le rôle du policier surveillant la chambre d'hôpital où était soigné le témoin gênant que les mafieux menaçaient d'abattre. Il ne pouvait pas faire appeler de docteur, puisqu'il fallait apparemment attendre 21 heures. Mais alors il serait trop tard pour le colloque et le dîner.

— Professeur, il faut que vous veniez. Ou alors, téléphonez à M. Ferreri. Je vais vous dicter son numéro.

Mais derrière la cloison, Daniele n'entendait plus rien désormais. Pas un mouvement, pas une respiration, pas un râle. Daniele s'accroupit et colla son oreille à la porte en espérant que personne ne sorte de l'ascenseur et ne le découvre dans cette posture humiliante. Il ferma les yeux et finit par distinguer des ronflements. Défait, il battit en retraite et se rendit seul à l'université, le cœur honteux.

Dans quarante-huit heures, la carrière universitaire d'Henri Nizard s'achèverait et il deviendrait officiellement un retraité de l'enseignement supérieur français. Il pensait avec horreur aux quelques personnes âgées, dans le besoin, qu'il voyait déambuler, seules, l'air perdu, dans les restaurants universitaires.

À l'heure actuelle, il était seul dans une chambre d'hôtel à Rome, dans un pays qui n'était pas le sien. Il était seul, puisque sa femme avait disparu. Il était allongé sur la moquette épaisse, en slip, et il lui était impossible de ne pas voir son corps fripé, émacié, ses longues jambes si fines et qui lui faisaient déjà si mal. Il se plaça spontanément en position fœtale et il cessa de respirer car il avait peur qu'un enfant de vingt ans à peine le gronde.

Dans le film d'Alain Resnais *Mon oncle d'Amérique*, le neurobiologiste Henri Laborit interrompait régulièrement le récit des existences contrariées de Roger Pierre, Gérard Depardieu et Nicole Garcia en montrant des expériences réalisées sur des animaux – l'homme n'étant après tout qu'un animal plus complexe que les autres. Il décrivait les mécanismes de ce qu'il appelait l'inhibition de l'action – quand le rat voit le faucon dans le ciel, le comportement le plus rationnel consiste à se cacher et à attendre. Mais ce réflexe naturel et efficace avait un revers : si l'action est inhibée trop longtemps, le corps se retourne et finit par s'acharner contre lui-même : c'est le stress et la longue série des maladies qui en découlent. Celui qui est victime d'un petit chef au travail peut laisser passer l'orage – mais s'il subit tous les jours railleries et médisances, il finira par tomber malade.

Henri ressemblait à ce rat caché dans les hautes herbes qui attendait le départ du faucon. Pendant quelque temps, Daniele chercha à entendre Henri et Henri chercha à entendre Daniele. Finalement, le jeune Italien s'en alla et Henri, avec une infinie prudence, déploya son corps et s'allongea sur le grand lit.

Il lui était impossible de se rendre à ce colloque. La simple idée de rester enfermé, sans pouvoir sortir, le terrorisait. Il vérifiait sans arrêt son téléphone et Giulia persistait à ne pas l'appeler. Il envoya un message vide, frappa un coussin à grands coups de poing, se trouva ridicule et dramatique, massa sa main droite endolorie (« je suis tellement fini, tellement cuit, que je me fais mal contre un coussin », pensait-il) et s'habilla avec hâte, comme s'il avait une course urgente à faire.

Henri connaissait Rome grâce à Giulia, dont la famille était originaire de la capitale italienne. Il y avait séjourné à de nombreuses reprises. Il repensa à ces premières fois, ces dîners où, dans un italien hésitant, il essayait de faire bonne figure auprès de sa belle-famille. Lui, l'enfant d'ouvrier, était écrasé par l'aisance de ces grands médecins de gauche, sûrs d'eux-mêmes, sûrs de leur place dans le monde. Henri se battait contre lui-même, avec rage, pour occuper une place et pour qu'on ne la lui retire pas. Eux se battaient pour les autres – car ils savaient que rien ne menaçait leur position sociale.

L'appartement des parents de Giulia, celui-là même où elle avait grandi, où il y avait eu cette chambre d'enfant qu'elle avait seulement quittée à dix-neuf ans pour devenir jeune fille au pair à Paris et rencontrer Henri, cette chambre d'enfant qui avait été transformée tout naturellement en salon de musique, l'appartement des parents était décoré avec un parfait bon goût. Il y avait des tableaux contemporains aux murs. Des objets rapportés de voyage. Des statuettes africaines. Des livres d'art. La cuisine qu'ils servaient était délicieuse. Leur conversation était pétillante, animée. Intelligente. Henri avait honte.

Les parents de Giulia étaient à présent décédés, tout comme les siens. Henri se rappelait l'enterrement, la détresse muette de son épouse. Il ne savait pas quoi lui dire, mais il se sentait utile à ses côtés. En outre, quelques jours plus tard, il avait un discours à prononcer lors d'une session d'étude d'une commission d'enquête quelconque du Parlement européen à Bruxelles et avait profité des funérailles pour préparer son intervention : quand il se concentrait, cela lui conférait un air austère et malheureux tout à fait adapté aux circonstances.

Mais cet après-midi, toutes les rues de Rome lui renvoyaient l'image de Giulia. Les plats dans les vitrines des traiteurs. La lumière unique de la ville. La langue qu'il entendait partout, avec cet accent romain qui était celui de sa vie quotidienne, celui de son épouse. Il marchait dans la ville éternelle et personne n'était avec lui, personne ne le regardait, il ne devait donner le change à personne, alors il boitait un peu plus qu'il n'aurait fallu parce qu'il avait mal au genou et qu'il se sentait vieilli, fatigué.

*

Henri traversa le Trastevere, ses cafés riants, ses étudiants bavards et joyeux. Henri passa avec un sourire triste devant la Bocca della Verità et se dirigea vers le Circo Massimo, dont il ne restait qu'un terrain vague inconstructible, une trouée censée évoquer les jeux de l'Antiquité. Un mémorial absent.

Il sortit son téléphone et écrivit à Giulia pour lui demander pardon. Il avait conscience de s'être mal comporté. Il lui demandait seulement un signe de vie ; il ne voulait pas vivre sans elle, il ne le pouvait pas, et son salut à lui se trouvait entre ses mains à elle. Est-ce qu'elle aurait le cœur assez sec pour le laisser périr seul ? Il était malade, elle le savait. Peut-être était-il encore temps de réparer les fêlures, de reprendre la vie telle qu'elle était ?

« Donne-moi une chance. Tu ne peux pas me faire ça. »

Il envoya ce message et repartit errer dans la ville. Il faisait encore pleinement jour en ce début d'été. Des groupes de touristes sillonnaient le centre historique de Rome. Quelque part, à quelques centaines de mètres, dans une salle fermée au mobilier utilitaire, sur un pupitre, quelqu'un parlait et, alignés comme des enfants, des adultes l'écoutaient. Il régnait une atmosphère de recueillement et de concentration. Aucun d'entre eux ne songeait que la situation était baroque, illusoire, et tout le monde était heureux de ce temps de partage. Henri était incapable de participer à cette mascarade. C'était physiquement impossible ; il avait besoin d'air, il avait besoin de marcher – il avait besoin de faire ce qu'il fallait pour ne pas couler.

Henri ressassait, et cette terrible mécanique l'épuisait. Ce n'était pas lui qui pensait, c'était son cerveau qui s'agitait, comme si ses pensées étaient enfermées dans une bouteille et secouées sans relâche par un démon malfaisant. Quand avait-il parlé à Giulia pour la dernière fois ? Que s'étaient-ils dit ? Quand avait-il vu Giulia ? Avait-il mal agi, prononcé un mot de travers ?

En cette journée dont la trace ne s'effacerait jamais en lui, Henri pensait tout à la fois que Giulia était morte dans un accident, qu'elle était hospitalisée après une tentative de suicide, qu'elle était partie avec un amant, qu'elle était partie vivre seule, qu'elle se trouvait en Italie et qu'elle lui préparait une surprise pour son imminente retraite.

Toutes ces possibilités ne surgissaient pas dans l'esprit d'Henri à la suite les unes des autres ; il ne les soupesait pas comme on examine un article dans un magasin, sous tous les angles, avec tranquillité, avant de se décider. Elles survenaient toutes en même temps et elles étaient toutes vraies en même temps.

Si Giulia lui répondait, si ce magma informe prenait l'aspect de l'une ou de l'autre de ces virtualités, si Henri avait enfin la réponse qui lui échappait... Voilà ce qui le terrorisait. Il ne voulait pas savoir, il ne fallait surtout pas qu'il sache. Pour ne pas devenir fou, il devait rester dans cet état d'accablante incertitude. Sitôt le nœud tranché, sitôt la virtualité abolie, il mourrait. Ou du moins il courrait le risque de mourir.

À cet instant, le téléphone vibra dans sa poche. Henri se figea à nouveau. À nouveau la proie. À nouveau, la possibilité que le nœud soit coupé. Qu'il meure. Il décrocha sans regarder le numéro, par superstition, et, la voix tremblante, parla :

— Oui. Allô ?

— *Dottor Nizard ? Salve. Sono il professor Ferreri. Mi risulta che Lei ha avuto alcuni problemi di salute. Come sta ora ? Si sente meglio ?*

— *Si... Meglio... Grazie...* Mais je souffre toujours.

— Vous ne vous reposez pas à l'hôtel ? demanda Ferreri, dans son excellent français. J'ai appelé la réception et ils m'ont dit que vous étiez sorti. Je suis heureux d'apprendre que vous vous sentez mieux. C'était peut-être le voyage, non ?

— Oui. Peut-être. Un coup de fatigue passager.

— Écoutez, *professore.* C'est une vraie joie pour moi de savoir que vous êtes guéri. Le colloque de cet après-midi a été un très grand succès. Le président de l'université a eu des mots très encourageants pour nous tous. Il a même eu un mot gentil pour vous, mais vous n'avez pas pu l'entendre. Tous nos amis vont dîner ce soir à la Trattoria da Claudia.

Ce n'est pas très loin du Panthéon. Je fais envoyer l'adresse à votre hôtel. Allez vous changer et nous vous attendons à 20 heures. Nous porterons un toast à votre santé, il est important que vous soyez présent. À tout à l'heure, *professore.* Et merci encore.

Ferreri raccrocha. Henri, seul devant la basilica di San Clemente, fixa un jeune homme qui jouait une chanson anglaise ou américaine. Il ne connaissait pas l'artiste. Lui n'avait jamais écouté que de la musique classique, avait glorifié Haendel et avait toujours professé un mépris un peu affecté pour ce qu'il appelait « la variété ». Quand il faisait ses études, ses camarades écoutaient soit des chanteurs français comme Michel Fugain ou Julien Clerc, soit des chanteurs américains comme Bob Dylan ou Simon & Garfunkel.

Sur la place, le chanteur fixait Henri, le seul à s'être arrêté, et murmurait presque à présent : *well your faith was strong but you needed proof.* Il repensa à ses longs discours ; qu'est-ce qu'il avait pu embêter Joffre, quand celui-ci voulait simplement écouter sa musique, la Mano Negra, les Rita Mitsouko, et qu'il critiquait cette « musique de barbares, d'illettrés ». Henri avait un peu honte de lui-même. Des touristes, gros sacs de randonnée sur le dos, prenaient le jeune homme en photo avant de poursuivre leur exploration de Rome. D'un coup, c'était comme si la ville s'était endormie ; on n'entendait ni voiture ni scooter. Quelque chose s'était gelé. *And it's not a cry that you hear at night. It's not somebody who's seen the light. It's a cold and it's a broken Hallelujah.* Sur le chemin de l'hôtel, alors qu'Henri marchait les mains dans les poches, traversait Rome comme une ombre mélancolique, la mélodie l'accompagna. Ce soir, il ne raterait pas le dîner.

Dans ma belle-famille, j'avais fini par devenir le mal-aimé. Ils me haïssaient à la hauteur des espoirs qu'ils avaient placés en moi. Longtemps, ils s'étaient expliqué l'étrangeté de mon comportement, ils avaient toléré la modestie de mon milieu d'origine, par mon statut d'écrivain. Cela effaçait tout, en quelque sorte. Mais je devenais trop imprévisible. Lors des repas qu'ils donnaient chaque dimanche, je ne parvenais plus à m'empêcher de rire à contretemps, de souffler à contretemps. Impossible de ne pas lever les yeux au ciel ou tourner les talons quand mon beau-père me livrait son opinion sur l'état de la France. On chuchotait. Ma belle-mère appelait :

— Marine ? Tu veux bien venir m'aider dans la cuisine ?

Et j'entendais leur pépiement inquiet ; la mère de Marine avait cet art de se livrer aux messes basses de telle sorte qu'on l'entende. En somme, elle chuchotait à voix haute pour qu'on sache qu'elle chuchotait.

Je restais de marbre.

Dans le salon, mon beau-père, bien enfoncé dans son fauteuil Louis-Philippe, cigare à la main, verre de whisky sur la table basse, caricature de lui-même et de son milieu, me toisait sans un mot, attendant que je parle le premier.

Je ne disais rien.

— Et l'écriture, alors ? Où en êtes-vous, mon cher ?

Puis, sans attendre ma réponse, il me parlait de ses dernières lectures et de la mort des vrais écrivains. Il n'aimait que Chateaubriand et de Gaulle.

L'écriture me protégeait et, quand je cessai d'écrire, mon armure se fendit.

On ne se cachait plus. On disait de moi que j'étais fou. Instable. Qu'il fallait protéger mes enfants.

Quelle blague.

Un soir, je rentrai du travail et trouvai mon appartement changé. C'était une sensation curieuse : s'il avait été cambriolé, tout aurait été sens dessus dessous ; là, c'était sa propreté qui m'inquiétait. Tout avait été rangé, le sol astiqué, la vaisselle faite. Je me dirigeai vers la salle de bains pour chercher Marine. Elle n'y était pas. J'appelai mes filles. Silence.

Dans leur chambre, les lits étaient faits. Cependant, un détail m'intrigua et j'ouvris leur placard. Vide.

Je fis de même dans notre chambre – pour le même résultat.

Marine avait emporté tous les vêtements des filles et les siens. Elle me jugeait responsable de la situation, parce qu'elle avait lu que les hôtels de New York étaient infestés de punaises. Elle avait tout tenté pour qu'on s'en débarrasse et on ne s'en débarrassait pas. Quand je rentrais du travail, elle avait mis en place une procédure sanitaire inflexible : je devais retirer tous mes vêtements sur le pas de la porte et les lancer dans le lave-linge qui tournait à 60 degrés – tous les soirs. Ça n'avait pas suffi.

Mes filles étaient revenues à présent, je les entendais. Elles voulaient sortir un puzzle. Quelle idée perverse d'offrir un puzzle à des enfants, tout de même. Je n'arrivais pas à voir ce qu'il représentait, ça me mettait en colère. Elles disaient que pépé serait à la gare et que maman était en colère et qu'en fait elles passeraient les vacances chez lui.

C'est fou comme les enfants acceptent ce qui arrive. Tout est pris pour argent comptant, sans jugement.

Je parlais à mes filles avec autant de sérénité que possible – j'étais leur père et me devais d'être exemplaire –, alors que j'avais toutes les raisons de ne pas être calme, je parlais à mes filles et mon voisin se leva brusquement et partit en me bousculant. Je serrai les poings pour m'empêcher de le frapper.

Autour de moi, les gens commençaient à s'agiter curieusement. Ils n'avaient pas l'air contents. Est-ce que le train avait un problème ? Je regardai dehors. Derrière la vitre, il faisait nuit à présent et la monotonie ocre des champs avait laissé place à la monotonie grise des barres d'immeubles franciliennes. Bientôt, je serai chez moi, avec mes enfants, sans personne pour nous séparer.

C'était une tempête qui avait tout balayé. Après le départ de Joffre, Giulia était restée seule, ébranlée, dans la grande maison vide et silencieuse. Ne subsistaient que quelques billets de banque éparpillés au sol, quelques parapluies mal rangés, quelques bouteilles entamées – ne subsistait que l'impossibilité de fuir. Elle pensait sans arrêt à cette image naïve, ces insectes qu'elle coinçait, enfant, dans des carafes en verre. Il y en avait beaucoup l'été, à Ponza, et Giulia avait une technique redoutable. Il fallait de la patience et de l'habileté, et elle possédait les deux. Pendant les repas, ces longues tablées, ces discussions à la fois sérieuses et joyeuses, tellement vivantes, pendant les repas, tout le monde pestait contre les insectes, et tous les ans on disait « il y en a beaucoup cette année », comme si c'était à chaque fois une plaie recommencée, qui ne venait troubler leur repos estival qu'à titre exceptionnel cette année-là, alors qu'il y en avait à foison tous les ans, et Giulia, si jeune, était déjà suffisamment âgée pour le savoir, pour savoir qu'en répétant ça chaque année, les adultes voulaient simplement protéger leur bonheur, continuer à croire au merveilleux de cet abri. Et alors, tout le monde se tournait vers

Giulia, déjà rêveuse et que ces conversations intéressaient peu, et tout le monde lui demandait d'entrer en scène – et s'il y avait des invités, des amis de passage, c'était encore mieux, on disait

« Giulia va te montrer sa technique, c'est la meilleure »,

et alors Giulia, si petite, demandait avec autorité deux carafes. Dans la première, elle versait un mélange de miel et de vinaigre pour attirer les insectes, qui rapidement se mettaient à bourdonner par dizaines autour de la fillette. Ses cousins criaient, s'éloignaient, se blottissaient comme si cela pouvait les protéger des piqûres, et Giulia, appliquée, regardait les guêpes avec la concentration du chasseur. D'un coup sec, elle retournait la carafe et en capturait deux d'un coup. Pof. Elle les regardait s'agiter avec frénésie, se cogner contre une paroi qu'elles ne voyaient pas, chercher de l'air, du vent, un endroit où continuer à battre des ailes et échouer et recommencer et échouer. Puis Giulia faisait glisser lentement le long de la table cette carafe, vers le bord où elle tenait, par en dessous, la seconde, celle pleine de miel. Il y avait là comme un tour de magie, un truc de pickpocket; d'un coup sec, elle collait la seconde carafe sur la première et les deux brocs n'en formaient alors plus qu'un seul, et les guêpes se croyaient peut-être sauvées parce que soudain, l'espace était plus grand, leur prison semblait avoir ouvert ses portes. Les guêpes descendaient vers le miel qui les avait attirées. Puis, toujours aussi vite et toujours avec autant de confiance et de dextérité, Giulia remplaçait la seconde carafe par une assiette. En quelques instants, deux guêpes étaient coincées au fond, engluées, sans pouvoir repartir. Elle les regardait placidement mourir, retirait l'assiette et recommençait avec d'autres guêpes. Deux par deux, pendant tout le repas.

Les adultes avaient repris leur conversation.

La maison était vide et Giulia avait tout donné à Joffre, tout ce qu'elle avait amassé, sans bien savoir pour quelle raison. Elle essayait de se faire croire que c'était précisément pour ce genre de situation qu'elle avait économisé durant tant d'années : aider son fils, quoi de plus noble pour une mère ? Aider Joffre, quoi de plus beau pour Giulia ? Elle argumentait avec elle-même mais ne réussissait pas à se duper. Elle était debout dans son salon et elle parlait, seule. Si quelqu'un l'avait regardée, à cet instant, il aurait eu peur. Ou pitié. Elle parlait seule, avec la voix pâteuse, et elle se resservit du cognac, puisqu'elle avait sorti la bouteille et qu'il en restait, que Joffre lui en avait laissé comme un dernier cadeau. Elle marmonna :

— Ça au moins, il ne l'aura pas.

Et elle gloussa d'une façon curieuse, comme un grognement écrasé. Elle agitait les bras, elle essayait de se convaincre qu'elle avait bien agi. Est-ce qu'il ne faut pas toujours faire passer les autres avant soi ? demanda-t-elle en criant. Pas vrai ? Mais personne ne lui répondit.

Si Henri apprenait ce qu'elle venait d'accomplir, il rirait, elle en était certaine. Il se moquerait d'elle, avec méchanceté. Il se moquait toujours d'elle, de toute façon, depuis toujours. Joffre. Ce prénom. Georg-Friedrich. Giulia se servit un shot de cognac, qu'elle but d'une traite. Sa gorge piquait. Depuis combien de temps n'avait-elle pas fumé ? Elle avait arrêté parce que la mère d'Isabella était morte en quelques mois d'un cancer du poumon, et la rapidité de la maladie l'avait effrayée, et le chagrin d'Isabella l'avait effrayée. Elle avait arrêté sans réfléchir, du jour au lendemain, et maintenant Joffre avait laissé un paquet de cigarettes qu'elle fumait avec délectation. De quoi devrait-elle avoir peur ?

Elle se tenait toujours debout, dans un équilibre approximatif, au milieu de ce grand salon aux meubles qu'elle détestait depuis toujours. C'était la seule pièce éclairée de la maison, la seule pièce éclairée de cette sale ville aussi, peut-être. Tout le monde dormait ici. Quelle heure pouvait-il être ? Giulia essaya de regarder sa montre, resta longtemps à fixer les aiguilles qui ne tenaient pas en place, qui cherchaient à la piéger ; elle tenta de les empêcher de défiler, elle leur parla, les supplia, minauda, se vit de l'extérieur en train de minauder et se détesta et dans un geste de colère arracha le bracelet et le jeta par terre et le piétina en hurlant toutes les insultes de son répertoire.

Henri la connaissait mieux que personne. Il connaissait ses goûts, il connaissait ses faiblesses, il connaissait sa psychologie. Il savait comment la consoler, la rassurer. La plupart du temps, il lui voulait du bien. Il voulait que sa vie soit mieux organisée, plus riche, plus constructive. Il se donnait beaucoup de mal pour Giulia, et parfois elle se disait qu'elle ne le méritait pas, qu'elle n'était pas à la hauteur. Pourquoi s'étaient-ils rencontrés ? Henri se souvenait de tous les détails, de chaque évènement de leurs premières semaines, ce qu'il appelait leur lune de miel, et elle avait un peu honte de s'avouer qu'elle avait, pour sa part, oublié l'essentiel de ces journées. Il lui restait le souvenir d'une odeur, d'une certaine couleur, un Paris de début d'été, comme ce soir, où l'air était un peu lourd, où les feuilles des arbres n'étaient pas encore toutes vertes, où, dans les rues, les gens marchaient peut-être plus lentement que d'habitude. Elle se souvenait qu'elle allait retourner chez elle, à Rome, et qu'on la destinait sans doute à un beau mariage, un médecin ou un avocat. Elle aurait été enseignante, comme sa sœur Paula avait fini par le devenir, ou chargée de cours à l'université. L'ironie de cette réflexion la fit éclater de rire, et sa voix résonna d'une façon lugubre dans la nuit.

— Tu imagines ? dit-elle. Tu imagines ? Chargée de cours ! Et j'aurais accueilli monsieur le professeur Henri Nizard, j'aurais troussé un joli petit discours. « Ô homme honnête, à la carrière sans taches. » Il aurait été accompagné de Massimo, son jeune assistant, promis à un brillant avenir.

Massimo, celui qui avait compris ce qu'il se passait. Elle se faisait l'effet de ces prisonniers qu'on embarque pour le bagne et qui jettent par-dessus bord un petit mot, une boule de papier chiffonnée pour que celui qui la trouve passe un message ; il avait dîné à la maison plusieurs fois, souvent le mardi et une fois, privilège rare, le week-end, et elle le suppliait du regard. Il restait très digne, très droit, et lui avait fait comprendre, à demi-mot, pendant les brèves absences d'Henri (qui, quand il devait quitter la pièce, continuait à parler à travers les murs, poursuivait la conversation qu'il n'imaginait pas sans lui), qu'elle pouvait voir en lui un allié. La conversation volait, légère, mondaine, Henri disait du mal des collègues, de ce qu'était devenue l'université, une machine à fabriquer des travailleurs soumis et stupides, bien loin du temple du savoir auquel il rêvait. Massimo opinait, Giulia souriait. Ils avaient comparé les vertus de la vie à Paris et en banlieue. Massimo habitait à côté de la gare Montparnasse, rue Vandamme.

— Ça vous plaît parce que vous êtes jeune. Giulia et moi, nous logions dans le 9ᵉ arrondissement, et ça nous plaisait aussi. Mais vous verrez quand vous aurez des enfants. Il leur faut un bout de jardin, des forêts autour, sinon ils dépérissent.

À la fin du troisième ou quatrième dîner, Massimo lui avait griffonné son numéro de téléphone. « *Chiamami se hai bisogno di me.* »

Giulia s'écroula sur le canapé et hurla de toutes ses forces, puis commença à pleurer, comme un enfant qui a trop longtemps retenu ses larmes, sans bruit et sans dignité. Que devait-elle faire ? Où pouvait-elle aller, sans argent et sans amis ? Elle attrapa un sac en plastique dans la cuisine, dans lequel elle glissa la bouteille de cognac et une bouteille de porto, elle y mit aussi quelques plaquettes de médicaments, son portefeuille, avec sa carte bancaire – son compte, approvisionné par Henri, était presque toujours à zéro, quelle farce –, elle ramassa deux ou trois billets oubliés au sol par Joffre, elle sortit sans manteau dans cette première nuit d'été et appela un taxi. Quand il arriva, elle s'enfonça à l'arrière, tant bien que mal, et indiqua au chauffeur la gare Montparnasse.

Les rues défilaient sous le regard halluciné de Giulia. D'abord la litanie des champs et des forêts, interrompue de temps à autre par quelques maisons individuelles formant un hameau. Puis le paysage se faisait plus dense, plus urbain, plus vertical. À cette heure-ci, en plein cœur de la nuit, la route était déserte et le conducteur naviguait avec habileté entre les voies. De temps en temps, il jetait un regard étonné à Giulia dans le rétroviseur. Il avait l'intelligence de ne pas lui adresser la parole.

Le taxi s'engagea sur l'autoroute. Aux coquettes zones pavillonnaires succéda la banlieue sud de Paris, celle qui avait réussi à échapper à une gentrification intégrale. C'était un curieux pêle-mêle de projets municipaux démesurés, de quartiers destinés à accueillir des entreprises et des cadres, de centres commerciaux flambant neufs, de rues sans boutiques, d'immeubles d'habitation sans âme construits dans les années 1970, de maisons ouvrières avec jardinets. Tout cela s'entassait sans ordre ni plan.

Giulia aperçut un panneau annonçant Arcueil et elle pensa à Erik Satie. Il y avait là sa maison – une de ses maisons en tout cas. Elle se répétait « Satie est à Arcueil et à Honfleur et Giulia est à Ponza et à Chevreuse », elle se répétait à voix basse cette phrase et cela semblait la calmer. Elle pensa aux *Gnossiennes*, à son amour de la musique classique, partagé avec Henri, aux concerts, aux abonnements, à la programmation si modeste de la salle des fêtes qui ravissait les habitants de Chevreuse et qui la désespérait, elle qui aurait voulu vivre à Paris et aller à l'opéra – comment pouvait-on se contenter de ça ? Et puis Henri n'en avait que pour Haendel. Il l'en avait dégoûtée. Elle se souvenait de ses après-midi passés avec Debussy, avec Satie, avec sa solitude, quand Joffre était à l'école, quand Henri était au travail, et qu'il fallait « tenir la maison », qu'il y avait toujours des choses à faire, des ordres à donner à Isabella, des papiers à remplir, des courses, des repas à préparer, et parfois, oui, cette liberté qu'elle s'octroyait de lire un livre, d'écouter Erik Satie, de rire avec sa folie, sa démesure, avant de vite retourner à ses devoirs, non pas parce que ça lui plaisait, non pas qu'elle s'en plaignît non plus, mais parce que c'était une femme de devoir et que c'était la vie qu'elle s'était choisie.

Quand ils arrivèrent à la porte d'Orléans, la radio diffusait une chanson triste de Serge Reggiani, et elle vit s'étirer devant elle l'avenue du Général-Leclerc, cette artère vaste et monotone, puis l'église d'Alésia. Les commerces étaient fermés, tout comme les cafés et les bars ; il n'y avait que les phares des voitures, les réverbères et le reflet de la lune. Giulia avait envie de vomir à présent. Elle avait soif mais n'osait pas boire, pas ici, pas dans un taxi, alors elle prit un médicament – ça lui paraissait plus digne. Elle ouvrit avec maladresse l'emballage et ce furent deux cachets qui tombèrent dans sa main, alors allons-y pour deux, et elle rit de sa blague, pas très fort pensa-t-elle, et d'un coup c'était comme si quelqu'un avait appuyé sur sa tête avant de relâcher la pression, elle eut très mal puis elle se sentit très bien et le chauffeur de taxi se retourna, il avait des yeux bizarres, beaucoup trop profonds, et il lui dit :

— Vous descendez ici ?

et elle ne comprit pas que c'était une question alors elle se mit à transpirer, trop, c'était dégoûtant, une vraie fontaine, tout son corps se défendait piteusement, et elle le regardait, interdite. Le chauffeur insistait :

— Vous ne descendez pas ici ?

et elle ne comprenait toujours pas que c'était une question qu'il lui adressait et elle ne comprenait toujours pas pourquoi il continuait à la fixer avec une telle acuité en prononçant coup sur coup deux affirmations contradictoires. Elle se persuada qu'il lui voulait du mal, et tout s'éclaira d'une lueur nouvelle, son regard, ses silences, et alors, affolée, Giulia lui tendit un billet de 100 euros, un de ceux qu'elle avait ramassés par terre, et sortit en courant du taxi, sans attendre la monnaie, à la fois soulagée et effrayée d'avoir échappé de si peu à une tentative d'enlèvement.

Elle ne savait pas où elle était. Les immeubles étaient tout petits, comme collés contre elle, obstruant toute perspective. Les lampadaires conféraient à la rue une teinte jaunâtre ; plus loin, un homme à l'air désabusé promenait son chien, et elle eut envie de lui demander où elle se trouvait mais ses jambes ne la portaient pas, aucun son ne sortait de sa bouche, elle se contentait de tanguer un peu sur place, les pieds englués dans le bitume, comme une figurine pour enfants ou un sac de boxe, avant de retrouver l'équilibre. Elle enfonça une main dans le sac en plastique et avala enfin une lampée de cognac.

Jusqu'où pouvait-on tomber ? Combien de temps pouvait durer une chute ? Giulia aurait aimé tout lâcher, tout arrêter. Elle restait plantée au milieu d'un carrefour, immobile ; elle pourrait tourner ici, à droite ou à gauche, ça ne ferait aucune différence ; ça lui arrivait souvent quand elle sortait le matin et qu'elle allait au marché et qu'elle n'avait pas envie de rentrer. Elle restait parfois figée, l'esprit vidé de toute volonté : pourquoi ici et pas là ? La gratuité de cette alternative la tétanisait et elle restait là et les gens la bousculaient, la regardaient de travers. « Ah, c'est l'Italienne », murmurait-on dans son dos. Dans ces moments-là, la seule pensée qui affleurait, la seule sensation qui passait ce mur cotonneux et sans émotion, c'était l'envie de s'allonger à même le sol et de dormir.

Puis, en tournant la tête, elle vit apparaître comme par magie la tour Montparnasse se découpant derrière un immeuble. C'était bien ici, elle avait réussi. Elle sortit d'une poche le petit papier froissé sur lequel Massimo avait noté son adresse. Il avait une écriture de jeune fille, et il était tellement jeune. Elle pensa à lui comme une mère à son enfant. Il la comprendrait, il l'aiderait – qui d'autre le pourrait ? Giulia prit encore une gorgée de cognac pour se donner du courage avant d'aller le voir et de lui expliquer ce qu'il se passait.

Une envie effroyable la saisit alors. Incontrôlable. Elle avisa un hôtel, une lumière jaune dans la nuit de Paris. Puis, une absence – elle ne savait pas si elle y était allée, si elle avait parlé avec un réceptionniste à qui elle aurait dit que sa cravate était grotesque et qu'il était trop jeune, elle ne savait pas comment elle avait réglé son problème. Elle savait juste que l'envie était passée. Comme un clignement d'œil.

Un médicament, une gorgée, un médicament, une gorgée – c'était un petit jeu très amusant si on y réfléchissait bien. Ce n'était pas tellement qu'elle souhaitait esquiver ses problèmes : personne ne boit pour oublier, c'est une naïveté, du mauvais romantisme. Elle buvait pour trouver la force de regarder ses problèmes en face, pour plonger dedans à corps perdu, sans se dissoudre. Comment pourrait-elle pardonner ? C'est à elle-même qu'elle en voulait le plus, c'est à elle-même qu'elle avait le plus envie de s'en prendre, mais ce n'était pas elle la coupable. Ça ne changeait rien, mais c'était au moins un réconfort. Elle pensa à Joffre, son fils, la chair de sa chair, celui à qui elle avait tout donné et qui lui avait tout volé, qui était parti avec toutes ses économies.

Le salopard.

Elle n'avait jamais osé le dire ; elle ne s'était jamais accordé le droit de le penser. Le salopard. Et la voilà qui murmurait dans la rue, salopard, salopard, qui répétait ces mots pour se donner le courage de les penser, elle se tordait les mains, elle luttait contre elle-même, arguments et contre-arguments, et la raison finissait par emporter le morceau : Joffre était un salopard, la chose était entendue, et des policiers en patrouille la croisèrent, « il faut rentrer chez vous madame », ils essayèrent de contrôler ses papiers, ils tentaient le coup des faux policiers, elle sourit parce qu'on ne la lui faisait pas, pas à elle, et puis si quelqu'un devait avoir affaire à la police, vrais flics ou faux flics, sans importance, c'était son fils, pas elle, alors elle prit son plus bel accent italien et elle dit qu'elle ne comprenait pas et elle repartit, marchant aussi droit que possible, et ils la laissèrent filer – en tout cas ils ne la poursuivirent pas. Elle avait encore déjoué un piège.

Giulia arriva rue Vandamme. N° 9. Massimo n'avait pas noté l'étage, n'avait pas noté le code. Quel salopard, lui aussi. Bien sûr qu'il l'avait fait exprès. Elle le revit, son air condescendant, faussement attristé, elle le revit qui tendait le papier pendant qu'Henri était parti à la cuisine. Encore une ruse d'Henri. Elle tambourina au volet du rez-de-chaussée, de toutes ses forces. Pas de réponse, mais c'était peut-être le salon, il n'entendrait pas s'il dormait dans sa chambre, alors elle se déplaça comme elle le pouvait, en crabe, en s'accrochant au rebord de la fenêtre, quelques pas sur la droite, et rebelote, elle s'attaqua au volet, avec férocité, avec désespoir, et c'était toujours le silence qui lui faisait écho. La température était élevée, l'air était sec, Giulia continuait à transpirer – son corps se déréglait, fuyait de toutes parts, la machine lâchait, les pièces se tiraient, toutes les commandes se révoltaient, comme un sac de vrac percé par un gamin espiègle, elle transpirait à grosses gouttes et elle tapait et elle criait :

— Massimo ! *Aprimi la porta !* Maaaaasssssimo !

Elle allait mourir de chaud, c'était infernal, elle buvait pour se rafraîchir et ça ne fonctionnait pas du tout, alors elle enleva son chemisier, elle resta en soutien-gorge au milieu de la rue Vandamme et elle sentit enfin l'air chaud contre son corps lui caresser le ventre et elle riait d'être si intelligente – personne n'avait des idées comme elle, pourquoi personne ne l'écoutait, pourquoi les gens étaient-ils si bêtes ?

« *Vaffanculo Massimo* », lança-t-elle enfin avant de se retourner, furieuse. Son orgueil était blessé. Personne ne l'aidait et personne ne l'aiderait jamais. Sur le trottoir d'en face, il y avait une porte cochère entrouverte, et Giulia la poussa, elle pénétra dans une cour d'immeuble en chantier, il y avait un ravalement, des échafaudages des quatre côtés de la cour pavée, une belle cour parisienne, et l'idée la plus logique qui lui passa par la tête, la plus rationnelle, c'est qu'elle était fatiguée, qu'elle avait chaud, que tout le monde lui voulait du mal et que l'endroit du monde où elle se trouverait le mieux ce serait sur cet échafaudage, ni tout en bas ni tout en haut mais au milieu, disons au troisième étage ; alors elle retira ses chaussures pour ne pas glisser et là encore elle sourit, ravie d'être tellement astucieuse, elle les rangea dans son sac et elle grimpa dans un bruit de fracas sur le premier échelon. Elle repensait à toutes ces trahisons : comment peut-on être si innocente et se voir trahie par tant de personnes ? Ils défilaient tous, Massimo, Henri, Joffre, c'était incompréhensible un tel mépris. Elle cria peut-être un peu, comment savoir ? Et puis elle se cogna les pieds contre le métal froid de la structure, elle continua à grimper, c'est ce qu'elle supposa, *una vera scimmietta*, et à un moment elle eut les deux jambes qui pendaient au-dessus du vide, une main qui buvait du porto – parce qu'il n'y avait plus de cognac – et l'autre qui s'agrippait à une barre métallique ; elle avait la tête qui tournait et l'envie de basculer vers l'avant, d'en finir une bonne fois pour toutes, mais un instinct la commandait et trahissait sa volonté et elle roula vers l'arrière, se mit en boule sur la petite planche métallique qui l'abritait pour un temps et après elle ne se souvint plus de rien.

Des voix mêlées. Il y avait peut-être un homme et deux femmes. Ou deux hommes et une femme. Un bruit métallique. Tout le monde parlait en même temps, et il régnait une certaine confusion. Des lueurs jaunâtres qui s'allumaient et puis qui s'éteignaient. Le froid. Puis d'un coup le noir complet et plus personne ne bougeait. Pas eux. Pas elle. Seulement le bruissement léger des feuilles du marronnier.

Des chuchotements. Qu'est-ce qu'on fait ? Je ne sais pas. On y va ou pas ? Des voix écrasées, dans cette langue étrangère. Un conciliabule. Il y en avait un qui avait l'air de dire oui, les deux autres qui cherchaient à le retenir, et il y avait elle, aérienne comme l'esprit d'une sainte, légère comme une âme tout juste décédée, qui flottait au-dessus de cette cour sans lumière et qui voyait tout, et qui entendait tout.

Oui, c'est ça, son esprit s'était détaché de son corps et elle était enfin à sa place, enfin sereine. Détachée de tout. Elle vit M. Grabmüller, un résident, caché derrière son rideau, qui avait pris soin d'éteindre sa lampe quand les policiers étaient arrivés. Elle savait que c'était lui qui les avait appelés, elle savait que c'était lui qui les avait attendus devant le porche. Il avait juste enfilé un pantalon de flanelle par-dessus son pyjama, mis un gros pull rouge, et il avait attendu en faisant les cent pas, retournant de temps en temps dans la courette pour voir si la situation évoluait. Elle, elle repensait aux guêpes qu'elle capturait enfant et elle souriait. Il avait peur qu'elle s'échappe et il vérifiait que le bocal était bien hermétique. L'idiot.

À présent, M. Grabmüller était bien à l'abri, et il observait la scène pour n'en pas perdre une miette. Les trois policiers élaboraient un plan d'action. En face, un petit garçon avait été réveillé par cette agitation murmurante ; il passa la tête à la fenêtre, se frotta les yeux et se rendormit presque aussitôt. Demain, il ne s'en souviendrait pas.

Les policiers décidèrent de grimper sur l'échafaudage. Une plainte pour tapage nocturne et trouble à l'ordre public. Une vieille femme qui crie.

— Tu penses que c'est la cinglée de tout à l'heure ? demanda celle qui semblait être la cheffe.

— À tous les coups. Je te parie ma tournée.

— Banco.

Ils montèrent à la queue leu leu, maladroits, engoncés dans leur uniforme de nuiteux, matraque, taser, pistolet, gilet pare-balle, en essayant de ne pas faire trop de bruit. Ils avaient l'impression d'être des géants maladroits. Arrivée au seuil du troisième niveau de l'échafaudage, la cheffe se retourna et chuchota :

— C'est elle. Tu me dois une tournée.

— Il était débile ton pari, ajouta le stagiaire, dernier de la file. Si tu étais sûre que c'était elle, pourquoi tu as parié une tournée ?

La policière haussa les épaules. Ça ferait toujours une occasion de boire un verre avec les collègues.

— On fait quoi ? On tape ?

— Elle risque de s'écraser trois étages plus bas, on va plutôt essayer de la réveiller en douceur.

Des grosses mains se posaient sur son corps et elle hurlait. Elle ne savait pas où elle était, il faisait nuit noire, et les mains d'un homme inconnu la palpaient. Le voisin regardait Giulia qui se débattait et il avait peur qu'elle chute. Il avait voté les travaux de ravalement, M. Grabmüller, et il repensait à ces réunions interminables, il repensait au coût de l'opération, et il n'avait pas envie d'avoir d'autres problèmes. Il voyait Giulia qui tanguait, qui griffait un policier en hurlant et il se dit qu'il aurait mieux fait de la laisser dormir et qu'après une demi-heure de tranquillité le grand cirque était en train de recommencer.

— On tape, on tape, hurla l'officier.

La policière monta sur la planche en métal, progressa à toute vitesse en s'agrippant à la rambarde et plongea sur Giulia comme un rugbyman pour l'immobiliser. Le policier tira de toutes ses forces sur ses bras pour les joindre dans son dos et lui passer des menottes. Giulia se débattait, cherchait à les pousser dans le vide avec ses jambes. Il n'est pas impossible que quelques claques aient été échangées. Le stagiaire ne pouvait que regarder, impuissant, le dos de ses deux collègues, les jambes de l'interpellée, et il ne pouvait rien faire d'autre de là où il se trouvait parce qu'il n'y avait pas de place pour lui sur la planche.

— *Non toccatemi, bastardi !!!* criait Giulia.

Les policiers serraient encore les bras. Parfois, cela laissait des ecchymoses. Parfois, le bras pouvait se casser aussi, quand l'interpellé résistait. Giulia résistait. Elle se mettait en danger et elle les mettait tous en danger. L'échafaudage était conçu pour résister à des vents violents, à des chocs, ce qui est bien naturel. Aucun de ses ingénieurs n'avait prévu les effets d'une crise de démence au troisième étage.

Giulia était maintenant frappée de convulsions. Ses poignets étaient menottés, l'un des policiers s'était assis sur ses jambes pour qu'elle cesse de donner des coups de pied, elle n'avait plus d'armes pour se battre, si ce n'est sa mâchoire, et alors elle mordit l'épaule de la cheffe, avec force, la policière hurla et Giulia reçut un grand coup de matraque sur la tête, bien placé, puissant, et alors elle s'évanouit.

La porte s'ouvrit dans un bruit de respiration hachée ; ce furent d'abord deux simples casquettes qui apparurent par-dessus les fauteuils, puis des uniformes qui se découpaient dans le couloir et qui s'approchaient de moi.

Ils faisaient mine de chercher quelque chose. Quels mauvais acteurs.

Je restai calme et stoïque. Impassible. Le dos bien droit, comme on m'avait appris. Je leur adressai même un petit sourire quand ils passèrent à mon niveau.

Ils atteignirent le bout du wagon. Il y avait là un mur et ils furent contraints de rebrousser chemin. Ils ne savaient pas quoi faire de leurs mains, ils flottaient dans leurs uniformes, ils cherchaient leurs mots.

— Titre de transport s'il vous plaît !

La ruse était piteuse – nous en avions tous les trois conscience. Je le leur tendis.

— Vous voyagez seul, monsieur ?

Ils cherchaient à me coincer, sans aucune finesse, sans psychologie. Ils voulaient des informations et ne pouvaient pas plus mal s'y prendre. C'en était risible.

— Bien sûr, pourquoi cette question ?

Sourire, à nouveau. Calme. Les deux uniformes s'éloignèrent et la porte résonna de son souffle fatigué.

Dans le wagon, le silence était assourdissant.

Quand j'avais trouvé mon appartement vidé de ses vêtements, j'avais fini par appeler Marine, qui m'avait répondu avec une assurance glaciale :

— Je suis partie chez mes parents, à la campagne. J'ai appris que les punaises ne résistaient pas au grand froid. Nos vêtements sont donc stockés dans leur grand congélateur, celui qui est dans leur cave, pendant quelques jours.

Et c'est ainsi que Marine m'avait quitté – pour un congélateur. Le premier pas avait été fait et elle ne devait plus jamais revenir. Après quelques semaines dans la Mayenne, elle s'installa dans l'appartement parisien de ses parents, logea quelque temps dans un meublé puis partit pour Marseille.

Dans cette séparation qui m'avait pris de court, je ne possédais qu'une seule certitude : le soulagement des parents de Marine.

Les contrôleurs n'avaient rien pu contre moi. Mon titre de transport était parfaitement en règle. Je leur avais même tendu ma carte de réduction. Ils étaient repartis, la queue entre les jambes. Mon voisin revint s'installer à côté de moi, un rictus figé sur les lèvres. Je lui demandai de faire attention au puzzle de mes filles.

Je triomphai.

Les deux journées s'étaient écoulées, heureuses et sans frictions. Il y a peu à dire du bonheur d'une adolescente, après tout. Lola sympathisait avec tout le monde. Lola si timide, si sérieuse, si appliquée, apprenait, avalait sa jeune vie à grandes bouffées.

— Tu fais quoi ? lui demanda Arthur.

— Je prends des notes, pourquoi ?

Et Lola lui montra son petit carnet à spirale, à la couverture bleue, dans lequel elle notait tout ce que Michel, Arthur ou Maëlys lui faisaient découvrir depuis son arrivée. Les nœuds (des schémas qui se suivaient avec, marqués de son écriture enfantine, les mots « Étape 1 », « Étape 2 », etc.), les techniques (pour tailler un bâton, il faut OBLIGATOIREMENT que le couteau aille du haut vers le bas) et les conseils (TOUJOURS FAIRE UN NŒUD POUR FERMER LE BAS DE TON PANTALON, LO !), en majuscule ou soulignés. Elle posait une première brique dans son parcours. Elle aurait souhaité rester ici pour toujours. Elle avait d'ailleurs demandé à Arthur, dont c'était déjà la troisième participation :

— Arthur, ça a changé quelque chose à ta vie de venir ici ?

— Mmm.

Il y a quelques jours encore, elle aurait été mortifiée, se serait persuadée de l'avoir froissé en disant une bêtise. Elle aurait eu honte de sa maladresse, de cette manie qu'elle avait de toujours mettre les pieds dans le plat. Mais là, sur ce mont où ils s'étaient arrêtés, où à l'infini on n'apercevait que des champs, des roches, du ciel – aucune maison, à part quelques abris en pierre destinés aux bergers –, où soufflait le puissant vent du Massif central, en regardant Maëlys et Michel au loin qui étaient en train de casser un caillou, elle osa insister et Arthur consentit à lui répondre.

— Oui, bien sûr. Ça a même tout changé si j'y réfléchis un peu. La première fois que je suis venu, j'étais en colère. Je suis arrivé ici pour de mauvaises raisons. J'avais envie de tout casser, j'avais envie de mettre des gifles à mes parents, à mes profs – à tout le monde, en fait. J'ai rencontré Michel devant la gare. Il attendait des gens pour son camp et on a discuté. Je ne sais pas pourquoi, lui, je n'ai pas eu envie de le taper. J'avais l'impression qu'il ne me jugeait pas. Je passais mes journées à fumer des joints et j'attendais tranquillement d'être viré de mon BTS. Je n'y mettais jamais les pieds. Quand il m'a proposé de venir passer quelques jours avec lui, j'ai accepté parce que j'avais peur de devenir dingue. C'est tout.

— Et ?

— Eh ben rien du tout. On n'était pas en été comme maintenant, mais en février. J'avais froid, j'avais fait mon sac n'importe comment, pas comme toi (Lola rougit légèrement), j'ai passé trois jours à râler, à gueuler, à repartir dans mon délire. J'avais envie d'attraper Michel et de lui éclater la tête contre une pierre. Sauf que… sauf que Michel s'en foutait complètement de moi. Tu vois, c'est ça que j'ai appris la première fois. Mes états d'âme, ma colère, mes petits problèmes, ça n'intéresse pas les autres. Michel continuait à marcher, même si je l'insultais. Si je faisais la gueule le soir et que je restais dans mon coin à fumer un joint pendant que les autres installaient leur couchage, eh bien je dormais dans les feuillages. Ça m'est arrivé une fois – pas deux. Le lendemain, j'ai écouté Michel et j'ai bien préparé ma couche. Donc oui, pour répondre à ta question, on peut dire que ça a changé ma vie.

— Mais après ? Quand tu es rentré chez toi après avoir passé deux ou trois jours à marcher ? Tu étais comme avant ou ça t'a appris des choses ?

— Ben c'est pareil, ça m'a fait réfléchir. J'ai arrêté le shit, j'ai renoncé à certaines fréquentations, des types débiles que je voyais uniquement pour qu'on se bourre la gueule – sans doute qu'on ne se supportait que quand on était bourrés. J'ai remis un peu d'ordre dans ma vie et voilà.

Il s'arrêta un instant.

— J'aime pas parler de moi, tu sais. Là, je me prépare pour l'armée et, si je ne fais pas trop le con, l'année prochaine je serai bien. Et c'est tout.

Lola jouait avec une branche sur le sol. Ce que disait Arthur, elle l'entendait parfaitement. À vrai dire, c'était confusément cela qu'elle était venue chercher ici, et elle n'en espérait guère plus. Mais elle se sentait écrasée, incapable. Le récit d'Arthur, c'était comme l'histoire d'un pouvoir magique qu'elle ne posséderait pas. Changer de vie, mais pour quoi ? Dans les contes pour enfants, l'héroïne se trouvait parfois face à trois portes, et son défi consistait à ne pas se tromper. Son esprit à elle lui semblait opaque. Si elle avait eu le choix entre un nombre fini de possibilités, elle aurait pu réfléchir, identifier une marche à suivre ; mais elle était comme engluée dans le réel, engluée dans ses problèmes, elle cherchait à y mettre de l'ordre et à trouver une issue.

Alors elle grattait le sol et elle avait un peu envie de pleurer.

C'est à cet instant que les deux jeunes gens furent rejoints par Maëlys et Michel.

— Tu fais pleurer la petite, Arthur ? demanda Michel.

Arthur se tourna vers Lola et constata, avec stupeur, qu'elle avait les larmes aux yeux. Il n'avait jamais été doué avec les femmes, et sa timidité le prenait parfois à la gorge, l'empêchait de communiquer avec cette moitié de l'humanité qu'il ne comprenait pas – ou, plus précisément, qu'il pensait devoir comprendre et qu'il pensait échouer à comprendre.

— Mais non ! On parlait seulement de... moi... Je disais que j'étais confiant pour mon avenir, je ne savais pas que c'était si dramatique.

Lola s'essuya les yeux avec ses manches en souriant. Comment leur expliquer son dilemme ? En même temps, elle avait conscience qu'elle ne trouverait jamais d'oreilles aussi bienveillantes, aussi attentives. Sa mère était décédée, son père n'écoutait que lui-même, ses amis du lycée se désintéressaient de ses problèmes.

Dans un moment de vérité comme celui-ci, quand on a passé son temps à construire des murailles autour de soi, quand on s'est barricadé à l'intérieur de soi-même pour se défendre du monde extérieur, de ses assauts, de sa folie, de son cannibalisme, le plus dur, c'est cette première phrase, cette première brèche, ce premier mot qui provoque la fêlure et qui ouvre les vannes.

— Je ne veux pas rentrer chez moi.

C'était dit. Maëlys réagit spontanément.

— Tu veux rester un peu chez moi ? J'ai un canapé dans le salon. Prends quelques semaines pour réfléchir. Et si tu dois trouver de l'argent, je te présenterai des amis qui ont toujours besoin d'une serveuse en extra.

Personne ne la jugeait, personne ne lui demandait pour quelles raisons elle ne voulait pas y retourner. Alors Lola leur raconta tout, le décès de sa mère, soudain, inattendu et inexplicable, comme un fracas, les histoires de famille nulles, mesquines et tristes qui suivirent, la sensation de ne plus rien comprendre, de ne plus être à sa place, le gouffre avec ses camarades de classe, la volonté de terminer son année coûte que coûte et l'impression de porter sur ses épaules une vérité pesant des tonnes.

— Et vous voulez savoir le pire ? Mes grands-parents n'ont même pas assisté aux obsèques de ma mère. Ils ont refusé parce que mon grand-père la méprisait et qu'il n'a jamais voulu d'elle dans notre famille. Ma grand-mère a été obligée de faire livrer un bouquet sublime le lendemain, sur sa tombe, en cachette de mon grand-père. Elle, elle aurait bien voulu venir...

— Tu l'aimes bien, ta grand-mère ?

— Elle ? Oui, c'est une femme extraordinaire. Elle est italienne, ma Nonna. Elle vient d'une grande famille de médecins communistes. Je ne sais pas comment elle fait pour vivre avec mon grand-père ni comment elle a fait pour élever mon père. On a l'impression que plus elle est gentille et plus les gens autour d'elle sont cons. Elle doit avoir une force de vie unique pour tenir le coup.

— Peut-être que tu pourrais passer un peu de temps avec elle alors ? suggéra Michel. C'est ton grand-père qui pose problème ?

— Oh, lui, je ne le déteste pas. Il me fait plutôt de la

peine à vrai dire. Quand j'étais petite, il adorait jouer avec moi et j'adorais jouer avec lui. Ce sont d'ailleurs les seuls moments de sa vie où on l'a vu un peu détendu – sans doute parce que j'étais une enfant, que je n'étais pas de son sang, et que donc je n'étais pas une rivale. Pour le reste, il est paranoïaque, il est persuadé que tout le monde l'admire et que tout le monde le déteste, que des cabales très sophistiquées s'organisent en permanence pour le faire trébucher. Il se rend malheureux et il rend malheureux les autres. Mais je ne crois pas qu'il soit méchant. Juste fou, comme mon père. Les chiens ne font pas des chats.

Arthur et Maëlys échangèrent un regard. Ils ne savaient pas comment aider Lola. Ce fut Michel qui rompit le silence.

— Bon, c'est bien, tu as du cran. C'est très intéressant. Maintenant, on a des bûches à fendre, donc on se met au travail.

Et, soulagés, les trois jeunes gens se levèrent et écoutèrent sans mot dire les consignes de Michel, satisfaits de n'avoir rien d'autre à faire qu'obéir.

Le lendemain, Maëlys proposa à Lola de l'aide pour la préparation du repas. Les deux jeunes filles ramassèrent des brindilles, suivant ce que leur avait enseigné Michel. Maëlys lui confia qu'elle venait aussi d'une famille bourgeoise.

— Quand tu es bourgeoise, tu ne peux pas faire comme si ça n'existait pas. Tu ne vas pas te transformer d'un coup de baguette magique. Fais attention Lola, les gens qui organisent des week-ends comme celui-ci le savent très bien, et c'est justement ça qu'ils te vendent : tu vas soi-disant te transformer, devenir quelqu'un d'autre, sortir de la société. C'est le rêve qu'ils te vendent, et ce rêve est parfait pour toi. Mais tu dois avoir conscience que c'est un jeu. Si tu sais jouer avec, tu auras le meilleur des deux mondes : tu vivras ta vie, comme tu l'entends, et tu pourras partir autant que tu veux, faire ce que tu veux dans la nature. Si tu prends au sérieux leurs promesses, tu deviendras folle, parce que tu voudras quelque chose que personne ne peut obtenir : se changer, ne plus être soi-même, ne plus appartenir à la société.

Lola l'écoutait.

— Tout ce marketing, est-ce que tu sais d'où il vient ? De l'informatique. On te vend l'idée que tu peux appuyer sur « reset » et devenir quelqu'un d'autre. Ce n'est pas une question de personnes : Michel est adorable, et il est parfaitement sincère. Mais le bouton « reset » n'existe pas, c'est tout. Rien ne peut te vider d'un coup et te purifier. Ça ne sert à rien de partir vivre six mois dans une cabane ou de te convertir à je ne sais quelle religion. Tu perdras du temps et à la fin tu seras malheureuse.

— Alors on ne peut rien espérer ?

— Si, heureusement. Tu peux toujours ajouter des choses : ajouter du plaisir, ajouter des compétences, ajouter des rencontres, ajouter des envies. Tu peux tout faire, tu peux t'occuper de toi mieux que personne. Mais tu ne peux pas fantasmer ta propre disparition.

Vint enfin le moment du départ. Le temps s'était couvert et Lola pleura à la gare, comme une enfant qu'elle était encore. Michel leur remit leurs téléphones. Elle promit qu'elle reviendrait. Elle s'excusa d'avoir mis Arthur mal à l'aise et lui souhaita de réussir à entrer dans l'armée. Elle prit Maëlys dans ses bras, longtemps. Tout le monde s'échangea numéros de téléphone, identifiants sur les réseaux sociaux, ils se perdirent en promesses de retrouvailles, oui, voyons-nous dans quelques mois à Paris, à Toulon, à Metz, appelle-moi quand tu passes, on se tient au courant, on s'organise des retrouvailles tous les quatre, tu referas le stage, toi ?, et ainsi de suite, jusqu'à ce que la voix mécanique crachote dans le haut-parleur de la gare pour annoncer l'arrivée prochaine du train et que Lola, après un dernier câlin à toute vitesse, comme pour l'emporter avec elle, coure vers le quai et remonte vers la capitale, la gorge nouée, le cœur plein de résolutions qu'elle espérait avoir la force de tenir.

C'était Maëlys qui avait fini par convaincre Lola. « Va vivre chez ta grand-mère quelque temps. Tu travailleras un peu cette année pour gagner de l'argent et l'année prochaine tu verras ce que tu décideras pour tes études. » La question du grand-père avait été évacuée rapidement : il apparaissait qu'il était imbuvable mais qu'il aimait sa petite-fille, qu'il serait bientôt à la retraite et qu'il trouverait forcément une occupation pour ses journées – en somme, qu'il pouvait laisser Lola tranquille, d'autant qu'il était en mauvais termes avec Joffre et qu'il serait trop heureux, sans le dire, de jouer au grand-père parfait.

Le retour à Paris mit à l'épreuve la jeune fermeté d'esprit dont Lola voulait faire preuve. La ville était sale, le bruit assourdissant : les moteurs des voitures ou des motos pétaradaient, de la musique sortait de quelque enceinte cachée, les passants se criaient dessus plus qu'ils ne se parlaient, se bousculaient sans ménagement. Après le calme de la montagne, après le bercement du transport, Lola tourbillonnait, se sentait happée par une énergie qu'elle rejetait ; il lui faudrait se livrer à un effort de volonté démesuré pour tenir le cap.

Elle monta dans un train de banlieue, résolue à sonner chez ses grands-parents pour leur demander de l'héberger quelques jours. Ensuite, avec le temps, elle choisirait.

Cette stratégie possédait un autre avantage pour Lola : elle lui donnerait l'occasion de poser des questions à Giulia et, peut-être, d'obtenir quelques éléments de réponse. Comment Joffre et Élise s'étaient-ils rencontrés ? Comment Joffre avait-il pris la décision de l'élever comme sa fille ? Pourquoi Élise avait-elle été rejetée avec tant de force, avec si peu de mesure, par sa belle-famille ? Bien sûr, Lola ne s'attendait pas à des réponses détaillées ; elle avait grandi et cela faisait déjà longtemps qu'elle n'espérait plus une clé pour déchiffrer des secrets. Mais la jeune fille avait faim d'éléments qu'elle pourrait ensuite assembler, bout à bout, pour parvenir à bâtir une image cohérente de son passé.

Il y avait trop de bruit autour de moi, des petits frottements agaçants, des grincements, des roulements, une mélopée stridente qui ne s'arrêtait pas, une basse continue qui tapait dans mon cœur – tout cela m'empêchait de penser.

Il fallait que je trouve un moyen pour que ça cesse : j'avais besoin de calme.

Avant, quand j'étais écrivain, j'avais un bureau, avec de grands murs blancs, et personne ne me parlait et j'inventais des histoires. Quelle chute, quand j'y songe – quelle débâcle.

Je voulais juste écrire un livre. Encore un. Le dernier peut-être. Éblouir Marine et réussir ma sortie. Avec un peu de silence et de temps, j'y serais arrivé. Rien n'était impossible pour moi. Mais là, dans de telles conditions, j'avais l'impression de me lancer dans une course avec un sac à dos lesté de pierres.

J'avais déjà réussi à me débarrasser des contrôleurs, c'était une première victoire. En somme, il allait falloir que je gagne mon silence. Mieux – que je le conquière. Le silence était devenu un combat : il y avait du bruit partout – dans les rues, dans les gares, dans les aéroports. Dans les magasins. Dans les parkings. Quand il y avait trop de silence, on installait en toute hâte des haut-parleurs pour diffuser de la musique.

Le silence faisait peur.

Il y a dans la Bible le mythe du Déluge. Comme nombre de récits bibliques, il s'appuie sur des histoires bien plus anciennes, qu'il transforme. Ce qui est fascinant, ce n'est pas tant que la Bible recycle des histoires qui lui préexistaient (on ne procède jamais autrement : reprendre des histoires et les adapter) – c'est la permanence de certains récits.

On pourrait presque dire qu'une bonne histoire, c'est celle qui peut survivre à des siècles de réécritures.

Dans l'épopée de Gilgamesh, par exemple, les dieux créent les hommes parce qu'ils s'ennuient et qu'ils en ont assez de travailler. Par paresse. Mais se pose un problème qui n'avait pas été prévu : les hommes parlent. Ils ne font que ça, même : bavarder, piailler, bavasser. Et ce bruit enfle, roule, gonfle, et les dieux qui s'ennuyaient sont maintenant constamment dérangés par ce bruit insupportable, continu, ce ronronnement insensé.

Les dieux se résolvent donc à provoquer un déluge qui réduirait l'espèce humaine à néant et rendrait mortels les rares survivants. Pour regagner le silence.

Je rêvais d'une telle issue.

Je fus obligé de hausser un peu le ton avec mes enfants. Sans cela, elles ne comprenaient pas. Je fixai mes filles et leur fis mes gros yeux, ceux qui leur faisaient si peur avant. Je crois que je criai, aussi, pour obtenir le silence. J'entendais leurs voix, qui résonnaient en moi, et je dus leur ordonner d'arrêter. Dans ma poche, mon téléphone sonnait, une mélodie ridicule et joyeuse, et je l'écrasai pour qu'il se taise. Mes filles se ratatinèrent sur leur siège et finirent par disparaître. Quant à mon voisin, il ne me parlerait plus – je refusai qu'il ose se croire digne de s'adresser à moi. Je lui fis donc comprendre qu'il devait cesser toute tentative de communication et je crois qu'il saisit le message. Il se leva et s'installa dans le wagon d'à côté, accompagné d'autres lâches et peureux.

J'étais enfin seul. Prêt à écrire.

Henri n'avait pas eu le choix. Il avait cédé – par lâcheté ou par orgueil. En ouvrant sa valise, il trouva, bien pliés, selon l'ordre qu'il avait enseigné à Giulia, ses vêtements pour le séjour. D'abord la tenue de soirée, puis la tenue pour le colloque, puis quelques vêtements plus confortables pour le voyage. Chaque jour, à chaque moment de la journée, il devait pouvoir trouver en haut de la pile de gauche ce dont il avait besoin et ranger en bas de la pile de droite ce qu'il avait porté. Au retour, Giulia mettait l'ensemble des tenues dans la machine à laver et il était prêt pour un prochain voyage.

Il s'habilla devant la glace en s'efforçant de ne penser à rien, pour ne pas exploser. Il attacha son nœud de cravate, bien conscient de l'archaïsme de cet ornement qu'à partir des années 1990 tout le monde avait cessé de porter. Ce mouvement avait commencé dans les milieux artistiques, intellectuels – et l'université, à ce compte, avait figuré parmi les premières institutions dans lesquelles la cravate avait disparu ou, plus précisément, avait disparu chez les jeunes enseignants, matérialisant une guerre des âges, les vieux mandarins aux costumes cintrés et à cravate contre les jeunes enseignants en jean – avant de se répandre à l'ensemble de la société. Henri regardait avec mépris cette démocratisation de l'uniforme américain, ce culte du *casual*, qui avait commencé par le rejet de la cravate et qui s'était étendu avec la généralisation des baskets, autrefois attribut des seuls sportifs et désormais portées en toutes circonstances. Henri était mieux vêtu que son banquier, mieux vêtu que ses collègues, et son banquier comme ses collègues le regardaient avec mépris, comme une survivance triste et rigide, vouée à une inexorable disparition, à l'image du corset ou de la collerette.

Avant de sortir, il écrivit un message à Giulia. Sans faire de littérature, il la prévenait qu'il allait se suicider. Bien sûr, elle possédait le pouvoir d'empêcher cela – il suffisait qu'elle lui réponde. Elle avait aussi la possibilité de ne pas répondre et d'endosser la responsabilité de sa mort. Il ne comprenait pas pourquoi elle s'était volatilisée ainsi, il ne comprenait pas ce qu'il avait fait de mal. C'était Paula, sans doute, qui lui avait monté la tête. À moins qu'elle ne soit partie pour quelqu'un d'autre ? Il expédia encore quelques textos d'insultes, que M. Grabmüller, qui avait trouvé le téléphone de Giulia par terre dans la cour, lut presque en temps réel. M. Grabmüller ne fit pas tout de suite le rapprochement avec la scène de la nuit dernière. Il s'était couché tard à cause des cris, à cause de la police, il avait des rhumatismes, une toux persistante, et il s'était persuadé que le téléphone appartenait à l'un des jeunes de la colocation du cinquième. Depuis quelques mois, il les soupçonnait de vendre de la drogue dans la cour et ce téléphone lui était tombé dessus comme une potentielle pièce à conviction.

Les enquêtes de l'intrépide M. Grabmüller.

Mais rapidement l'inspecteur de fortune dut déchanter.

Des dizaines de textos, complètement irrationnels, s'enchaînaient, les uns à la suite des autres, des supplications, du chantage, des menaces de suicide ou de violence physique, des insultes. Au début, il trouvait cela divertissant, et puis rapidement il n'y comprit plus rien, il se lassa. Il hésita à confier l'appareil à la police mais les agents l'avaient un peu énervé cette nuit – ils lui avaient manqué de considération alors qu'il leur avait livré une affaire toute cuite, et il n'avait pas envie de se déplacer au commissariat pour ça : il imaginait la scène, la jeune recrue de l'accueil qui ne comprenait pas son histoire de téléphone trouvé dans une cour, les palabres inutiles et la certitude en partant que le portable finirait son parcours dans une poubelle du commissariat.

Henri trouva la trattoria et devina sans difficulté quel groupe il devait rejoindre : au fond de la salle, une grande tablée de gens habillés sans goût, aux cheveux souvent blancs et toujours mal coiffés, aux regards tristes. C'est à ce monde-là qu'il appartenait pour quelques heures encore. Il s'assit et présenta ses excuses. Il est vrai qu'il était livide, qu'il avait l'air tout à fait revenu des enfers et ses collègues n'eurent aucun mal à le croire lorsqu'il prétendit avoir été victime d'une crise assez grave. La conversation rebondit rapidement, et chacun se prit à comparer les mérites des différents systèmes de santé, critiqua les orientations néolibérales à l'œuvre en Europe et tout le monde se rejoignit dans un mépris satisfait des États-Unis.

Henri était dévasté de chagrin et, dans le même temps, il se montrait incapable de ne pas tenir son rôle en société. Alors que sa tendance, en arrivant à Rome, aurait été de profiter de ce dernier repas pour tout jeter par terre, pour beugler sur les collègues, pour, comme on dit, péter un plomb en hurlant des borborygmes, juste pour s'amuser, juste parce que c'était possible et que ça n'aurait pas porté à conséquence, il reprit, face à cette paisible assemblée, ses réflexes anciens. Il était dressé depuis près de quatre décennies à suivre un certain comportement, et il était impossible de s'en défaire d'un seul coup, sauf peut-être dans le cas d'une crise qui serait favorisée, amplifiée, par l'alcool ou les médicaments. Henri buvait très peu d'alcool, seulement quand il voulait dormir à vrai dire – il n'aimait pas ça, et il trouvait grotesques les pépiements des pseudo-experts passant leur repas à disserter sur les mérites comparés de tel ou tel vin.

Et le dîner se déroula, rassurant et sans aspérités, comme des centaines d'autres soirées s'étaient déjà écoulées, selon une petite musique qu'il connaissait par cœur et qui, ici, à Rome, au milieu de ces gens qu'il découvrait – il avait eu pour seules relations avec eux quelques échanges de mails, quelques colloques partagés –, dans une lingua franca mélangeant italien, français et anglais, au milieu de son infinie tristesse, le confortait et le rassurait.

On y reparla de la journée qui s'achevait. Chacun estimait qu'elle avait été un succès. « Le discours du président a été remarquable », dit celui qui avait fait des pieds et des mains pour que le président de l'université honore le colloque de sa présence, frôlant parfois l'indignité, abreuvant la cheffe de cabinet de messages de relance tous plus pathétiques et suppliants. Oui, le discours avait été remarquable, abondaient les convives, qui auraient eu bien du mal à en résumer le contenu à Henri puisque, d'une part, il s'agissait d'un long fil continu de banalités débitées d'un ton monocorde et qui avaient l'avantage de pouvoir être resservies, à quelques variantes près, dans chaque colloque, et que, d'autre part, les participants étaient occupés à chercher le wifi, à se tourner les uns vers les autres en chuchotant, comme des étudiants, pour connaître le nom du réseau, le mot de passe, s'échangeant des petits papiers, heureux de réussir à consulter leur messagerie, etc.

— Ah, quel regret d'avoir manqué l'ouverture du *dottor* Dutti, en effet, dit Henri. Si seulement il pouvait revenir conclure demain matin, j'en serais ravi, à titre personnel.

Et tout le monde de sourire au collègue français qui, comme tous les Français, ne se prenait pas pour la moitié d'un sot et demandait – mais s'agissait-il d'ironie gauloise ou était-il sérieux ? – que le président de l'université, qu'il avait été si difficile de faire venir, vienne une seconde fois, pour ses beaux yeux en somme. Quel culot, quel flamboyant culot. Ensuite, les plats arrivèrent et chacun rebondit sur les interventions de la journée, ramena ce que l'un avait dit au domaine de spécialité de l'autre. Henri, encore faible, avait commandé un bol de *tortellini in brodo*, un bouillon de pâtes qu'il avala en silence, essayant de ne pas en renverser et de ne pas faire de bruits de bouche. Soudain, on le tira de ses pensées :

— Alors, vous pensez être rétabli pour demain, *professore* ?

Henri acquiesça, faussement modeste, désormais prêt à les éblouir ; il n'était plus question que d'orgueil, de ne pas manquer sa sortie, d'en faire au contraire un bouquet final dont tout le monde se souviendrait. Le désir de revanche en vaut bien un autre, et constitue un moteur bien plus puissant que tant d'autres émotions plus positives. Henri avait toujours vécu dans la crainte de l'humiliation, de la honte. Ce n'était pas le complexe de l'imposteur – il avait travaillé beaucoup plus dur que les autres pour ne pas avoir à en souffrir –, plutôt la peur de celui qui s'était élevé socialement, qui avait changé de milieu et qui, pour cette raison, savait que les places étaient relatives et interchangeables, qu'être quelque part aujourd'hui n'offrait nullement la garantie qu'on y serait demain. S'il s'était constitué un petit cercle de proches, s'il avait manœuvré, s'il avait, en un sens, perdu tant de temps dans de basses œuvres politiques, c'est qu'il n'avait pas l'assurance (ou l'inconscience) de celui qui sait (ou qui pense) que sa place lui est acquise. Il avait vécu avec cette peur – enfermé dans cette peur, même, puisqu'elle n'était pas un élément extérieur à lui mais quelque chose qui le constituait. Il avait passé toute sa vie à transformer cette peur en revanche, en contrôle, en domination ; il découvrait à présent en lui la possibilité de transmuter une émotion négative en une autre émotion négative, de changer la peur en rage.

Quoi que fasse Giulia, où qu'elle se trouve, il faudrait qu'elle regrette de n'avoir pas été présente. Très clairement et à tous points de vue – symboliquement, physiquement, scientifiquement, financièrement –, il avait envie de la tuer, il se consumait de rage et cette rage le menait vers un lieu où il se sentait bien, sûr de lui, calme.

En somme, il avait tranché son dilemme, selon une loi de préservation du psychisme. Parmi les options qui se présentaient à lui, les différents destins compossibles de Giulia, Henri avait tranché en faveur de celui qui avait le plus de sens et qui le plaçait dans la disposition la plus confortable : il avait donc établi, peu à peu, d'abord sans se l'avouer avant d'accepter la situation au beau milieu de ce repas, que Giulia l'avait trompé et qu'elle était partie avec Massimo – comment n'y avait-il pas pensé plus tôt ?

C'était lui qui avait introduit le ver dans le fruit ; après des décennies de prudence, il avait failli au premier moment de faiblesse. Il avait cédé à Massimo par orgueil, parce qu'il voulait jouer avec l'idée d'avoir un disciple ; il s'entendait déjà dire « j'ai préparé ma relève, c'est mon cher collègue Massimo Roggia, que j'ai formé et qui a longtemps travaillé à mes côtés, qui prend désormais la suite des travaux que j'ai entamés ». Il imaginait les déjeuners auxquels Massimo le convierait quand il ne serait plus qu'un retraité de l'enseignement supérieur, durant lesquels Massimo continuerait à s'adresser avec lui avec une certaine déférence, continuerait à le vouvoyer dans cet univers où tout le monde se tutoie, durant lesquels ils pourraient critiquer à demi-mot les anciens collègues, les nouveaux collègues, les étudiants et, plus généralement, l'état de l'université. Henri pourrait lui parler de ses débuts, comme il l'avait déjà fait à de nombreuses reprises, il pourrait raconter les mêmes anecdotes sur ses maîtres à chaque déjeuner, et il pourrait invariablement conclure en souhaitant bon courage à Massimo et en lui rappelant qu'il préférait avoir fait sa carrière dans les années 1980 qu'aujourd'hui.

Henri s'était accroché à ces fables parce que son esprit n'arrivait pas à imaginer autre chose pour la vie d'après la retraite. Il s'était accroché à ces fables parce qu'il y tenait un rôle qu'il jugeait convenable. Ce faisant, il avait cédé du terrain à Massimo, il l'avait introduit aux soirées du mardi et il avait fini par l'inviter à dîner aussi le week-end, et Massimo lui avait volé sa femme. À l'heure qu'il était, les deux se parlaient certainement dans un restaurant chic de Paris, se serrant les mains par-dessus la table, tandis que lui tremblait de rage et faisait tomber sur la nappe des gouttelettes de *tortellini in brodo* qui éclataient en formant de grosses taches dans une trattoria pour membres de la classe moyenne romaine. Massimo aimait cuisiner, il devait être en train de parler à Giulia de son goût pour les *arancini*, et elle devait évoquer les *bucatini all'amatriciana* que préparait sa mère, et tous deux devaient être heureux, insouciants, sans une pensée pour Henri. Il avait déjà disparu – effacé des tablettes en quarante-huit heures, vieux retraité sans usage, chiffon sale jeté à la benne. Il n'existait déjà plus et il allait se rappeler à leur bon souvenir. À bien y regarder, cette situation n'était pas une défaite ; elle apportait au contraire la confirmation qu'il avait bien eu raison d'agir de la sorte toute sa vie et ouvrait la voie à la suite logique, et jusqu'alors inavouable, du raisonnement : la vengeance.

Personne ne peut vivre avec le souvenir d'une humiliation – avec son souvenir brut, du moins. L'esprit doit lui donner un sens ; autrement, sans cette justification, la douleur est telle qu'il est impossible d'y survivre. Quand on dort, le cerveau est agité par un flux de pensées continu et désordonné : tout ce qui nous est arrivé se trouve assemblé, désossé, réassemblé, selon des lois qui ne doivent pas tant à Freud qu'au hasard et à la combinatoire. Mais ce fonctionnement électrique du cerveau n'est pas réservé au temps du rêve ; l'organe se comporte de la même façon durant la journée, si ce n'est qu'il se retrouve, pour l'essentiel de son temps de veille, mobilisé par de petites tâches de court terme : ouvrir une porte, lire un roman, parler à un collègue. Sitôt qu'il est au repos, il se remet à combiner. Alors – ce ne sont que des statistiques – le moment humiliant reviendra régulièrement, que ce soit par simple ressassement ou parce qu'un objet aura rappelé cet épisode.

Pour Henri, toute cette matinée de solitude et d'abandon,

ce temps passé à sonner à la porte, cette maison qui avait été la leur et dont le sol était désormais jonché de déchets, de bouteilles renversées, ces appels restés sans réponse, cette attente insupportable à l'aéroport ; tous ces moments vécus dans un état de vigilance extrême, comme un animal qui craindrait pour sa vie, avaient été gravés, incrustés au plus profond de son esprit. Désormais, chaque élément de cette matinée lui rappellerait cet échec, cette solitude, ce rejet. L'odeur du café, la lecture du journal, une porte à laquelle on tape, une bouteille d'alcool, une certaine lumière, un mégot de cigarette, un téléphone, une montre, tout le renverrait constamment à cette présence absente de Giulia. C'était tellement colossal que c'était invivable, bien sûr.

Heureusement, il restait la morale. Pour donner forme à ce souvenir, pour donner sens à cette douleur, c'est ce qu'Henri choisit. Les grands mots dans lesquels on pouvait glisser ce qu'on souhaitait. Il parlerait à ses amis, plus tard, quand il se serait construit un récit suffisamment solide pour y croire lui-même, de cet amour trahi, de cette fidélité bafouée. Oh, comme il serait outragé, et comme tout le monde le comprendrait. Des décennies de mariage. Un couple irréprochable. Aucun accroc, aucune aventure de son côté et là, à quelques jours de la retraite – quitté pour un homme plus jeune. Sans dignité, sans honneur. C'était une histoire, une histoire qu'Henri se répétait au restaurant en avalant son bouillon et qu'il se répéterait jusqu'à la fin parce que c'était la seule qui lui permettrait de comprendre et d'expliquer ce qui lui arrivait. Et la réalité aurait beau le démentir des milliers de fois, Henri, heureux, s'en tiendrait toujours à ce récit, à sa colère et à son envie de faire mal.

J'étais enfin débarrassé du voisin. Des voisins. Ma tête allait exploser, il m'était de plus en plus difficile de me concentrer. Pourquoi Marine m'avait-elle menacé ? Quel plaisir pouvait-elle trouver à gâcher sans relâche ma vie, mes espoirs ? Elle savait que j'allais reprendre l'écriture d'un roman, je le lui avais annoncé ce midi. Et quelques heures plus tard, elle m'apprenait que son père m'attendrait à la sortie du train ?

Quel plaisir trouvent les gens dans la méchanceté ?

Je m'allongeai sur les deux sièges désormais libérés. La nuit était tombée sur la grande banlieue parisienne et les néons criards du wagon donnaient à mes filles un teint pâle – presque transparent. Je fermai les yeux et ne les distinguai plus que dans un clignement régulier.

Je crois qu'elles avaient eu peur quand j'avais crié et n'osaient plus bouger, plus parler, plus vivre. Je les voyais se ratatiner à vue d'œil. Oui, parfois je criais. C'est ce que doit faire un père, non ? On obtient le respect en se faisant entendre, et les enfants savent très bien ne pas écouter. Alors parfois, je haussais le ton. Au début, elles me regardaient avec défi, mais c'était moi l'adulte, je savais me fâcher plus fort, plus longtemps, et arrivait toujours le moment où elles étaient vaincues et filaient dans leur chambre en ayant reconnu ma victoire.

Les regards que me lançait alors Marine étaient terribles.

Bientôt, ce serait Paris. Ma ville. Mon quartier. Les rues vivantes de Ménilmontant, les immeubles faubouriens, les cafés populeux, les places où jouent les enfants. On voulait toujours me ramener dans mon Eure-et-Loir natal, alors que je n'y avais aucune attache, aucun lien. C'est à Paris que j'étais « né », c'est ici que tout avait commencé.

Mes filles avaient peut-être déjà perdu toutes ces sensations, tous ces souvenirs : le décor de leur enfance, ces senteurs, ces sons du quotidien. On oublie si vite à cet âge. Alors oui, on irait au restaurant, je les emmènerais marcher dans le quartier. On ne penserait à rien, vides et heureux. On mangerait des frites. Quand elles étaient petites, on se disputait toujours au restaurant avec Marine : le service était trop long, les plats trop froids, trop cuits, et mes filles se cachaient sous la table parce qu'elles comprenaient que quelque chose allait de travers et elles avaient honte sans savoir ce qu'était la honte, et alors je buvais le vin rosé que le serveur avait posé dans un seau de glace et, après le deuxième ou le troisième verre, ça allait mieux, je ne comprenais plus ce qu'il y avait eu de si grave, et le repas se déroulait aussi bien que possible, on disait des bêtises, on riait, et après la deuxième ou troisième bouteille, mes gestes devenaient moins assurés et j'avais mal au ventre à cause des médicaments.

Le bonheur, c'était cet intervalle fugace entre le deuxième verre et la deuxième bouteille. Avant, c'était la colère. Après, c'était la souffrance.

Le trajet était interminable. Il me semblait pourtant qu'on ne mettait que trois heures pour relier Marseille à Paris. Peut-être ce retour me paraissait-il si long parce que c'était la deuxième fois que je prenais le train dans la même journée ?

Au loin, je distinguais confusément des voix. Des gens parlaient – de moi à tous les coups. On a toujours parlé de moi. J'avais chaud, j'étais allongé sur les deux sièges, tellement bien installé que je ne voulais pas bouger, même si on parlait de moi, même si on cherchait à me déloger. Marine était loin, dans son appartement propre, et ne pouvait plus me faire de mal. Mes enfants étaient en sécurité.

Cela me laissait donc indifférent : qu'ils parlent.

Le trajet vers Paris fut effroyable. D'abord, comme une prémonition funeste, la voiture de Joffre, sa vieille voiture de luxe défoncée, celle qu'il aurait pu remplacer sans la trahison du garagiste, refusa de démarrer. Il eut beau ouvrir le capot et attendre une illumination en regardant ces fils et ces réservoirs et ces pièces mécaniques, il eut beau donner un violent coup de pied sur l'habitacle, il eut beau pester, tonner, trépigner – elle ne bougea pas, résistant avec une passivité exaspérante aux gesticulations de Joffre.

Il se résolut à prendre le train. Joffre faisait partie de la génération pour qui la voiture représentait encore un symbole de liberté. L'achat de son premier véhicule correspondait à son émancipation – il avait quitté le domicile parental et, avec l'argent gagné lors de sa première « saison » dans le Sud, s'était offert une petite Fiat qu'il avait adorée, qu'il avait gardée près de dix ans et grâce à laquelle il était devenu, du jour au lendemain, un autre homme. Il n'y avait plus de limites désormais à ses déplacements, il n'y avait plus d'horaires à respecter. « Trop loin » n'existait pas. Il pouvait raccompagner des collègues, des amis. Il se souvient qu'Hedwig baignait à l'époque dans les mouvements écologistes allemands et qu'elle refusait de passer son permis. Il se souvient également qu'elle s'était rapprochée de lui parce qu'il possédait cette petite Fiat et qu'il pouvait la raccompagner ou l'emmener en virée dans la région tandis que les autres, moins chanceux, étaient contraints de passer tout leur temps libre à quelques centaines de mètres du dortoir où ils étaient logés.

À présent, Hedwig était une quadragénaire parisienne au léger accent germanique. Elle était la propriétaire d'une agence immobilière et gagnait très bien sa vie. Son appartement était décoré avec goût. Elle vivait en célibataire, prétendait avec un certain talent être heureuse. Elle n'avait toujours pas le permis et ne se déplaçait qu'en taxi. Elle disait que rouler dans Paris était devenu un enfer.

Joffre n'avait pas les moyens de commander un taxi. Il se dirigea donc en pestant vers la gare de Gif. Sur le chemin, il vit bien que tous les regards convergeaient vers lui. Les clients de la boulangerie qui rigolaient, bien protégés derrière leur vitrine. La mère de famille à l'arrêt de bus. Les employés de la banque qui profitaient d'une pause cigarette devant l'agence. Sitôt que Joffre se tournait vers eux, ils détournaient les yeux. L'air innocent. Lui, il savait bien ce qu'ils pensaient : « C'est Joffre, c'est celui qui a voulu escroquer toute la vallée, c'est le bandit de la cave. » Il savait bien la réprobation générale, la stigmatisation. Le rejet. Avant, ça se chuchotait, on gardait cela pour les dîners, bien protégés par les murs épais des maisons coquettes, mais à présent que la partie était perdue, ça pouvait se dire, ça pouvait se montrer, on n'avait plus peur.

Des enfants traversèrent en courant la rue, ils riaient et bousculèrent Joffre, qui sentit une immense bouffée de colère monter en lui. Il avait envie d'en attraper un et de le gifler devant tous ses amis, juste pour évacuer la pression.

Quelle petite ville. Quelles petites vies. Tous le jugeaient, tous le méprisaient ; ils le haïssaient : pourquoi ? L'esprit de Joffre s'arrêta au seuil de cette question.

Dans le train de banlieue vieillissant, aux banquettes lacérées, Joffre transpirait à grosses gouttes. Il entendait des petits groupes chuchoter derrière lui. On le désignait. À la colère succéda alors la peur. Il essaya bien de se persuader qu'une telle idée était irrationnelle mais échoua : oui, il était très vraisemblable qu'on ait pour projet d'attenter à sa vie. Il était tellement entouré de haine, il s'était fait tant d'ennemis – et des ennemis puissants, de surcroît – que plus rien n'était logique. Le plus étonnant, finalement, c'était de l'avoir compris si tard.

Joffre se leva et fit semblant de chercher quelque chose dans ses poches. Son regard était vague, sans objet. Le train entra en gare de Bures-sur-Yvette. Une dame avec une poussette ouvrit la porte et descendit. Le signal retentit. Joffre bondit, courut sur le quai et monta dans le wagon précédent. Essoufflé, il s'assit sur un strapontin. À peine quelques instants plus tard, un passager énorme, suintant, lippu, vint s'installer à côté de lui, l'écrasant de toute sa masse. Joffre cessa de respirer. Il avait compris. Il ne fit plus un geste et le temps s'écoula, interminable, scandé par le bruit du moteur. À la station suivante, il bondit sur le quai quand retentit la sonnerie et laissa partir le train. Ils ne l'auraient pas cette fois.

Joffre termina son trajet dans un état d'hypervigilance épuisant. C'était un animal traqué, fragile, et tous les prédateurs s'étaient entendus pour avoir sa peau. Il employait des ruses d'espion soviétique pour semer ses poursuivants. Partout autour de lui, on chuchotait, on le montrait du doigt. Sur un quai, des contrôleurs lui demandèrent de présenter son ticket afin de lui faire perdre l'avance qu'il avait gagnée sur ses ennemis. Il finit par entrer dans Paris, par le sud – d'abord la Cité universitaire, puis le Quartier latin et enfin Châtelet, ses couloirs sans fin, la foule à toute heure, au milieu de laquelle il pouvait se camoufler.

Et enfin, à 13 heures, livide comme celui qui à l'article de la mort a compris quelque chose que toute sa vie on lui avait caché, Joffre s'effondra au pied des marches du restaurant Le Train bleu, à la gare de Lyon. C'est ici qu'il avait rendez-vous avec Hedwig.

Joffre se souvenait à peine du repas. Quand il était arrivé, Hedwig se trouvait dans les salons du fond et buvait un whisky. Elle avait l'air de boire pour se donner de la force, il n'avait pas l'habitude de la voir comme cela. Ils s'installèrent dans la salle principale, près de la fenêtre donnant sur le parvis de la gare. Sous les peintures murales, sous les lustres, dans les dorures, comme toujours. À présent, il n'avait plus le goût à tout ça. Il fixait son assiette sans parler, ou presque. À la table mitoyenne, un père s'était installé avec ses deux enfants. Ils donnaient l'impression d'écouter ce qu'il disait, alors de temps en temps Joffre prononçait à voix très haute une phrase absurde, pour qu'ils s'en souviennent, pour les tromper.

— Tu ne trouves pas que le président Kennedy a eu de la chance d'être assassiné ?

C'était encore une technique de contre-espionnage.

Hedwig elle-même paraissait éteinte. Elle supposait qu'il blaguait, elle ne relevait même pas, avalant sans bruit son repas, et Joffre lançait des regards inquiets, de biais, à ses voisins. Puis il retombait dans son mutisme. Il n'avait plus rien à perdre. Hedwig, elle, avait le sens de l'étiquette ; elle n'aimait pas les silences et finit par raconter un peu ses journées. Elle ne pensait pas à ce qu'elle disait et lui n'écoutait pas ce qu'elle racontait. Le cœur n'y était pas.

Joffre avait commandé une bouteille de vin, qu'il engloutit presque sans en laisser à Hedwig. Il tremblait. Il donnait l'impression d'un vieil adolescent qui boit pour se donner du courage avant une soirée. Il commanda une deuxième bouteille, un crozes-hermitage sans beaucoup d'intérêt, et Hedwig le regarda avec pitié. Il n'avait pas touché à son assiette.

Joffre profita de l'irruption d'un groom à la voix tonitruante, qui racontait, planté au beau milieu des rangées de tables, l'histoire du lieu, de sa décoration, pour se pencher vers Hedwig et chuchoter à toute vitesse :

— Hedwig. Je n'ai pas le temps de t'expliquer ce qu'il se passe. Pas ici en tout cas. C'est absolument fou. À peine croyable. Ici, on nous écoute. Tout le monde nous écoute. Il y a des gens qui vont chercher à me nuire dans les prochains jours, et c'est pour ça qu'il faut être vigilants et que tu dois m'obéir en tous points. C'est bien d'accord ?

Hedwig opina, comme devant un fou qui vous alpague dans la rue, en attendant de s'en débarrasser.

— Maintenant, on va demander l'addition. Pour plus de discrétion, c'est toi qui vas payer. Moi, je t'attends au pied des marches. On ne partira pas ensemble. Quand tu me rejoindras, je m'en irai le premier et tu me suivras. Je connais un endroit où on devrait être à l'abri et là, je t'expliquerai tout.

Hedwig céda à son caprice et se rassura en se disant que c'était la dernière fois.

*

Joffre quitta la gare et s'avança, suivi de près par Hedwig, poussée par le seul sens du devoir. Elle aurait pu s'enfuir, mais elle connaissait trop bien la suite : les coups de téléphone implorants, de plus en plus nombreux, à n'importe quelle heure du jour ou de la nuit, les textos, les déclarations d'amour qui se changeaient en menaces, les apparitions à tous les endroits de sa vie, un énorme bouquet de fleurs laissé à l'accueil de l'agence, un dîner agréable avec des amis et quand on tournait la tête on découvrait qu'il avait réservé la table d'à côté. Elle avait connu tout ça dans le passé avec d'autres hommes et il était hors de question que cela recommence avec Joffre. Elle préférait couper clairement les ponts, sans laisser la moindre ambiguïté entre eux, sans lui céder le moindre espace.

Ils remontèrent la rue de Lyon, longeant les cafés où patientaient des touristes écrasés sous de lourds bagages, et les sex-shops glauques. Sur la droite apparut le viaduc. Cette ligne ferroviaire – qui, partant de la gare désormais détruite de la Bastille, menait les Parisiens vers les bords de la Marne – avait été supprimée ; à la place, une promenade en plein air, surplombant l'avenue Daumesnil, avait été créée. Joffre fit mine de s'arrêter devant une vitrine. Hedwig fit de même. Sans la regarder, comme s'il se parlait à lui-même, il dit :

— Tu vas tourner à droite maintenant. On va emprunter l'escalier.

Ils montèrent sans se regarder et s'engagèrent sur la promenade plantée. Soudain, Joffre s'arrêta et s'assit sur un banc. Hedwig l'imita. Les jambes écartées, les yeux fixés au sol, il lui adressa la parole en chuchotant, d'un ton saccadé :

— J'ai déconné. J'ai fait du mal à des gens puissants, trop

puissants pour moi. J'ai joué et j'ai perdu. Tu te souviens de nos soirées au casino d'Enghien, quand on avait failli tout perdre et qu'on s'en était sortis par miracle ? Comme on était heureux à la fin de cette nuit.

— On était heureux parce qu'on avait eu très peur.

— Exactement. Et maintenant j'ai peur, parce que je suis sans doute allé trop loin. J'ai donné un coup de pied dans la fourmilière et je ne sais pas comment ça va se terminer.

— Je ne comprends rien à ce que tu me dis. C'est assez délirant, est-ce que tu en as conscience ?

Joffre, fixant toujours le sol, eut un geste de colère.

— Parle moins fort ! Et arrête de me regarder, tu es folle ou quoi ? Je t'ai dit de chuchoter. Je n'ai pas envie qu'on retrouve mon corps au petit matin dans un bosquet. C'est ça que je risque : tu comprends ou pas ?

Hedwig était effondrée et ne savait pas comment se comporter. Dans le doute, elle supposa qu'il valait mieux lui obéir et voir où ça pouvait les conduire. Par précaution, elle mit tout de même la main sur son téléphone, prête à appeler la police.

— Tu ne répondais jamais, Joffre. Je t'ai appelé au magasin et je suis tombée sur un message bizarre. Tu n'as plus de ligne ?

— Ils m'ont coupé le téléphone. Ils ont tous les droits. Ils ont visité ma boutique, tu le sais ? J'ai dû fuir en catastrophe. Je n'étais plus en sécurité. Il faut que tu m'aides. J'ai besoin d'argent. Je vais devoir me résoudre à quitter le pays, je n'ai plus le choix. Soit ils ont décidé que je devais mourir, et dans ce cas je ne partirai pas seul, soit je fuis sans me faire attraper. Je n'ai aucune vocation au martyre, tu comprends ça ?

Hedwig entendait bien la menace. Qu'est-ce que cela signifiait, « je ne partirai pas seul » ?

À cet instant, leur échange – si on peut appeler ainsi ces deux monologues en parallèle – fut interrompu par la sonnerie d'un téléphone. Joffre sursauta, fouilla dans ses poches et finit par décrocher, parlant toujours à voix basse et hachée.

— Oui, qui est-ce ?

C'était la voix de Lola, apeurée. Henri était tout seul à Rome. Giulia avait disparu sans donner de nouvelles. Et la ligne téléphonique de la boutique avait été coupée. Joffre entendait ce flot de mots qui se bousculaient, la voix paniquée de celle qui n'était plus sa fille, les obligations qu'il ne ressentait plus. Il ne parla pas, il siffla.

— Je sais qu'Henri est à Rome, merci. Je l'ai eu au téléphone. Il rentre en fin d'après-midi. J'irai certainement le chercher.

Lola n'avait pas d'argent. Lola ne l'intéressait pas. Joffre était un mauvais chasseur, il ne pouvait suivre qu'une proie à la fois. Il était obsédé par son besoin d'argent, il était focalisé sur Hedwig et il était furieux d'être déconcentré par Lola.

Lola ne comprenait pas ce ton, ne comprenait pas cette indifférence. Elle se fâcha.

— Mais je t'annonce que ta mère a disparu et c'est tout ce que tu trouves à me dire ? Je crois qu'il y a eu une effraction à Chevreuse, la maison était sens dessus dessous. Quand est-ce que tu l'as vue pour la dernière fois ?

Sans qu'il le veuille, Joffre se remémora leur dernière entrevue, cette soirée pénible, hors du temps – sa mère qui buvait du porto, les cigarettes au sol, le vase contenant des liasses de billets.

Hedwig était pétrifiée. Devant ce couple immobile déambulaient d'heureux Parisiens, qui se dépêchaient de rentrer se mettre à l'abri, chez eux ou dans un café. Un orage d'été se préparait, l'air était lourd en cet après-midi de juin. Joffre transpirait beaucoup.

Hedwig écoutait la conversation ; elle n'arrivait pas à savoir à quoi Joffre pensait. Il voulait raccrocher. Lola l'embêtait avec ses questions, il avait une mission à accomplir.

— Et pourquoi tu n'es pas à la boutique ? J'y suis passée, c'était fermé. Je t'ai appelé hier soir et tu as décroché mais tu ne m'as pas répondu. Qu'est-ce que tu fais ?

— Je suis en Suisse, pour affaires.

— Ah non. Tu sors tes histoires à qui tu veux, mais pas à moi. Est-ce que tu comptes retrouver ta mère ??? Elle n'est pas chez elle, elle n'est pas à Rome. Papy me raconte n'importe quoi, tu me racontes n'importe quoi, qu'est-ce qu'il se passe ? Où es-tu d'abord ?

— Je suis en rendez-vous professionnel à Paris, près de la Bastille.

— J'arrive, papa. Tu ne bouges pas et tu m'envoies tout de suite ton adresse.

Le silence qui suivit fut terrible pour Joffre. Il se faisait gronder par une enfant. Hedwig le regardait avec pitié. Il rangea le téléphone et se tourna vers elle.

Il était nu, pathétique. Pourtant, il parla avec une résolution nouvelle, comme s'il venait de prendre une décision – ou plutôt, comme s'il venait enfin de trouver une issue.

— Je ne vais pas tourner autour du pot. J'ai besoin que tu me prêtes de l'argent. Je vais remonter la pente, tout va bien se terminer. Il faut juste que tu me prêtes 10 000 euros. Évidemment, ce sera remboursé. Je vais te signer un papier pour ça. Je ne suis ni aveugle ni stupide. Je sais bien pour quelle raison tu as accepté qu'on se voie aujourd'hui. Ne t'inquiète pas, je ne t'embêterai plus.

Hedwig voulait en effet lui annoncer qu'elle souhaitait

mettre un terme à leur relation. Elle avait tant de bonnes raisons de prendre cette décision : son comportement était erratique, ses mensonges grotesques, son rapport à l'argent inquiétant. Elle avait passé l'âge qu'on lui raconte des histoires.

— Tu es gonflé, tout de même.

— Mais tu avais promis de m'aider.

Maintenant, il lui apparaissait tout petit, assez risible sans son masque, sa gouaille forcée, ses beaux vêtements, ses discours irréalistes. Il insista.

— Prête-moi ces 10 000 euros, Hedwig. Il faut que je parte. Je te supplie, à genoux. Tu ne te rends pas compte de ce qu'il m'arrive. Je suis tout seul, comme un chien. Des gens très haut placés veulent ma peau. Donne-moi juste de quoi fuir la région parisienne et me mettre à l'abri. Tu ne veux pas avoir ma mort sur la conscience, si ? Ou celle d'autres personnes ? Ils sont capables de tout et moi aussi. Je ne me laisserai pas faire sans réagir. Tout est entre tes mains, Hedwig.

Hedwig se leva.

— Tu ne comprends rien, Joffre. Tu refuses de changer. Tu t'enfermes dans une fable et tu n'arriveras pas à t'en échapper. Tu n'attends que la mort, la donner, la recevoir, parce que tu ne pourras alors plus être tenu pour responsable de rien. Je ne peux rien pour toi.

Joffre la vit s'éloigner. Il aurait aimé la poursuivre, l'attraper par-derrière et la faire tomber au sol, la rouer de coups – non, il aurait aimé la poursuivre et la convaincre et recommencer toute sa vie comme avant. Mais il semblait aimanté à son banc. Il avait l'impression de peser une tonne, d'être une de ces statues accrochées à un socle, un élément du décor qu'on ne peut déplacer. Petit à petit, Hedwig disparaissait de son champ de vision. Bientôt, Lola arriverait et il adviendrait ce qui devrait advenir. En attendant, il sortit son téléphone et envoya un message à Lola :

« Sur la promenade plantée »

et un message à Hedwig :

« Tu me le paieras. Je n'oublie jamais. »

Et il s'endormit sur le banc.

Pendant les mois des punaises, quand Marine dormait dans la baignoire, les disputes étaient devenues incessantes. Aucun sujet n'y échappait et n'importe quelle situation pouvait faire l'objet d'un accrochage. Marine mangeait au travail, ou au restaurant avec des amies, ou dans la salle de bains, en regardant un film sur l'ordinateur. Le petit meuble en bois blanc qui avait servi à stocker les produits d'hygiène et les serviettes était désormais le placard de Marine. Elle y rangeait ses vêtements propres, un peu de nourriture. Elle posait dessus l'ordinateur pour ses soirées cinéma. Les filles n'avaient qu'à traverser le couloir pour voir leur mère.

Pour voir leur père, il fallait tourner à droite.

Après les disputes, il y eut le silence. C'était pire. Si elle avait besoin d'une action de ma part, Marine me laissait une feuille griffonnée de son écriture si peu lisible. Si elle voulait me transmettre une information, elle collait un gros Post-it rose ou jaune sur la porte du frigo ou sur la porte d'entrée :

JE NE SUIS PAS LÀ CE SOIR

VA CHERCHER LES ENFANTS

En somme, j'avais été soulagé quand elle avait fini par partir chez ses parents dans la Mayenne.

Le train s'était arrêté au milieu des voies et j'ouvris les yeux sans savoir où je me trouvais. Il me fallut quelques secondes pour recoller les morceaux et me situer dans l'espace. Bientôt, ce serait Paris. Très bientôt. Je changeai de position et m'allongeai dans l'autre sens.

Le silence, soudain, était devenu inquiétant.

Il y avait toujours cette histoire que je voulais raconter. C'était cela le plus important. À vrai dire, c'était même davantage : il ne me restait plus que ça. Ces personnages. Ces lieux. Comme un raz-de-marée qui recouvrait ma vie, mes actes, mon passé.

Les hommes en uniforme étaient massés derrière la porte automatique et, en m'étirant vers le couloir, je parvenais à distinguer leurs casquettes et les cheveux de badauds agglutinés derrière eux.

Il fallait que mon histoire continue, c'était désormais une question de vie ou de mort ; il fallait que je continue à inventer, à arracher au monde mes personnages. Ils allaient venir tout détruire et après c'en serait fini, plus rien n'en subsisterait, pas un mot, pas une expression du visage, un pli des yeux, une joie soudaine ou une bassesse. Leur disparition serait abominable. Elle signerait la fin d'un monde. Je fermai à nouveau les yeux ; il m'était impensable de les abandonner. Où iraient-ils sans moi ? Que deviendraient-ils ?

Quand Giulia ouvrit les yeux, elle se trouvait dans une petite pièce aux murs salis. Elle ne se souvenait de rien. Sa tête était prête à exploser, voilà tout ce qu'elle savait. Un moment, son âme avait flotté au-dessus de la cour et elle s'était imaginée toute-puissante. Elle possédait une connaissance absolue. Puis la lumière s'était éteinte et elle avait sombré. Alors elle ignorait tout ce que le voisin Grabmüller avait vu, comme au spectacle, avec un mélange d'effroi et de stupeur, tel Morcerf devant la *mazzolata* que lui présentait Monte-Cristo à Rome, pâle comme la mort, serrant malgré lui le rideau de toutes ses forces. Elle n'avait pas entendu les policiers fous de rage, songeant un moment à la balancer du troisième étage comme on laisserait tomber un sac de plâtre, elle n'avait pas vu les policiers se ressaisir et se mettre à trois pour descendre son corps, niveau par niveau, en ayant peur de lâcher l'échelle et de se faire mal. Comment la situation avait-elle pu déraper aussi vite ? s'étaient-ils demandé. Une interpellation, un appel pour un tapage nocturne, et on se retrouvait à avoir peur de mourir et peur de tuer. Elle n'avait pas senti qu'on l'embarquait comme un paquet, tassée au fond du véhicule, pour ne pas appeler les pompiers, tant pis, on ferait les vérifications plus tard, au commissariat, il fallait juste espérer qu'elle ne soit pas morte sinon ça ferait des ennuis. Et maintenant, dans cette pièce blanche sans fenêtre, son âme ne flottait plus du tout.

La porte s'ouvrit en grinçant. Un policier à l'air fatigué lui demanda de le suivre. Il lui présenta un petit tube de plastique.

— Là, prenez-le avec la main droite et soufflez fort.

Giulia obéit et le brigadier siffla entre ses dents.

— Il ne faut pas faire ça, madame. Ce n'est pas raisonnable de se mettre dans cet état. Ça vous arrive souvent ?

Giulia ne répondit pas. Le brigadier haussa les épaules. Il la reconduisit à travers les longs couloirs pleins de désordre et marmonna, pour lui-même : « de toute façon, moi, je m'en fous complètement » avant de fermer à clé derrière lui.

Giulia se rendormit. Elle rêva de choses impossibles, elle rêva de son enfance et des guêpes qu'elle attrapait dans des carafes, elle rêva de son père, elle rêva de Rome, d'un cimetière romain aux herbes folles où elle allait avec Henri, elle y dansait, elle s'y sentait tellement légère, elle rêva de sa maison de Ponza, quel endroit ce serait pour mourir, et dans son rêve elle avait à la fois cette pensée et l'idée que cette pensée n'avait rien de triste, bien au contraire – oui, ce serait un endroit parfait pour mourir. Elle revoyait les grandes tablées, les discussions animées, l'odeur du sirop d'orgeat, le bruit de la mer derrière la route, sa sœur Paula debout derrière elle – elle était immense à présent, presque deux fois sa taille, et elle la serrait fort dans ses bras et rien n'avait jamais été plus réconfortant, rien.

Ponza était un caillou posé sur la Méditerranée, à quelques miles de la côte. Le rivage était aride, rocheux ; les criques permettaient, si l'on avait un bateau, de s'y sentir comme coupé du monde. Les Romains y passaient leurs week-ends et leurs vacances, et les familles aisées, comme celle de Giulia, y possédaient une maison secondaire et un bateau. Depuis que Fellini y avait tourné le *Satyricon*, les touristes affluaient. Les enfants des pêcheurs travaillaient maintenant dans la restauration ou dans l'hôtellerie, se livraient à quelques activités non déclarées pour boucler le budget – et c'est ainsi que la maison que les parents de Giulia avaient achetée, puis dont Giulia et sa sœur avaient hérité, avait toujours été entretenue par un voisin arrangeant en échange de quelques billets, bien qu'elle ne soit habitée à proprement parler que la moitié de l'année.

Ponza possédait une aura magique qui ensorcelait Giulia dans sa jeunesse. La mer y était d'une couleur qu'elle n'avait jamais retrouvée ailleurs ; les promenades sur les chemins venteux avaient le goût d'une liberté à jamais perdue. Elle était fière d'avoir insisté pour y emmener Lola presque tous les étés quand elle était enfant. Joffre devait travailler pour effectuer des remplacements durant les vacances, Élise préférait ne pas partir en août car le prix des locations était trop élevé pour eux. Lola embarquait donc avec ses grands-parents pour quelques semaines loin, bien loin de Gif-sur-Yvette. Henri s'enfermait dans une pièce qu'il avait réaménagée en bureau, et Giulia racontait à sa petite-fille des histoires fantastiques.

— Tu sais qu'ici vivait autrefois une magicienne terrifiante, qu'on appelait Circé ? Un jour, Ulysse échoua sur l'île avec tout son équipage. Circé n'aimait pas qu'on l'embête, alors elle donna à boire une potion magique aux marins, qui se transformèrent tous en porcs. Tu imagines la frayeur d'Ulysse, seul au milieu de la grande mer, abandonné par tous ses compagnons ? Il demanda alors de l'aide au dieu Hermès, qui lui donna un remède magique pour qu'il ne soit pas empoisonné. Et tu sais ce qu'il fit ? Il dépassa sa peur et s'unit avec Circé. Parfois, on se marie avec des gens qui nous font peur, Lola… Ulysse convainquit Circé de redonner forme humaine à son équipage et ils vécurent heureux, en couple, ici même.

— Dans notre maison ?

— Peut-être, oui. Ou peut-être juste à côté, chez Francesca. Ça, les livres ne le disent pas. En tout cas, il était tellement bien ici, Ulysse, qu'il ne voulait plus repartir. Pourtant, il devait rentrer à Ithaque, où l'attendait Pénélope. Mais il resta quand même une année entière, et il eut beaucoup d'enfants avec Circé. Ensuite, il se résolut à rentrer chez lui.

— Et ses enfants ?

— Un des enfants de Circé et d'Ulysse, qui s'appelait Télégonos, voulut un jour savoir qui était son père…

Giulia s'arrêta, sentant qu'elle avait été emportée par son récit et qu'elle s'engageait sur un sujet sensible pour Lola. Mais la petite buvait ses paroles, alors elle continua :

— Circé lui révéla le nom de son père et Télégonos partit le retrouver à Ithaque avec ses marins. Après une traversée longue et agitée, ils s'échouèrent sur un rivage. L'équipage, affamé, pilla tout ce qu'il put trouver. En représailles, le roi Ulysse engagea le combat. Télégonos planta une lance au dard empoisonné dans les entrailles de son propre père. Se sentant mourir, Ulysse se rappela une prophétie naguère entendue et comprit que c'était son propre fils qui venait de lui ôter la vie. Le destin les avait réunis, trop tard. Télégonos épousa alors Pénélope à la place de son père, selon ses derniers souhaits, et le corps d'Ulysse fut rapatrié à Ponza, auprès de Circé.

Lola ne bougeait pas, ne parlait pas. Ces soirs-là, la vie était quelque chose de l'ordre du sacré, où tout avait du sens, où tout pouvait arriver. Elle se blottit contre sa grand-mère sans un mot, écoutant le bruit du ressac. Demain, Lola irait voir les grottes et chercher Circé, Ulysse et ce Télégonos qui, en voulant retrouver son père, lui avait donné la mort.

Giulia se perdait dans ses rêveries. Ponza était une île dans son esprit aussi, un abri séparé du reste du monde dans lequel elle pouvait se rendre à volonté. Elle entrouvrit les yeux et tout le réel l'attrapa à la gorge : les allées et venues des policiers, les cris des gardés à vue, l'odeur infecte d'urine, les murs tachés de moisi. À Ponza, prison de luxe, le pape Silvère avait été exilé – parce que ses ennemis l'avaient accusé d'avoir offert Rome aux Ostrogoths. Mussolini envoyait ici ses opposants, avant d'y être lui-même emprisonné. L'île du destin en somme, où ceux qui étaient accusés de trahison finissaient sanctifiés, où ceux qui punissaient finissaient punis.

La nuit passa. Puis le jour. Autour d'elle, il y avait le brouhaha du commissariat, les collègues qui s'interpellaient, qui s'amusaient, qui râlaient, les prévenus qu'on bousculait un peu. Ceux qui gueulaient. Un chahut aussi, et des bruits de grille métallique qui claque. Elle entrouvrit les yeux puis les referma. Elle avait envie de vomir et son crâne allait exploser. Il aurait fallu qu'elle boive de l'eau aussi. Elle avait des sueurs froides. Quand la porte s'ouvrit à nouveau et qu'un policier apparut, elle dit qu'elle était malade, mais on lui répondit qu'elle ne pourrait pas voir de médecin. C'était la loi. Mais qu'est-ce que c'était que cette loi qui interdisait la présence de médecins ? Est-ce qu'elle pouvait manger alors ?

On lui répondit qu'elle n'avait pas droit à de la nourriture non plus. C'est la loi aussi ? grimaça Giulia. Oui, c'était la loi.

— *Paese di merda*, siffla-t-elle entre ses dents.

De temps en temps, une tête passait, comme pour vérifier qu'elle était encore vivante ou pour accomplir une mystérieuse tâche administrative dont elle ne comprenait pas la finalité.

Tout le monde s'en foutait, d'elle et de ses problèmes ; elle s'était retenue toute la nuit, elle s'était retenue tout le temps qu'elle avait été ici, consciente ou inconsciente, elle n'en pouvait plus, elle urina dans le coin dédié, dont la saleté lui donnait envie de pleurer, à moitié sur elle-même, et elle avait tellement honte, honte à s'en écraser la tête contre le mur.

Il était 10 heures, 11 heures, elle ne savait même plus à quelle heure elle avait été conduite ici, elle ne savait même plus à quelle heure elle était partie de chez elle. L'image fugace de Joffre traversa son esprit – elle la chassa aussitôt.

On vint la chercher pour de bon cette fois, sans ménagement. On l'installa dans un bureau mal rangé, dont les piles de dossiers menaçaient de s'effondrer, dont les affiches témoignaient d'un mauvais goût qui heurta Giulia, on la fit asseoir sur une chaise et on déroula l'exposé des faits.

— Pouvez-vous décliner vos nom, prénom, date et lieu de naissance ?

— *Teresa Brabane. Februare 17, 1959. Roma.*

— Je vais procéder à l'exposé des faits. À 1 h 42, vous croisez une brigade de nuit. Vous êtes en état d'ivresse manifeste sur la voie publique et, plutôt que de vous interpeller, les policiers vous recommandent de rentrer chez vous. Ce qu'apparemment vous promettez.

— *Non mi ricordo.*

— Vous ne parlez pas français ?

— *Un po'.*

— Vous comprenez ce que je dis ?

— *Si.*

— Vous habitez à Paris ?

Giulia répondit, dans un français atroce.

— Je suis une touriste *italiana.* Un homme m'a donné à boire.

— Voulez-vous poursuivre l'interrogatoire ?

— *Si. Va bene cosi.*

— Donc, vous rencontrez mes collègues. Ensuite, on reçoit plusieurs appels de la part de voisins qui entendent une femme hurler entre 2 h 25 et 2 h 42. Cette femme, c'est vous. Vous insultez des gens, vous tambourinez contre une fenêtre, contre des palissades. Le réceptionniste d'un hôtel sort dans la rue pour vous raisonner et vous menacez de lui fracasser une bouteille sur le crâne. Un vieux monsieur – vous lui avez fait la peur de sa vie. Vous continuez votre errance, vous arrivez dans une cour d'immeuble. Là, vous chantez, vous criez, vous grimpez sur un échafaudage et vous tapez contre les fenêtres, les volets de braves citoyens qui dorment. Vous parlez à des gens qui n'existent pas. Il est 3 h 37. Là aussi, vous faites une peur bleue au voisinage. Vous laissez tomber des objets, du matériel de chantier. Vous menacez de vous suicider. Vous continuez à crier – c'est une manie chez vous. Les policiers arrivent et vous trouvent endormie. C'est du moins ce qu'ils pensent. Jusque-là, vous êtes d'accord ?

— *Non mi ricordo.*

— Passons. Quand ils arrivent, vous êtes allongée, inerte, au troisième étage d'un échafaudage et mes collègues supposent que vous êtes assoupie. Ils essaient de vous réveiller et là, ils découvrent une véritable furie, qui les frappe, qui les mord, qui les insulte. Regardez-moi, madame. Vous avez l'air d'être une dame chic. Vous avez sans doute des enfants. Est-ce que c'est un comportement qui vous semble approprié ?

— *Non mi ricordo.*

Giulia était ailleurs. Le policier continua à parler, elle n'écoutait plus. À un moment, il se leva et alors elle se leva aussi. Il la guida dans les couloirs et elle repartit sans un mot, sans une plainte, dans son petit cube aux murs écaillés, striés de longues taches marronnasses. Elle souriait. Elle pensait à Ponza.

La réalité devenait de plus en plus hachée. Comme dans un ruban de Möbius, je naviguais d'une face à l'autre sans repères. Je perdais toute notion du temps ; j'avais des absences qui semblaient durer à la fois quelques secondes et des heures entières. Je voulais juste continuer à rêver. Qu'on me laisse au moins ce répit.

Après le départ de Marine, le changement le plus marquant avait eu trait au bruit. L'appartement était devenu vide, calme – immense. C'était comme si d'un coup le plafond avait été surélevé, les murs écartés, les meubles éloignés les uns des autres. Les journées s'étiraient, interminables et mutiques. Ma voix résonnait presque quand je parlais seul.

Je ne vivais qu'avec le manque de mes enfants. J'y pensais tout le temps, il m'était impossible de ne pas sentir leur absence. Le silence me disait « elles sont parties ». L'espace me disait « elles sont parties ». Je pensais à elles quand je préparais des repas pour une personne. Je pensais à elles quand je n'avais pas besoin de me presser pour rentrer du travail parce que personne ne m'attendait. Personne n'avait besoin de moi. Je pensais à elles du matin au soir, et je ne les appelais jamais parce que ce n'était pas cela que je souhaitais, pas un échange téléphonique entrecoupé de silences et d'incompréhensions.

Au travail, mes apparitions se faisaient de plus en plus rares. Parfois, je m'absentais deux ou trois jours, sans donner signe de vie. Je ne parlais presque plus, répondais à peine quand on m'adressait la parole : je commençais à leur faire peur.

On m'avait arraché mes enfants. Il n'y avait rien de plus à dire. On m'avait volé mes filles. Heureusement que j'avais fait ce voyage à Marseille – il ne faut jamais se laisser diriger par les autres.

Au loin, le bruit croissait, il fallait que je me dépêche. Je n'avais pas entendu le train redémarrer : les premiers immeubles parisiens se découpaient déjà dans l'encadrement de la fenêtre et les lampadaires défilaient dans la nuit noire, comme des lucioles énervées. Bientôt, c'en serait terminé.

Marine n'avait fait que précipiter les choses : voilà ce qu'elle me dirait pour sa défense. Les enfants finissent toujours par nous quitter – ils se détachent de nous et vivent leur vie. Comme les personnages d'un livre qui s'animent et se révoltent, ils s'arrachent à leurs créateurs.

Et un beau jour, les parents deviennent les enfants de leurs enfants.

La maison était devant elle à présent, grande, beaucoup trop grande pour deux personnes, et c'était toujours la même joie pour Lola – une sensation de bonheur qu'elle éprouvait à six ans quand Joffre la déposait pour qu'elle y passe le week-end et qui s'était maintenue en elle, inchangée. Une sensation pure, juvénile, une joie sans avant et sans après.

Cette maison, Lola ne pouvait pas le savoir, était pourtant la preuve que le couple formé par Henri et Giulia avait échoué. Quand Joffre allait naître, la jeune famille avait quitté Paris, ses rues commerçantes, sa vie de quartier, la possibilité aussi pour Giulia de travailler et d'être autonome, pour Chevreuse, sa forêt, ses petits lacs, ses quartiers bien cotés. Un agent immobilier leur avait fait visiter une maison avec quatre chambres.

« Joffre pourra avoir un petit frère et une petite sœur », avait pensé Giulia.

— Je pourrai avoir un bureau pour travailler, avait dit Henri. Pour l'autre chambre, on verra.

Et ils avaient signé le contrat de vente – avec une aide

financière importante de la famille de Giulia –, et la troisième chambre était devenue un bureau, débordant de rapports ouverts au sol, d'ouvrages mal rangés au mur, de papiers annotés sur le bureau. La quatrième chambre n'avait jamais servi à rien. Une ampoule nue pendait au plafond. Un lit de bébé inutilisé était renversé à plat contre le mur. Une caisse à outils était posée au sol. La peinture portait la trace des décennies écoulées depuis l'acquisition de la maison. Quand Lola venait, elle dormait dans la chambre que Joffre avait quittée un jour après son bac pour n'y plus jamais coucher.

Comme Henri quelque temps avant elle, Lola sonna à la porte, en vain. Elle sortit son téléphone et composa le numéro de sa grand-mère. En vain. Lola lança un caillou à la fenêtre – peut-être étaient-ils en train de dormir ? Elle s'assit sur les marches et attendit : ils seront allés au restaurant ou au cinéma. Elle regarda la petite rue bordée de pavillons où elle avait l'impression d'avoir grandi, bien plus que dans l'appartement partagé avec ses parents (elle savait déjà que ses souvenirs d'enfance la rattacheraient à cet endroit), elle regarda la petite rue en s'efforçant de ne penser à rien, de laisser venir les choses. C'était Maëlys qui lui avait parlé de méditation et qui lui avait conseillé de s'entraîner, dès qu'elle en avait l'occasion. Alors elle fixait, l'esprit vide, ces arbres insensibles, si bien taillés, si différents des grands pins du causse, elle fixait le bitume sur lequel aucune voiture ne passait jamais, ou presque, elle fixait le ciel francilien et, reposée, sereine, elle laissait la lumière du soleil entamer son déclin.

Ce fut un aboiement de chien qui la tira de sa torpeur. Il devait être plus de 20 heures et son grand-père n'aurait manqué pour rien au monde les informations du soir. C'était un homme de rituels. Bien obligé de les rater lors des dîners du mardi, il regardait alors le journal de la mi-journée qu'invariablement il qualifiait de « débilité », mais qu'il n'aurait manqué non plus sous aucun prétexte.

Lola tapa à nouveau à la porte, puis fit le tour de la maison. Le jardin était bien entretenu, quoique moins flamboyant qu'aux grandes heures d'Isabella. Dans son souvenir, c'était alors une jungle luxuriante dans laquelle elle se figurait être une aventurière – et le moindre massif devenait une cachette d'où elle pouvait échapper à ses ennemis tout en les épiant. De tout cela, de ses souvenirs, il ne restait plus que quelques sages plates-bandes.

La grande porte vitrée était entrouverte et le salon était plongé dans la pénombre. Lola se figea, pétrifiée. Que fallait-il faire ? Elle resta sur le pas de la porte, elle repensait à ces films, à ces séries, à ces documentaires, à toutes ces images de mort auxquelles l'individu contemporain s'expose pour se divertir, elle cessa de réfléchir parce que son esprit s'était mis à faire défiler tous les scénarios possibles, elle imaginait un meurtre, deux meurtres, un suicide, deux suicides, elle imaginait des corps gisant dans une mare de sang, elle aurait aimé arrêter d'imaginer des choses mais c'était impossible. Elle resta face à la porte vitrée. Elle ne pouvait pas appeler la police, on n'appelle pas la police parce que ses grands-parents ont oublié de fermer une fenêtre, il allait falloir qu'elle y aille elle-même. Ou qu'elle appelle son père.

En tremblant, elle composa son numéro :
— Papa ?

À l'autre bout du fil, Joffre tremblait aussi. Il s'était surestimé, et il était incapable – physiquement, matériellement incapable – de communiquer avec sa fille. Dès qu'il avait entendu le son de sa voix, c'était comme s'il s'était brisé en mille morceaux, en mille petites parties coupantes. Il s'en voulait tellement : il avait tout gâché, il avait toujours tout gâché, et d'entendre sa fille, sa fille adorée, si sérieuse et si volontaire, c'en était trop pour lui. Il s'apitoyait sur son sort : pourquoi avait-il toujours tous ces problèmes, pourquoi le monde lui rendait-il la vie si compliquée, pourquoi faisait-il toujours les mauvais choix ?

— Papa ? répéta Lola. Papa, réponds-moi, c'est important.

Joffre décolla le téléphone de son oreille. Chaque mot l'humiliait, le renvoyait à la série ininterrompue de ses échecs. Il regarda le petit appareil, longuement, il entendait les cris de Lola, sa colère ; il ne distinguait pas ses mots, il avait réussi à figer le temps, à reprendre le contrôle. Son pouls redevenait peu à peu normal, sa poitrine se desserrait. Il ne deviendrait pas fou. Pas cette fois. Sa fille était là, bien vivante. Quant à lui, qui sait ? Lentement, il leva le pouce droit et appuya sur le bouton rouge afin de mettre fin à ce qu'on ne pouvait pas appeler une conversation. Au moment où Lola franchissait seule la porte du salon, Joffre sourit.

Lola pénétra à son tour dans une pièce sens dessus dessous. Partout, des objets renversés, des bouteilles brisées au sol, des mégots écrasés – la même désolation que celle dans laquelle Henri avait erré plus tôt, quand il cherchait Giulia. Lola frissonna. Elle n'était pas prête à affronter un drame ; elle voulait simplement voir sa grand-mère, elle voulait des réponses à ses questions, elle voulait quelques mois de tranquillité avant de décider de ce qu'elle ferait de sa vie – comme si on décidait de quoi que ce soit, comme si on n'était pas ballottés par un flot incompréhensible dans lequel on ne tient qu'un rôle minime.

Sur la table, elle trouva un mot, griffonné d'une écriture rageuse :

J'AI DÛ PARTIR SEUL. OÙ ES-TU ???
RAPPELLE-MOI IMMÉDIATEMENT,
JE VAIS À L'AÉROPORT.

Il n'y avait pas de signature mais elle reconnut sans difficulté l'écriture de son grand-père. Que s'était-il passé ? La nuit était tombée, une de ces nuits lumineuses d'été. Les oreilles de Lola étaient pleines du bourdonnement silencieux de la maison. Au loin, des voitures passaient. Dans le jardin, les feuilles des chênes frémissaient. Elle alluma toutes les lumières et le salon lui sembla encore plus vaste, plus effrayant, et le monde extérieur plus sombre et inquiétant.

Elle appela en sachant que personne ne lui répondrait :

— Nonna ? Papy ? Vous êtes là ?

Elle n'espérait pas de réponse, bien sûr ; elle attendait inconsciemment un son, un râle, un bruit qui la guiderait. Elle avait dans son sac de quoi réaliser un garrot, et Michel lui avait enseigné quelques notions de premiers secours. Mais rien, toujours rien.

L'étape la plus difficile consistait à se rendre à l'étage sans savoir ce qu'elle y trouverait. Plantée au milieu du salon, elle tenta de se persuader, mais rien n'y fit. Elle avait regardé trop de films policiers, son imaginaire était trop pollué par des visions macabres. Alors elle ressortit dans le jardin désormais plongé dans la pénombre, et cette fois ce décor lui parut déjà plus familier. De l'extérieur, elle regarda à travers la grande baie vitrée la pièce éclairée et vide. Elle respira, sentit les battements de son cœur ralentir. Il faudrait qu'elle appelle Maëlys. Elle longea à nouveau la maison et retrouva le confort rassurant et normal de la petite rue. Les poubelles sorties, les voitures garées, les lampadaires ; un voisin qui rentre chez lui d'un pas traînant ; les lumières dans les foyers. Les façades bien entretenues. Elle sortit son téléphone et composa le numéro de Giulia. La sonnerie retentit dans le vide, Lola raccrocha. Elle essaya ensuite avec Henri. S'il ne répondait pas, elle appellerait la police, l'affaire devenait trop inquiétante.

La voix qui décrocha était sèche, cassante.

— Allô ?

— Allô, papy, c'est Lola. Où es-tu ? Je suis chez vous et il n'y a personne, qu'est-ce qu'il se passe ? Est-ce que tu vas bien ?

Henri laissa quelques secondes de silence. Il sortait du restaurant, il n'avait pas très envie de lui parler, il n'avait pas envie d'être raccroché tout de suite à sa vie d'avant, à quoi que ce soit qui fût susceptible de lui rappeler l'humiliation subie. En même temps, Lola était innocente, il aurait été injuste de lui faire payer un crime qu'elle n'avait pas commis.

Lola était trop jeune, il ne pouvait pas lui dire que Giulia était partie, qu'elle l'avait trahi sans pitié pour quelqu'un de plus jeune, un collègue – son propre successeur. Les mots ne pourraient pas sortir de sa bouche. Alors Henri, sillonnant les rues de Rome, passant sans regarder devant le Teatro di Pompeo, puis la Piazza del Paradiso, aux maisons aux murs roses, orange et jaunes, Henri lui demanda de ne pas s'inquiéter. Il avait dû partir en urgence pour un colloque à l'étranger, et Giulia était allée passer quelques jours avec sa sœur quelque part. Oui, tout va bien, ne t'en fais pas.

— Mais ce désordre ? Ce mot sur la table ?

— Ce n'est rien, rien du tout. Écoute, je n'ai pas beaucoup de temps, je sors d'une plénière qui s'est éternisée. Je suis mort de fatigue et demain matin je fais un discours devant le président de l'université de Rome. Il n'y a rien de grave, je te le répète. On a reçu nos amis pour dîner et on est partis précipitamment. Isabella va venir demain si je me rappelle bien. Elle rangera tout. Moi-même, je serai de retour à Paris demain en fin d'après-midi. D'accord, ma chérie ?

Lola avait cette timidité des jeunes gens. Elle entendait bien que son grand-père racontait n'importe quoi – mais il l'affirmait avec un tel aplomb… À cet âge-là, on n'entend que l'assurance, et on n'arrive même pas à penser que les adultes peuvent mentir, être mesquins ou trompeurs, paniquer. Alors elle fit semblant de le croire, elle dit d'accord pour lui faire plaisir. Elle demanda quand même :

— Donc vous n'êtes pas dans la maison ? Ni l'un ni l'autre ?

— Mais non, Lola. Je suis à Rome et ta grand-mère est avec sa sœur. On en parle quand je rentre. Je n'irai pas à Ponza finalement. Tu peux m'appeler quand tu veux à partir de demain soir. Tu as eu des nouvelles de ton père, au fait ?

Lola marmonna, oui oui, ça va, elle l'avait eu au téléphone, il était en pleine forme. Rien de nouveau.

Ils avaient tous deux maintenu les apparences, ils s'étaient dit tout ce qu'ils pouvaient se dire sans se heurter, le moment était donc venu de raccrocher. Lola grimpa à toute vitesse à l'étage de la maison, vide comme elle le pensait. Elle reprit son sac à dos qu'elle avait laissé à côté de la porte-fenêtre du salon. Dans le jardin, elle pleura, à grands hoquets, comme une enfant – comme si le monde s'écroulait autour d'elle. La nuit semblait éternelle ; un nuage passa et l'obscurité fut presque totale. Elle rentra dans la maison et s'endormit sur le canapé.

Le lendemain, Lola se réveilla à midi. Pendant des mois, elle avait lutté pour ne pas ressembler aux autres adolescents, ses amis, ceux qui se vantaient de dormir jusqu'à 14 heures, qui racontaient les scènes que faisaient leurs parents pour les tirer du lit. Ils se rendaient à des soirées, dépensaient leur argent dans des bouteilles de mauvaise vodka, s'achetaient un peu de shit. Ils riaient fort, ils se tapaient dans le dos, avaient des histoires, des querelles dramatiques et des réconciliations sentimentales. Ils s'affrontaient aux jeux vidéo, garçons et filles. Les garçons jouaient les durs, aimaient, au moindre prétexte, se mettre torse nu. Les filles feignaient l'indifférence, restaient toujours en groupe. Lola refusait un tel laisser-aller. Elle ne buvait pas d'alcool, elle économisait tout son argent pour préparer son camp et s'enorgueillissait d'être toujours levée aux aurores.

Il faut croire que les évènements de la veille l'avaient épuisée.

Quand Lola ouvrit les yeux, elle connut cette sensation qu'elle éprouvait enfant, quand elle arrivait dans la maison de Ponza pour les vacances : elle était incapable de savoir où elle se trouvait. Les lieux ne lui évoquaient rien, elle ne comprenait pas pourquoi ce n'étaient pas son lit, ses affiches au mur. La luminosité n'était pas la même. Elle referma les yeux et se retourna, pour vérifier qu'elle ne rêvait pas. Puis la conscience, peu à peu, s'éclaira et elle repensa à tout ce qui s'était passé depuis son retour du camp et son arrivée à Paris.

Lola avait le sentiment d'être la seule personne sensée dans cette famille. Peut-être parce que ce n'était pas sa famille, justement ? Pendant toute sa vie, elle avait souffert de cette part manquante qu'elle ressentait au plus profond d'elle-même. Dès que quelque chose la peinait, la heurtait, dès qu'un évènement se produisait qu'elle ne comprenait pas, elle attribuait sa réaction – peine, colère, incompréhension – à ce père qu'elle n'avait jamais connu et qui constituait la moitié d'elle-même. Elle avait l'impression d'héberger un passager clandestin.

Il y avait Joffre dans sa vie, bien sûr. Mais Joffre était un enfant perdu dans un corps d'adulte, qui luttait contre le monde avec des épées de bois. Il n'avait aucune chance de s'en sortir et il n'en avait aucune conscience. Dès l'école primaire, Lola avait compris que Joffre, s'il tenait une place importante dans le foyer, s'il travaillait dur et faisait sa part d'efforts, ne serait jamais pour elle un véritable père, qu'il était incapable de donner, de transmettre et de reproduire. Ils grandirent donc côte à côte, sous l'ombre austère d'Élise.

Elle n'avait même pas de père à haïr.

Lola s'était donc fabriqué un père de substitution, grâce auquel il n'y avait pas un angle mort dans son existence, pas un point obscur. Tout ce qui était inexplicable, en elle comme dans le monde, provenait de lui – cet absent tout-puissant.

Elle se réveilla avec une résolution nouvelle. Elle savait que son grand-père mentait. Elle refit un tour de la maison, sans peur maintenant. La lumière joyeuse du jour, la douceur de la brise qui passait à travers les grandes baies vitrées du salon, tout cela conférait une dimension inexplicable à sa terreur de la veille. Certes, la maison était en désordre, mais tel était souvent le cas depuis qu'Isabella se faisait plus rare.

Elle passa en revue les pièces, les placards aux mille petits objets – cartons de photographies, timbres, épées émoussées –

dans lesquels elle se cachait des après-midi durant, la cuisine et le frigo recouvert d'inscriptions cabalistiques, les chambres – celle de Joffre, que personne n'avait touchée depuis près de vingt-cinq ans, où elle dormait enfant.

Il fallait agir. Elle se souvint de ses échanges avec Maëlys, au pied d'un arbre. C'était à peine deux jours avant – comme cela lui paraissait lointain à présent ! Face à ces cordes qui l'enserraient, Maëlys lui avait recommandé de passer quelques mois chez sa grand-mère. Et maintenant ?

Lola appela une fois encore, et la sonnerie du téléphone retentit à nouveau dans le vide. Elle ne croyait pas à cette histoire de voyage avec sa sœur. Quoi qu'il en coûte, elle retrouverait Giulia. Elle appela à nouveau Joffre.

*

La conversation avec Joffre l'épuisa. Depuis la mort d'Élise, il mentait de façon compulsive, pathologique. Il pensait que personne ne le remarquait, sans voir que tout le monde s'inquiétait, puis s'agaçait. Elle parvint tout de même à lui soutirer un renseignement : il se trouvait sur la promenade plantée, à Paris. La première chose à faire, en sachant qu'Henri se trouvait à Rome puis prendrait l'avion, et qu'il ne dirait rien de toute façon, c'était donc d'aller trouver Joffre pour essayer de lui arracher des informations.

Elle arriva au pied de la promenade plantée sans savoir à quel niveau il pouvait être. Elle devait se mettre à sa place et essayer d'anticiper ses raisonnements tortueux. Est-ce qu'il aurait essayé de fuir ou l'attendrait-il ? S'il l'attendait, où aurait-elle le plus de chances de le trouver ?

La promenade plantée est une longue voie piétonne qui coupe tout l'est de Paris. Elle s'étire sur plusieurs kilomètres, en partie au niveau des rues et en partie sur un viaduc. Lola décida de procéder avec méthode. Elle partit donc du début de la promenade, près de la place de la Bastille, et se dirigea vers l'est. Si jamais elle ne le croisait pas, elle referait le chemin en sens inverse, au niveau de la rue.

Les promeneurs étaient nombreux, insouciants, et Lola se vit de l'extérieur, si sérieuse, tendue, rigide. Elle se demanda un instant si elle ne passait pas à côté d'une certaine légèreté, si elle ne pourrait pas se laisser un peu respirer. Sa mère était dévouée, austère, droite. Qu'aurait aimé son père ?

Elle bouscula quelques piétons, son regard examinait à toute vitesse les visages qu'elle croisait.

Puis, sur un banc, elle l'aperçut. Ce fut un choc.

Elle l'avait d'abord passé en revue comme tous les autres passants et, pour la première fois, elle l'avait vu non pas comme ce Joffre qu'elle connaissait depuis toujours mais comme on le découvrirait si on le rencontrait pour la première fois. Son regard était d'une tristesse épouvantable. Il avait les yeux tombants, son dos était voûté, on lui aurait donné dix années de plus. Il avait l'air si vieux, si fatigué, si... abîmé.

Lola fut prise d'un sentiment de pitié pour cet homme seul, sans amis, lâché par tout le monde.

— Bonjour ma fille.

Sa voix était douce. Ses yeux lançaient des regards de tous côtés et n'exprimaient plus de sentiments humains, juste une peur animale, instinctive ; sa bouche restait entrouverte, comme s'il craignait de manquer d'air. Lola le serra dans ses bras. Comme il était maigre ! Elle n'y avait jamais prêté attention ; aujourd'hui, ses jambes osseuses flottaient dans son jean.

— Tu m'attendais ? C'est gentil d'être resté.

Joffre lui serra la main avec force. Les sons sortaient difficilement de sa bouche, hachés. C'était comme s'il avait vieilli de dix ans en quelques jours, c'était comme s'il se remettait avec peine d'une attaque cérébrale. Les mots qu'il prononçait étaient incohérents. Elle remarqua avec dégoût qu'il avait de la bave séchée à la commissure des lèvres.

— Papa, où est Giulia ? Qu'est-ce que tu as fait avec elle ?

— Gigi ? Mais c'est moi Gigi, ma petite. Comment, tu ne le sais pas ? Gigi, le beau Georges. Oui, c'est moi.

Il eut un petit rire aigu.

— C'est Gigi le petit préféré de sa maman, à qui elle donne de l'argent de poche pour qu'il puisse acheter ce qu'il veut.

— Nonna t'a donné de l'argent ?

Joffre se referma d'un coup. Les yeux clos, il semblait avoir oublié la présence de Lola. Un groupe de jeunes gens passa devant eux en skateboard, à toute vitesse. Lola les regarda s'éloigner avec envie.

— Dis-moi où est Nonna, je t'en supplie.

Joffre ne bougeait pas, ne parlait pas.

— Donne-moi ton portefeuille.

Elle ouvrit sa veste et lui arracha le portefeuille sans qu'il ne résiste. Quelques grosses liasses de billets dépassaient de la pochette. Elle fouilla l'intérieur de la veste. Il y avait juste un livre de pensées ésotériques, *Le pouvoir de la cinquième émotion*, qu'il transportait partout avec lui depuis quelque temps. Chaque page était annotée, les lignes recouvertes d'inscriptions de sa main, de points d'exclamation enthousiastes, les pages intérieures de la couverture étaient griffonnées.

— Puisque tu agis comme un enfant, je prends ton argent.

J'ai besoin de retrouver Giulia et j'aurai besoin d'argent. Comme tu ne m'aides pas, je me sers.

Joffre se tassa plus encore, comme un enfant recevant une punition qu'il sait avoir méritée.

— Quant à ce livre débile, je te le confisque. Tu as besoin de te faire soigner, papa, pas de te mettre dans la tête des horreurs comme ça. Maintenant, je vais aller chercher Nonna, où qu'elle soit. Ensuite, quand je l'aurai retrouvée, je m'occuperai de toi. Tu as besoin d'aide, papa, tu le sais ? Il faut que tu voies un docteur.

Joffre ne bougeait pas, n'opinait pas. Il était prostré sur son banc et attendait la fin de ce pénible entretien.

— Tu n'as toujours rien à me dire pour Nonna ? Aucun renseignement qui pourrait m'aider ?

Lola se leva et laissa Joffre sur son banc, immobile et ratatiné au milieu du flux des passants et des coureurs. Elle s'éloigna et, quelques dizaines de mètres plus loin, se retourna. Il n'avait pas bougé. Il la fixait, les yeux mi-clos. Au bout de sa manche trop longue, elle le vit faiblement bouger les doigts pour la saluer.

Le train s'était arrêté pour de bon. Autour de moi, il n'y avait plus personne. C'était comme un raz-de-marée, quand la mer se retire avant de revenir plus grosse, plus forte, pour tout détruire. Mon cœur battait à toute vitesse et j'avais du mal à respirer. Mes enfants ne bougeaient plus, figés comme des images.

Je restai immobile, moi aussi. Dans l'attente. Puis un éclair déchira la nuit. Aussi soudain. Aussi bruyant. Allongé sur les fauteuils, je sentais mes forces décliner et me livrais à un combat pour sauver ce qui pouvait l'être. La porte s'ouvrit et un attroupement tapageur envahit le wagon. Trois hommes en uniforme se dirigèrent vers moi. Derrière la porte, une masse informe et lâche de voyageurs. Sur le quai, d'autres uniformes et ce qui ressemblait à un brancard.

En regardant par la fenêtre, je compris que nous étions arrivés gare de Lyon. Dehors, il y aurait le père de Marine. On m'attendait. On voulait encore me séparer de mes enfants. Je voulais refuser. Le droit était avec moi. La morale aussi. C'est ce que je leur criai :

— Vous n'avez pas le droit !

Les hommes en uniforme s'approchèrent de moi, si près, tellement près que je sentais leur parfum, leur chaleur. Ils allaient s'en prendre à moi – encore. Je me levai.

Derrière eux, c'était comme une coulée de lave, menaçante et inexorable, qui poussait, qui envahissait tout l'espace. Au silence mécanique que j'avais réussi à créer autour de moi succéda le fracas retentissant des conversations, des opinions, des avis et des jugements.

— Il nous a fait une peur bleue, vous savez.

Lui, je le connaissais, c'était le voisin. Bien protégé par les uniformes, il pouvait enfin savourer. C'était la fin du film.

— Il était très agité depuis le départ de Marseille. Il parlait seul, il marmonnait. Quand je lui ai demandé si tout allait bien, il m'a à peine répondu. Après Lyon, ça s'est vraiment aggravé, il est devenu menaçant. Les gens autour sont partis se réfugier dans le wagon suivant, on a prévenu les contrôleurs. Moi, je suis resté parce que je connais les gens comme ça, je sais comment leur parler. Il restait sans bouger, la mâchoire un peu pendante, les yeux mi-clos. Et de temps en temps, il se réveillait et ânonnait quelques mots. Il est en crise – là, on ne peut pas le raisonner, il faut le soigner tout de suite.

— Qu'est-ce qu'il faisait au juste ?

— Il parlait tout seul, il parlait à ses enfants mais il était tout seul, il leur disait de faire moins de bruit quand ils jouaient mais il était tout seul. Pendant une heure, il s'est adressé aux fauteuils vides en face de lui, et puis à un moment il leur a crié dessus. Une dispute familiale – avec des fantômes. Et puis il a commencé à devenir menaçant avec les autres passagers, c'est là que le contrôleur vous a appelés. On n'aurait pas tenu une minute de plus.

Et le voisin, qui n'était pas méchant, conclut d'un laconique :

— Pauvre bonhomme.

Je me levai d'un bond et fonçai vers lui pour lui casser la gueule. Comment osait-il ? Je vis la peur dans ses yeux ; il craignait que je ne le morde. D'un coup, tout le monde se mit à hurler dans le wagon, les gens en uniforme me plaquèrent au sol, je frappai, je griffai. Je hurlai aux droits de l'homme, au crime. Comment osaient-ils ?

— Calmez-vous monsieur, calmez-vous !

Je voulais voir mes enfants, je voulais sauver mes personnages : qu'est-ce qu'ils allaient devenir sans moi ? Je croyais davantage en leur existence qu'en celle de ce gros voisin content de lui. Toutes ces ombres qui s'animent dans nos têtes ont autant de réalité que celles qui s'agitent autour de nous. Pas vrai ? Je voulais finir. Qu'on me laisse une chance de terminer. Qu'on leur laisse une chance. Dans la cohue, la casquette d'un des trois hommes tomba et je l'attrapai et la rangeai sous mon manteau. Ils cherchaient à m'assommer et à me traîner dehors. Il y aurait des infirmiers, je les voyais très bien, je voyais aussi la foule, le temps suspendu sur le quai de gare, les badauds dans l'attente. Il se passait quelque chose et c'était moi le clou du spectacle. On m'asséna un coup de poing. Je voulais juste que tout le monde soit heureux.

Sur le chemin du retour, Henri se surprit à siffloter. Il avait l'impression d'être à Rome depuis des mois, s'amusa à s'imaginer vivre ici. Il se sentait libre, puissant, inatteignable. Qu'est-ce qui l'empêcherait de rester, après tout ? Plus rien ne le retenait. Il pourrait louer un appartement en plein centre-ville et refaire sa vie, cela le changerait des zones pavillonnaires si calmes, si éloignées de tout. Il pourrait avoir de nouvelles relations, repartir de zéro. Cela lui rappellerait sa jeunesse aussi, sa vie d'avant Giulia, d'avant Joffre. En repensant à ces deux noms, il se rembrunit un instant, puis le flot de ses pensées repartit, léger et vaporeux, vers d'autres rêveries.

Bien sûr, il lui était impossible d'ignorer, désormais, toutes les fêlures qui striaient le beau tableau qu'il avait composé et qu'il voulait être sa vie. Les excentricités de sa femme le terrorisaient de plus en plus et, plus grave encore, nuisaient à sa position sociale ; sa récente escapade avec un homme plus jeune qu'elle était la facétie de trop : comment pourrait-il le lui pardonner ? Il pensa à Anna Karénine et à son mari qui, confronté à l'aveu de sa trahison, ne parvenait à bafouiller qu'une seule exigence : qu'il n'en paraisse rien dans la société qu'ils fréquentaient. Son fils, quant à lui, était à moitié fou, sans diplôme, et multipliait les projets insensés ; il ne lui parlait plus qu'à peine ; sa belle-fille, qu'il détestait, était morte ; seule sa petite-fille résista à ce passage en revue sans concessions. Henri avait toujours eu une préférence pour Lola, à qui il cédait tout.

Henri traversa les quartiers de Rome en direction de son hôtel. La nuit était claire, les gens marchaient lentement, comme lui, sans but – une promenade d'après repas. Comme un air de vacances. On entendait au loin le bruit de quelques motos qui sillonnaient le quartier. Daniele, qui avait tenu à le raccompagner, se montra charmant avec lui, soulagé de pouvoir deviser avec l'universitaire français normal qu'il s'était imaginé et non plus à devoir gérer le vieillard inquiétant au comportement imprévisible qu'il avait accueilli à l'aéroport.

En somme, à quoi ressemblait désormais son avenir ? La retraite approchait, soit le début de la fin pour lui qui avait toujours placé le travail au cœur de son existence. Marchant dans Rome, où les ruines sont si vivantes, Henri croyait distinguer partout des signes indiquant la disparition de son monde. Il faudrait créer quelque chose, rebondir. Seul, puisque Giulia l'avait trahi. Déjà, il faudrait poursuivre ses activités universitaires, accepter un poste honorifique par exemple. Puis il faudrait cultiver le mépris, la haine de Giulia, ne rien lui céder. En faire un engrais. Peut-être reviendrait-elle ? Si cela arrivait, il faudrait que ce soit une défaite infamante pour elle, et un triomphe pour lui. Il devrait se montrer inflexible.

Daniele lui montra des monuments et c'est Henri qui, d'un ton badin, lui raconta quelques anecdotes historiques.

— À Rome, les cadavres continuent à grandir, vous savez. Vous connaissez bien sûr l'histoire du fils de Percy Shelley ?

Henri avait gardé cette manie de ses années d'enseignement : pour placer les autres en situation d'infériorité, il faisait toujours semblant de supposer qu'ils connaissaient les évènements qu'il évoquait.

— Le poète anglais ?

— Oui. Il a vécu à Rome avec son épouse, Mary Shelley, qu'on connaît pour son *Frankenstein.* Il a eu un véritable coup de foudre pour la ville éternelle, qu'il a parcourue avec une admiration insensée. C'était comme s'il vivait dans un rêve d'écrivain, un puits sans fond de mythes, d'histoires, de tragédies. Puis leur fils de trois ans est tombé malade et est décédé. Vous le saviez, n'est-ce pas ?

— Je… je crois, oui, bredouilla Daniele.

— Dévasté par le chagrin, le ménage Shelley quitte la ville après l'enterrement. Percy n'y reviendra plus jamais. Et quelques années plus tard, il mourra en mer, comme chacun sait. Mais quand son épouse a voulu le faire enterrer ici, à Rome (Henri appuya sur ces mots, comme il aimait le faire durant ses cours magistraux), et qu'on a ouvert la petite tombe, savez-vous ce qu'on y a trouvé ?

— Non, *professore.*

— Des ossements d'adulte ! Personne ne sait ce qui est advenu de leur fils – du moins, si l'on écarte l'hypothèse dont je vous parlais.

Daniele écoutait, fasciné, ce professeur qui s'était déjà transfiguré deux fois : il y avait d'abord eu celui qu'il s'était imaginé et qu'il avait attendu à l'aéroport ; il y avait ensuite eu le personnage avili, défait, qu'il avait eu face à lui à son arrivée ; et il y avait à présent le flamboyant *professore,* plein de vie, de récits, avec lequel il marchait, bras dessus, bras dessous. Comme les ruines de la ville qui côtoient les bâtiments les plus modernes, toutes ces images se superposaient sans se contredire dans l'esprit de Daniele et composaient le portrait unique du professeur Henri Nizard.

Ils passèrent devant la Torre Argentina où des touristes admiraient les centaines de chats vivant au milieu des ruines romaines. Daniele aurait voulu, avec la fierté de l'autochtone, lui raconter l'histoire du lieu mais il était intimidé. Face au vieux monsieur désespéré, il l'aurait racontée, mais maintenant ? Dans le doute, il préféra garder le silence jusqu'à l'hôtel. Henri semblait reparti dans ses pensées. Dans le hall, ils se serrèrent la main avec chaleur.

— Je viens vous chercher demain à 8 heures, *professore*. Entendu ?

Daniele partit et Henri monta seul dans sa chambre.

Le lit était encore défait, la femme de ménage n'était pas passée. Henri essaya de chasser de son esprit les scènes pénibles de l'après-midi. Il regarda le sol et se revit, prostré, tétanisé, incapable de se rendre à ce dîner. « Eh bien, je l'ai fait, et ça s'est mieux passé que prévu. Tout finit toujours par s'arranger. » Confiant en sa bonne étoile, ou plutôt en sa capacité à tordre le réel selon ses souhaits, il s'assit au bord du lit et composa le numéro de Giulia. Il était sur un fil, et sentait qu'il pouvait basculer du bon ou du mauvais côté. Il aurait voulu lui envoyer des messages insultants, blessants. Il aurait voulu l'ignorer, mais en lui montrant qu'il l'ignorait : est-ce possible de ne pas communiquer ? Il aurait voulu lui faire du mal, il aurait voulu qu'elle culpabilise, qu'elle revienne et qu'elle fasse exactement tout ce qu'il désire. Il aurait voulu qu'elle souffre à la hauteur de la colère qu'il ressentait. Il ressassait sa haine, pour elle et pour Massimo, et se résolut finalement à envoyer un message à son jeune collègue :

« Tu te trompes si tu penses que tu t'en sortiras. Tu es fini. Pauvre con. »

Il s'endormit.

*

Le colloque fut un grand succès, salué par tous les participants. La présentation d'Henri, qui ouvrait la journée, comme il l'avait demandé, fut saluée par des applaudissements plus longs qu'à l'accoutumée en de telles circonstances. Les questions du public furent nombreuses, le micro passa de main en main. Qu'on était loin des timidités des étudiants ou de leur indifférence ! Les participants étaient tous des universitaires, qui n'avaient pas peur de prendre la parole en public, qui ne craignaient pas de se tromper, qui ne bafouillaient pas. Leurs interventions étaient longues, tortueuses : ils commençaient tous par remercier Henri pour la qualité de sa contribution au débat, puis dérivaient sur une réflexion sans réel rapport avec le sujet. Venait ensuite un parallèle avec ledit sujet – généralement le domaine de recherche de la personne qui posait la question. Tout cela se concluant invariablement par :

« J'aimerais beaucoup avoir votre avis sur cette dimension de la question. »

Parfois, l'intervention tout entière rebondissait sur un mot qu'Henri n'avait jamais prononcé. Parfois aussi, mais plus rarement, l'intervenant réglait ses comptes avec un autre chercheur – presque jamais présent dans la salle.

Puis Henri céda la place à un spécialiste allemand. Même s'il ne regagna pas la salle mais resta installé sur l'estrade, il n'écouta pas un mot de ce que disait son collègue. Henri se perdit dans ses pensées, se demanda où et comment il pourrait retrouver cette sensation si agréable, ce plaisir d'être reconnu et aimé pour ce qu'on fait, selon une échelle où les sentiments n'ont pas de place : on a bien fait son travail ou on ne l'a pas bien fait. Henri ne doutait pas de ses compétences. Comment retrouverait-il cette griserie, ces accolades, ces petits mots de félicitations, ce jeu social qu'il avait mis tant de temps et avait eu tant de mal à maîtriser ? Lola était trop grande pour qu'il puisse s'épanouir en grand-père, trop jeune pour qu'il puisse s'épanouir en arrière-grand-père. Henri se sentait plein d'énergie, plein d'envie : pourquoi voulait-on le priver de travail ? Il pourrait aider des jeunes chercheurs, leur transmettre son savoir. Mais qui voudrait l'écouter ? Il se rappela avec une gêne certaine quelques colloques récents où il avait pris à part des jeunes collègues qu'on lui présentait. Il voulait sincèrement les aider et considérait qu'il avait des choses intelligentes, utiles, à leur communiquer. Il ne put repenser sans honte au regard qu'il avait senti alors posé sur lui – ce regard que lui-même lançait, il y a quelques décennies, aux vieux mandarins dont il convoitait la place –, un regard plein de compassion et de désintérêt en même temps. Pour la première fois, il avait commencé à sentir qu'il était « le vieux », dont on craignait l'arrivée : les conversations animées cessaient quand il entrait dans une pièce, les jeunes lui parlaient en employant un vocabulaire plus soutenu, avec des égards et une certaine impatience. Quand allait-il enfin partir ? Parfois, ces jeunes collègues prenaient des prétextes absurdes – « je vais chercher à boire et je reviens » – et ils disparaissaient, laissant un pauvre malheureux, trop naïf ou pas assez rapide, seul face à Henri.

Un jour, il avait assisté à un buffet et ne s'était rendu compte qu'en partant, au moment d'aller se laver les mains, qu'il avait eu un morceau de petit-four coincé au bord des lèvres tout au long de ses échanges. Personne ne lui avait rien dit. Peut-être murmurait-on à son propos, dans les couloirs, à la machine à café, dans les bureaux dont les portes lui seraient bientôt fermées, qu'il perdait la tête ?

Des applaudissements.

— Est-ce que vous avez des remarques à formuler, *professore* ?

La voix du doyen le tira brutalement de ses pensées. L'Allemand, un rougeaud sans charme, portant un T-shirt délavé à l'effigie d'un groupe de rock des années 1970, le regardait avec une gentillesse un peu idiote. La salle était silencieuse. Manifestement, la présentation du collègue était terminée et il était censé lui poser une question. Henri prit la parole :

— Eh bien, je voudrais tout d'abord te remercier, cher Hans, pour cette intervention remarquable. Remarquable, ton intervention l'est à bien des égards. D'abord parce que tu as brossé un tableau clair, précis et sans concession de la situation. Et surtout parce que les perspectives que tu traces me semblent tout à fait intéressantes. Est-ce que tu pourrais, je pense que ce serait certainement instructif pour nos plus jeunes collègues ici présents, revenir sur la dimension méthodologique de ta recherche ?

— Merci, cher Henri, pour ton appréciation qui m'honore et pour ta question. Eh bien, tu as raison, l'aspect méthodologique est central…

Et la réponse se déploya, sinueuse, sans fin, et Henri n'eut aucun besoin d'écouter et tout le monde le remerciait à la fin d'avoir animé avec tant d'autorité et de bienveillance les débats.

— Si vous le voulez bien, mes chers collègues, je pense qu'il est désormais l'heure d'aller nourrir nos esprits en profitant de l'excellent repas que l'université nous a préparé. Suivons donc le maître des lieux, dit Henri en désignant le doyen, et allons poursuivre ces échanges passionnants autour de mets délicieux.

Tout le monde se leva, dans une agitation désordonnée. Les pochettes claquèrent, les chaises grincèrent, les sacoches bourrées de livres se refermèrent. La petite procession se dirigea vers la pièce d'à côté où les attendait un généreux buffet.

*

L'air soucieux, le regard grave, le doyen semblait tenir un conciliabule avec un professeur italien qu'Henri avait rencontré la veille au restaurant. Retenu par une vieille dame qui avait des questions, Henri pénétra le dernier dans la salle du buffet et ne sut pas de quel groupe s'approcher. Contrairement aux colloques français, il ne connaissait ici quasiment personne. Alors il se dirigea vers le doyen, dans l'idée de le remercier pour l'invitation.

— Ah, *professore* ! Merci mille fois pour votre intervention de ce matin. C'était… comment dire… brillant ! C'est ça, brillant. J'étais justement en train de parler de vous au professeur Tremolino. Est-ce que vous vous connaissez ?

— Nous avons fait connaissance hier soir, monsieur.

— Parfait. Je parlais de vous parce que, comme vous le savez peut-être, nous sommes en train de créer la *Revue européenne pour la recherche appliquée en gestion.* Nous avons obtenu des financements de l'Union européenne, de trois universités, de deux organismes de recherche, et nous avons un éditeur.

— J'en ai effectivement entendu parler, c'est un très beau projet.

— Très beau, à un détail près : la revue n'a pas encore de rédacteur en chef, et nos amis ont les dents longues. Les ambitions se réveillent, les guerres de clans nous guettent, et j'ai besoin que le rédacteur en chef mette toute son énergie au service de la revue plutôt que de la dépenser en querelles stériles. Mais vous voyez peut-être où je veux en venir ?

— Pas le moins du monde, monsieur, répondit Henri avec une gourmandise qu'il ne chercha même pas à dissimuler.

Muet jusqu'alors, Tremolino intervint :

— Eh bien, mon cher Henri, connaissez-vous quelqu'un qui soit plus qualifié que vous pour incarner cette identité européenne, cette rigueur intellectuelle, cette ouverture d'esprit nécessaire ?

Henri se mordit la lèvre et, dans ses poches, serra rageusement les poings. Il triomphait. Non seulement on lui avait promis ce matin de le réinviter, mais on lui offrait maintenant un poste honorifique. Ici, c'étaient ses pairs ; ici se jouait sa vie. Il pouvait continuer à participer à cette existence, autant qu'il le souhaitait. Tout ne s'arrêtait pas ce soir, loin de là. Le face-à-face avec lui-même, ce serait pour plus tard, dans quelques années peut-être, quand on cesserait de l'inviter, quand il serait vraiment vieux, quand il se sentirait vraiment de trop, quand il commencerait à refuser des invitations parce qu'il aurait fait une mauvaise chute, parce qu'il serait retenu par une petite intervention chirurgicale, parce qu'il devrait aller enterrer ses proches. Tant qu'il continuerait à être compétent, tant qu'il continuerait à faire peur, tant qu'il serait respecté, tant qu'il se tiendrait droit, tout pourrait continuer comme avant.

Dans le taxi qui le conduisait à l'aéroport, Henri reçut un appel de Joffre. Celui-ci semblait s'inquiéter pour lui et insista pour venir le chercher. Henri était tout-puissant. Si Joffre pensait qu'il accueillerait un grabataire, il allait le détromper. Il accepta.

Je n'avais plus de force ; on m'avait assommé, ils avaient gagné. Tout ce qui m'arrivait était désormais enveloppé dans une bulle de coton. Les hommes en uniforme me traînèrent le long de la rangée centrale du wagon et me firent descendre les trois hautes marches du train. Je hurlai. On m'allongea sur le brancard et des collègues à eux prirent le relais. Tout cela était trop bien organisé. On allait m'injecter un produit pour me calmer, me dirent-ils. Comme si c'était la solution.

De toute façon, est-ce que j'avais mon mot à dire ?

J'étais terrorisé à l'idée qu'on m'endorme. Je n'avais pas terminé mon histoire. Qu'allaient-ils devenir ? Où iraient-ils ? Je les suppliai de me laisser continuer, comme quand, au matin, on essaie de retenir un rêve qui s'échappe, et ils ne comprenaient pas. Là-bas, Joffre et Henri, réunis, rentraient à Chevreuse. Joffre était allé chercher son père à l'aéroport. La maison était vide. Joffre était seul, abandonné de tous : Élise était décédée ; Lola finirait par partir ; Hedwig l'avait quitté. Tout le monde l'avait délaissé – sauf Henri. Emporté par le mouvement de son caractère et de ses habitudes, Joffre avait songé à lui emprunter de l'argent. Mais lui-même n'y croyait plus. Joffre était fatigué, littéralement en bout de course.

Arrivés en taxi à Chevreuse, ils avaient trouvé Isabella – que l'appel de Giulia avait inquiétée – assise sur le pas de la porte. Joffre lui demanda de nettoyer le salon de fond en comble.

— Vous voudrez que je revienne lundi prochain ?

Non, ce n'était pas nécessaire. Henri la congédia :

— Tout est rentré dans l'ordre, merci Isabella.

Henri avait retrouvé son fils sans joie et sans surprise. Comme un retour à la normale. Le premier soir, après l'apéritif qu'ils avaient partagé dans le salon qui avait retrouvé son allure bourgeoise, Joffre avait demandé :

— Je peux dormir ici cette nuit ?

Henri avait accepté. Le lendemain, il lui demandait de classer ses pochettes. Officiellement retraité, il envoya un dernier message à la direction de son université, prétextant sa liberté nouvellement acquise pour faire remonter un certain nombre de plaintes qu'il avait reçues au sujet de Massimo : les comportements qu'on lui avait décrits relevaient au mieux du harcèlement, au pire, de l'agression sexuelle. Dans tous les cas, il paraissait nécessaire à Henri que l'université ouvre une enquête.

Cela fait, il put se consacrer à la direction de sa revue. Joffre se rendait régulièrement à Nogent pour classer les papiers de son père ou pour effectuer des travaux. Aucun des deux ne parla plus de Giulia.

Il y avait Lola, qui ne pouvait plus compter sur personne. Elle cherchait Giulia, que tout le monde semblait avoir abandonnée à son sort. C'était Massimo qui avait fini par faire le lien : il avait prêté son appartement à des amis, qui lui avaient parlé d'une drôle de scène cette nuit-là, dans la rue. Jugeant plus prudent de ne pas passer par Henri, Massimo téléphona à Joffre, qui lui avait déjà vendu du vin et qu'il avait un temps envisagé comme un « partenaire » possible. Celui-ci se résolut, avant de se rendre à l'aéroport, à communiquer cet élément d'information à Lola.

Au commissariat, on apprit à Lola que la dame italienne avait été relâchée, et qu'elle recevrait une convocation sous peu. Lola sillonna le 14e arrondissement dans un état second, comme sur les traces d'un animal, et retrouva sa grand-mère, échouée sur un banc dans un centre commercial. Elle était méconnaissable. Elle lui raconta en pleurant sans larmes son enfer avec Henri, la peur qui la mangeait de l'intérieur. Naturellement, il était impensable qu'elle rentre à Chevreuse. Giulia frissonnait à chaque fois que Lola prononçait le nom d'Henri.

Tout à l'heure, sur la promenade plantée, Lola avait arraché les derniers milliers d'euros que cachait Joffre dans son portefeuille. Qu'est-ce qu'elles avaient à faire à Paris, de toute façon ?

Moi, je voulais qu'elles aillent à Ponza, où les attendrait Paula. Là, elles pourraient respirer, se reconstruire. Il leur fallait un gîte, un abri pour se réparer et repartir. Ce n'était pas impossible : il suffisait que Lola appelle Paula et qu'elles réservent des billets à la dernière minute. Sur le trajet en direction de l'aéroport, Giulia pleurait – de soulagement.

Les autres voyageurs avaient gardé leurs distances sur le quai ; j'imaginais maintenant leur propre soulagement, le déferlement de mots, tout le monde qui parle à son voisin, qui commente la scène, qui téléphone à ses parents. On m'avait immobilisé, plaqué contre le brancard, et je n'avais plus la force de crier : eux, ils ne craignaient plus rien et en plus ils auraient une histoire à raconter à table. Coup double.

Ça y est, ils m'avaient piqué, j'avais senti les mains qui me serraient pour m'empêcher de remuer, la fine aiguille qui transperçait ma peau et venait se planter dans ma veine. Sur le quai d'en face, un train repartait vers une destination inconnue et la gare de Lyon était plongée dans le silence. C'étaient les derniers trains, c'était la nuit. Je voyais les néons jaunes se déplacer au-dessus de moi, je sentais un souffle d'air chaud passer sur mon visage. On me poussait et le brancard roulait vers l'ambulance. J'entendais le bruit des roues qui frottaient contre le bitume du quai. Autour de moi, les badauds se dispersaient enfin. Mes paupières se fermaient et je n'avais plus la force de lutter maintenant. Qu'est-ce qu'on allait faire de moi ? Il me restait encore tant d'histoires à raconter.